德州学院学术著作出版基金资助

后殖民文化语境中的库切

高文惠 著

中国社会科学出版社

图书在版编目（CIP）数据

后殖民文化语境中的库切/高文惠著．—北京：中国社会科学出版社，2008.7

ISBN 978-7-5004-7030-4

Ⅰ．后… Ⅱ．高… Ⅲ．库切，J. M. — 文学研究 Ⅳ.I478.065

中国版本图书馆 CIP 数据核字（2008）第 091411 号

责任编辑 罗 莉
责任校对 王兰馨
封面设计 王 华
版式设计 李 健

出版发行 中国社会科学出版社
社　　址　北京鼓楼西大街甲 158 号　　邮　编　100720
电　　话　010－84029450（邮购）
网　　址　http：//www.csspw.cn
经　　销　新华书店
印　　刷　北京新魏印刷厂　　　　装　订　丰华装订厂
版　　次　2008 年 7 月第 1 版　　　印　次　2008 年 7 月第 1 次印刷
开　　本　880×1230　1/32
印　　张　9.875　　　　　　　　　插　页　2
字　　数　235 千字
定　　价　24.00 元

序

　　2003 年度诺贝尔文学奖得主、南非作家 J. M. 库切在他发表在《纽约书评周刊》上的长文中，在对其同胞、好友、2007 年诺贝尔文学奖得主多丽丝·莱辛进行分析与评价时说，"在南非产生的三位最著名的女性作家——奥尼弗·施赖纳、内丁·戈迪默和莱辛，没有一个是念完高中的。虽然莱辛并不愿被贴上'非洲作家'的标签，她还是承认，她的感性认识在非洲形成，也都来源于非洲。"由于是挚友，他们有那么多的相似：为了保持创作的精神自由，库切同样拒绝被贴上任何属地和流派的标签，他的创作同样既沿袭了欧洲的传统，又抒发了非洲的生活经验；由于经历的不同，他们又有那么多的相异：最重要的不同在于库切不仅是一位著作等身的作家，还是一位知识渊博的学者，一位大学语言学和文学教授。这就决定了他的创作中虚构的故事与文化、文学、语言学等方面的理论问题的交织纠结。

　　由于政治、地缘、文化的种种疏离，库切在中国学术研究领域里还较为陌生。中国读者大多并不十分熟知他的作品，而高文惠博士的论文《后殖民文化语境中的库切》却让我们认识了一位在当代作家中为数不多的有思想深度和文化重度的作家，一位努力尝试新的小说模式创作又积极探讨当代文化知识前沿问题的作家。这篇论文的发表，对中国当前文学界与学术界的同人理解后现代主义、后殖民文化理论的相关理论命题、后殖民文学形态、流散写作的文化身份等问题，无疑都具有重大的认识价值和借鉴意义。

高文惠攻读完硕士学位以后，一直勤奋刻苦，努力上进，教学效果、科研成绩显著，很快顺利地被聘为她所执教的高校中年轻的副教授。2004年，她学业精进不停步，又考取了天津师范大学比较文学与世界文学专业的博士生，从我专攻东方现当代英语文学。她学术思维敏捷，敢于挑战自我。从一定程度上，她选择了解读"后殖民文化语境中的库切"这样一个颇有难度的研究课题，实际上就等于选择了挑战自我的学术极限，选择了艰难的学术苦旅，人不堪其忧，而她不改其乐。高文惠凭借着弱小的身躯中所蕴藏的巨大韧性与耐力，坚持着不退缩、不言悔，克服了许多始料不及的困难，阅读了大量深奥的文学理论、哲学和文化等方面的书籍，作了大量的外文资料的阅读、翻译与索引等工作，终于在几番苦心劳骨之后，一跃登上她学术的新高度。我为她知难而上的学术追求精神感到欣慰，为她焚膏继晷的刻苦精神感到自豪。

但是，库切是个置身于后殖民文化之中，植根于南非文化语境，又深受欧洲文化传统影响的复杂作家。他的作品中呈现出的文化多元性与文学多样性，以及他丰厚的学养和宏富的思想，使他的创作充满理论自觉意识与实践自省精神。任何模式化的理论都难以直接解析他的创作，这使阅读者的理论阐释受到局限，在强迫性的阐发中，库切的研究者们往往会感到力不从心，本书作者自然也不例外。正如她自己所言："绝不敢宣称自己的阐释是对库切创作的唯一的阐释，而只是接近库切的众多路径中的一条。"她巧妙地为自己继续研读库切留下一个开放性的空间。路漫漫其修远，我预祝她能尽快尽善地有更多的研究成果问世，为国内的库切研究增砖添瓦。

孟昭毅

2007 年冬于攻玉斋

目　录

导　论

后殖民文化语境中的库切

一　库切其人及本课题的缘起

J. M. 库切（Jame Maxwell Coetzee）1940 年 2 月 9 日出生于南非开普敦，17 世纪迁居于南非的荷兰裔移民的后代。在开普敦大学获得文学和数学学士学位后，1960 年离开南非，前往伦敦，从事电脑软件设计的职业。1965 年又来到美国攻读语言学博士学位，毕业后在纽约州立大学做教授。1972 年回到南非，在开普敦大学英语系教授语言学和文学。2002 年移居澳大利亚。现在是美国芝加哥大学"社会思想委员会"成员。

在美国期间，库切开始进行创作，第一部小说《黄昏的大地》发表于 1974 年，此后不间断地有作品问世，至今已发表小说十多部。库切算不上高产作家，但却频频引人关注，2003 年获得诺贝尔文学奖之前，就曾经获得过南非文学最高荣誉奖 CNA 奖、爱尔兰的时报国际奖、法国的费米那奖、以色列的耶路撒冷奖、普利策奖、英联邦作家奖等，他还是唯一的一名先后两次获得英国文学最高奖——布克奖的作家。虽然获得的奖项多少并不说明什么本质问题，但是却不由得引人思考：库切到底凭借什么能得到这么多的关注和认可？

　　初次接触库切，是 2002 年译林出版社推出的张冲、郭整风翻译的《耻》，当时就感觉库切绝不是一个肤浅的作家，表面简单的故事下面潜伏着某种深沉的、但又不无痛苦和彷徨的文化表述，然而由于对作品的背景——南非现实并不了解，所以这种感觉也只是模糊的。2003 年诺贝尔文学奖授予库切的消息传到国内之后，初读的感觉便总是萦绕不去。于是想方设法地弄来了库切的所有作品进行阅读，这次阅读下来，库切是一位当代作家中为数不多的有重度的作家的印象进一步得到了加深。库切的重要性不仅仅在于他的每一部小说都尝试了一种新的小说模式，为处于危机中的当代小说这种文体不断开疆拓土，注入新的生命力。而且在于他的每一部小说都涉及了当代文化和知识的前沿问题，诸如小说家的位置会对创作的哪些方面产生影响？语言的能指与所指的关系是固定不变的还是流动不居的？权威又是如何被建构的？传统现实主义是否能够反映现实的真相？对小说话语的忠诚对一位作家意味着什么？在小说中"历史"是怎样被想象的？权力与知识生产、文学经典和普遍主义原则与文化霸权、自我与他者的关系又是如何？……这些问题都非常重大，重大到有很多库切在自己的小说中都无法解决。由于库切挑战了许多文化和文学的边界，所以库切的创作具有重要的文化意义。

　　库切的每一部文本探讨的问题的侧重点都不相同，而且绝不是以滞重的理论语言，而是采用充满生机、含义丰富的文学形象来进行表述。由于大量使用讽喻的表现手法，库切的小说一方面敞开了多重解释的可能性空间，另一方面却又为纳入一个体系化的框架中去进行研究增加了难度。经过反复的细读，终于发现与文化权威的对抗性，对牵连进文化霸权和知识生产的自我的自省性，对写作自身问题的关注，构成库切创作关注的三个中心，而对这三个中心的理解最终离不开南非和当代国际社会的后殖民文化语境。

二　库切创作的后殖民文化语境

库切的国籍所在地南非，位于非洲大陆的最南端，濒临大西洋和印度洋，交通便利，富有资源，是非洲最富裕的国家，但同时也是殖民主义权力结构和种族歧视持续时间最长的一个国家。17世纪中叶，来自欧洲的白人移民开始移居南非地区，先由荷兰人占据支配地位，19世纪初英国殖民势力开始向南非渗透，并迅速取代了荷兰人在开普殖民地的地位。此后，英裔和荷裔的移民为争夺南非殖民地的统治权矛盾冲突一直不断，直到1902年英国在为期三年的英布战争①中取得胜利，将整个南非地区变为英国的殖民地。

在来自欧洲的不同国度的两股殖民势力争夺南非的殖民统治权的同时，白人殖民者对南非的土著居民科伊人、桑人、班图人等采用了武力征服和种族隔离的政策，将他们变为自己奴役和剥削的对象。1910年，南非联邦成立，成为大英帝国之内拥有自治权的自治领。1948年，以阿非利垦人为主体的国民党上台执政，更是全面彻底地建立和实施种族隔离制度，在这一制度下，所有的南非人从一出生就决定了其一生的命运，南非的《人口登记法》规定南非公民必须登记自己的种族身份。白人可以拥有全部政治权利和经济资源，其生活条件和欧洲的发达国家的居民差不多。有色人种和黑人则备受歧视和限制，尤其是黑人，更是没有基本的政治权利：他们不能进入白人专用的公共场所，不能乘

---

①　即英裔移民和荷裔移民的战争，荷裔移民主要从事农牧业，所以英裔移民贬称他们为"布尔人"（Boers），意为农夫、乡下佬，而荷兰裔移民则在英国统治之前自称为"阿非利垦人"（Afikaners）。

坐白人专用的公共交通工具，他们没有旅行自由，不能随便进入白人专有的城镇，只能寄居在郊外简陋而拥挤的黑人棚户区，为他们的孩子提供教育的学校质量低下，他们长大后能够找到和从事的工作只能是白人不愿意干的低收入、重体力的工作。南非的白人和黑人的生活境况相差极大，占有人口 12.8% 的白人移民占有着全国大多数的财富，而占人口 76% 的黑人土著则被剥夺了基本的生活所需。

南非奉行的这种臭名昭著的种族隔离制度一方面引起了国内来自黑人、有色人种、部分有良知的白人的反抗，另一方面也引起了国际社会的普遍不满和抵制，同时也不利于南非现代化社会经济的进一步发展。在众多压力下，1994 年南非终于废除了种族隔离制度，建立了以曼德拉为总统的民主国家。但经历了外在宰制和对内殖民之后的后种族隔离时代的南非依旧面临着历史的遗产所带来的严峻的社会问题，由于南非近现代历史一直表现为黑白对立的二元文化结构，所以南非一直没有形成建立在融合或同化基础上的统一的南非民族，这种情况致使南非共和国在实行了政治体制上的改革后，依然无法消除民族之间的对立和敌视。曼德拉总统在就职演说中所承诺的那个种族融合的"彩虹之国"现在依旧是正在进程中的理想，消除了差异和对立的、融合在一起的混杂性民族仍然是南非共和国试图建立起的理想的国家民族身份。阻碍南非社会和谐发展的重要因素依旧是长期的外殖民和内殖民的历史造成的历史遗产，消除与殖民历史相伴随的文化暴力所产生的文化剥夺、文化变形是南非社会的当务之急。库切的作品故事发生的地点虽然并不总是放在南非的历史和现实之中，但却总是隐隐指向南非的种族隔离时期和后种族隔离时期的文化语境。

军事、经济和文化的暴力及其导致的殖民化不仅存在于南非，不仅存在于整个非洲，甚至也不仅存在于曾经遭受过殖民灾难的所有亚、非、拉地区的国家，而是一个弥漫全球的文化现象和描述被压迫经验的一个普遍范畴，包括所有的非西方国家。自启蒙时代以来，西方开始进入工业文明和现代化时期，大大加快了发展的步伐，依旧沉醉在文化自足中的古老东方文明的发展渐渐滞后，世界范围内便有了强势的西方和弱势的东方、第一世界与第三世界的人为划分。强的总是试图控制弱的，总想以自己的话语强加于别人的话语之上，并认为自己的发展模式和知识生产具有普遍的价值。久而久之，西方的知识和话语逐渐侵蚀了东方的文化基础和文化自信。20 世纪中期以来，亚非拉地区的许多国家的社会发展逐渐走上了快车道，在政治上获得独立，经济上获得发展的同时，这些被西方强势话语排斥为弱势话语的国家也强烈渴望能够摆脱西方以文化的优势对世界的潜在支配，以平等的地位和西方那些发达国家进行对话，清晰地发出自己的声音，最终摆脱两极对抗和单极独霸的世界格局，形成多边对话的新的世界格局。在这样的一种政治和文化对话的要求之下，由族裔是第三世界的第一世界知识分子开创的、具有强烈的政治意识形态色彩的后殖民文化批评理论一旦进入第三世界，经过理论的旅行，以适合自己土壤的种种变形的形式迅速蔓延开来，成为继后现代主义之后，同时对所谓的东西方两个世界产生巨大影响的文化思潮。学者的身份使得库切有着清醒的理论自觉意识，这种理论的视野在他的写作中是明显的。他在作品中对种种结构性关系的关注、源自身份的危机意识、从边缘对中心进行的颠覆、对文化权威的挑战、对种种形式的暴力的反复描写……都是后殖民文化理论的一些重要的理论命题，将他的文本放置于后殖民文化的语境之中进行考察，许多令人困惑的问题便可能得到较为合理的解释。

三 相关术语梳理

后殖民文化批评理论目前仍是一种尚在发展中的理论，由于其多角度性引发了文化的各个层面的反思，这些反思还没有来得及进行理性的沉淀，所以研究者们对很多问题的看法存在着歧义和争论，甚至在运用过程中，很多术语的界定都很不相同，甚至是彼此矛盾对立。这些问题使得后殖民文化批评理论内部存在着引起不稳定性的差异，虽然我们不妨姑且接受帕特里克·威廉姆斯（Patrick Williams）的接受策略："至于后殖民研究时下是否是'危险的'，一种向前看的办法就是令其尽情发挥，而不要为它感到丝毫悲伤。"① 但是，在展开本课题的研究之前，还是有必要对本课题涉及的一些主要术语进行一下梳理。

首先需要弄清的是"后殖民"（post colonial 或 post-colonial）这个概念。目前理论界对"后殖民"一词的限定主要有三种情况：一是作为历史的一个阶段，大多是指殖民主义时期结束以后的时期，即传统殖民制度解体后出现的历史情境；但也有人，如《逆写帝国》的作者们"使用后—殖民这个术语，来覆盖从殖民时刻开始到现在的帝国进程所影响的文化。这是因为在由欧洲帝国侵略所开始的整个历史进程中有一种占据思想的一致性"。② 二是指"取代殖民时代话语的努力，这既是理论运动，也是各种文化交错的新格局，这种新格局带来新机遇，也带来了一些认同

---

① 转引自巴特·穆尔-吉尔伯特《后殖民批评》导言，见巴特·穆尔-吉尔伯特编撰《后殖民批评》，杨乃乔、毛荣运、刘须明译，北京大学出版社 2001 年版，第 121 页。

② Bill Ashcroft, Gareth Griffiths and Helen Tiffin: The Empire Writes Back: Theory and Practice in Post-colonial Literatures, Routledge, 2002, p. 2.

和表述危机"。① 第三，在许多理论家的心目中，"后殖民"是全球化和后现代状态的一种作为替代物的表述策略。阿里夫·德里克所总结的"后殖民"的三层含义中的后两层就都指向与全球化的密切关联：

> 1. 对前殖民地社会的现实状况的一种真实描绘，在这种情况下它有着具体明确的指称对象，如后殖民社会或后殖民知识分子。2. 一种对殖民主义时代以后的全球状态的描述，在这种情况下它的用法比较抽象，缺乏具体的所指，与它企图取而代之的第三世界一样，意义模糊不清。3. 描述一种关于上述全球状态的话语，这种话语的认识论和心理取向正是上述全球状态的产物。②

在我看来，以这三个方面的任何单独的一个去界定后殖民都是不全面的，将这三个方面结合在一起才能较为合理地表述"后殖民"的内涵：它一方面是殖民主义之后的时期和历史状态，但仍然与殖民时期有着藕断丝连；另一方面又是对殖民话语的一种取代的努力，受殖民话语压迫的被压迫者的身份经过拓展，"包括了妇女、被凌辱被压迫阶级、少数族裔，甚至包括那些在大学里教授边缘的和被同化了的科目的人们"。③ 经过这番拓展，后

---

① 埃里·凯杜里：《民族主义》，张明明译，中央编译出版社 2002 年版，第 238 页。

② 阿里夫·德里克：《后殖民氛围：全球资本主义时代的第三世界批评》，美国《批评探索》杂志 1994 年冬季号，中译文见汪晖、陈燕谷主编《文化与公共性》，三联书店 1998 年版，第 446—447 页。

③ 转引自徐贲《走向后现代与后殖民》，中国社会科学出版社 1996 年版，第 191 页。

殖民的"对抗意义也就不局限于对西方殖民主义的揭露和抵制。后殖民批判并因此而形成了一种更基本、更具有普遍性的批评实践取向，那就是直接或间接介入一切社会中各种次等公民的生存抗争"。① 第三个方面的内涵则指向第三世界与第一世界的关系，正如徐贲所说，后殖民这个概念又是"第三世界从所谓后现代世界秩序的边缘与其中心的对抗，以殖民关系定位来重写'后现代状况'"②，是第三世界在保持本土文化特征与实现和世界的相互依存两种需要之间平衡、调停的产物。

　　和"后殖民"一词出现频率差不多高的是"后殖民主义"（post colonialism 或 post-colonialism）一词。在多种相近的表述语境中，这两个词经常被混同使用。从目前国内被引用程度较高的几部编纂、翻译的理论材料读本的题目中，即可见出这种混同。巴特穆尔-吉尔伯特编撰、杨乃乔等翻译的《后殖民批评》，张京媛主编的《后殖民理论与文化批评》，罗钢、刘象愚主编的《后殖民主义文化理论》等，对于同一种文化理论，分别采用了"后殖民"和"后殖民主义"两个术语。实际上，"后殖民"和"后殖民主义"这两个词语在内涵上截然相反。吉尔伯特在他编撰的《后殖民批评》的前言中指出："后殖民批评家们常常把后殖民主义看视为一种赌注，这一赌注即是在特定的民族斗争语境下的一个政治过程。"③ 在吉尔伯特的概念中，后殖民批评恰恰是对后殖民主义的一种批判。而《后殖民批评》的中文译者杨乃

---

　　① 徐贲：《走向后现代与后殖民》，中国社会科学出版社 1996 年版，第 191 页。

　　② 同上书，第 173 页。

　　③ 巴特·穆尔-吉尔伯特：《后殖民批评》导言，见巴特·穆尔-吉尔伯特编撰《后殖民批评》，杨乃乔、毛荣运、刘须明译，北京大学出版社 2001 年版，第 53 页。

乔也在译者序中对二者进行了辨析，他认为"后殖民主义"与"后殖民批评"的关系和"殖民主义"与"殖民批评"的关系是一样的，"前者是世界格局处在冷战之后的所谓文化霸权殖民主义者，后者是被文化帝国主义在后殖民主义行为中浸润而失去权力的抵抗者"。①吉尔伯特和杨乃乔都在强调二者文化立场的根本对立，他们对"后殖民"和"后殖民主义"所做的这种比较是恰切的。按照这种界定，后殖民知识分子是站在文化霸权的抵抗者的文化立场上说话，后殖民主义知识分子则是站在文化霸权的新的殖民主义立场上来说话；后殖民文化理论是后殖民知识分子对文化霸权进行颠覆、对抗的策略表述，而后殖民主义文化理论则应是恰恰相反。

　　在文学领域，和后殖民文化理论相对应的，还有一个同样重要的理论范畴，即"后殖民文学"（Post Colonial Literature 或 Post-colonial Literature）。对这一概念的使用，同样存在着很多混乱。这个出现在西方的术语最早指的是英国和北美那些非白人少数民族作家的作品，后来不断有人把当代亚洲和非洲的文学冠以"后殖民的"称号，"一度被称作'第三世界文学'的东西现在被重新命名为'后殖民文学'，因为理论指导的大框架从第三世界民族主义变成了后现代主义"。②而在《逆写帝国》的作者们看来，"非洲国家、澳大利亚、孟加拉国、加拿大、加勒比海国家、印度、马来西亚、马耳他、新西兰、巴基

---

　　① 杨乃乔：《后殖民批评》译者序，见巴特·穆尔-吉尔伯特编撰《后殖民批评》，杨乃乔、毛荣运、刘须明译，北京大学出版社 2001 年版，第 23 页。

　　② 艾贾兹·阿赫默德：《文学后殖民性的政治》，见罗钢、刘象愚主编《后殖民主义文化理论》，中国社会科学出版社 1999 年版，第 253 页。

斯坦、新加坡、南太平洋岛屿诸国和斯里兰卡（的文学）全是后殖民文学。美国文学也应该被放入这一种类"。① 有些研究者对这一术语的使用则指向了文化多元主义，有些学者则用这一术语指非白人的、非欧洲的或者非欧洲但却在欧洲内部的这样一些作家的创作。"后殖民文学"这一词语在使用的过程中，范围不断地扩大，因为所指的东西太多，语义不断膨胀，其边界变得越来越模糊。把第三世界文学统称为"后殖民文学"的问题在于，第三世界前殖民地的文学和没有过被殖民经历的国家的文学之间的差异无法体现，即使在前殖民地国家，也有大量的作品并没有体现出任何后殖民性；把美国文学也归入"后殖民文学"，也是一个引人争论的话题。虽然在美国建国之后的一段时间内，的确存在着摆脱英国的文化话语支配的文化建设任务，但是将美国文学笼统地归为"后殖民文学"总是过于含混。因为美国现在实际上正在成为新的帝国中心，是文化霸权行为的发出者，而非被动接收者。实际上，对于"后殖民文学"的界定不能简单地采用肤色、地域和历史的经历标准，而是更应侧重于其实质性内涵。应该说，博埃默对这一术语的限定还是较为恰切的，他认为，"后殖民的文学，它倒并不是仅仅指帝国主义之后才来到的文学，而是指对于殖民关系作批判性的考察的文学。它是以这样或那样的方式抵制殖民主义视角的文字"。② 它不仅存在于第三世界，也存在于第一世界，不仅

---

① Bill Ashcroft, Gareth Griffiths and Helen Tiffin: The Empire Writes Back: Theory and Practice in Post-colonial Literatures, Routledge, 2002, p. 2.

② 博埃默：《殖民与后殖民文学》，盛宁译，牛津大学出版社 1998 年版，第 3 页。

存在于非欧洲人、非白人的写作，也存在于欧洲人、白人的写作之中。

四 后现代主义影响下的后殖民文学形态

库切的作品立足于边缘，充满了对欧洲文化霸权的对抗意识，显示了为前殖民地人民争夺话语权力的努力，但是作为一个南非的白人作家，欧洲移民的后代，他的创作又的确与南非的本土作家不同：由于不拥有非洲的文化传统，他无法站在非洲文化的内部为非洲文化言说，他的言说只能属于为"他者"的言说；他虽然从血缘和文化继承上，与欧洲文化有着无法摆脱的关系，但是作为一个欧洲殖民主义的经历者、种族隔离制度——变异了的内殖民形式的见证者，一个向往种族融合的南非公民，库切的作品中又充满了对欧洲文化霸权的全方位的揭露和攻击。所以，库切的知识位置似乎处在了"后殖民"知识分子和"后殖民主义"知识分子之间的中间位置。然而考虑到库切作品中强烈的自省意识，在事实上是作为一种颠覆文化霸权的表述策略存在的，换句话说，就是库切的作品通过不断地自我质疑、自我发现、自我揭露、自我否定，逐渐腐蚀自我的文化成见，最终达到的是拆解中心的目的，所以，把库切的创作称作选择了边缘的、受限制的后殖民写作当更为恰切。

除了是一位著作等身的作家，库切还是一位知识渊博的学者、大学的语言学和文学教授。小说之外，库切还发表了大量的关于语言学、文学、当代文化现象的学术论文。学者的身份对库切的创作有着潜在的影响。伊安·格来恩（Ian Glenn）认为："如果非要说库切与南非的某个阶级存在有机的联系，或者说库切是某个阶级的代表人物的话，那么这个阶级一定是在传统上说英语的大学里的职业学者。"① 胡格安（Huggan）和瓦特森（Watson）也认为："如果说库切（小说家库切）不存在的话，那么学术就应该是创造库切的东西。"② 这些研究者都突出强调了库切的学者身份和作家身份的密切关系，伊安甚至称库切为跨文化的国际语境中的"作为作家的批评家的新品种"中的一员。在一次访谈中，面对访谈者提出的作家和语言学家的两种不同身份彼此之间的关系问题时，库切回应道："我的许多学术训练是在语言学方面。从很多方面来说，我对语言学的兴趣，比对文学方面兴趣更大，尽管后者是我的学术职业。我认为在我的小说中始终存在着对语言问题的兴趣的证据。我没有发现在我对语言学的职业兴趣和我作为作家的工作之间有任何断裂。"③ 库切的言论似乎证实了研究者们的推论，但我们不能就此得出与文学家相比，库切首先是一个语言学家的结论。因为库切所说的作为"学术职业"的文学方面，是指文学研究，而不是文学创作。我们只能说关于语言学的理论知识深深地影响着库切的文学创作。语言学等理论的影子在库切的作品中的确普遍存在，但绝不是以直接的理论思辨的方式，而是以虚构化的文学形象的方式存在。在进入独特的创作进程时，这些理论思想经历了种种变形。

库切本人不信任文学批评，在阿特瓦尔的访谈中，库切说道："什么是批评？除了是对它的客体的背叛（通常的情况）或者成为使它的客体无法承受的力量（较为少见的情况）之外，它

---

① Glenn，Ian："Nadine Gordimer，J. M. Coetzee，and the Politics of Interpretation"，South Atlantic Quarterly：93（Winter 1994），pp. 11—32.

② 转引自 Susan Vanzanten Gallagher，A Story of South Africa：J. M. Coetzee's Fiction in Context，Harvard University Press，1991，p. 25.

③ J. M. Coetzee："An Interview With J. M. Coetzee"，by Jean Sevry，Commonwealth Essays and Studies，9（1986），pp. 1—7.

还能是什么？在多少情况下才能出现批评和客体的对等结合呢？"[1] 然而，尽管库切不信任批评，但是他却无法否认理论思想为他的许多小说主题提供了灵感这一事实。变形了的理论思想和对小说创作进程自身的关注构成库切小说的一个重要特征。对于库切创作表现出的这一特质，阿特瓦尔提出应该把它放到更为宽阔的文化杂交的沃土中进行解读，他提出后结构主义之后，作家、批评家的边界不可避免地正在坍塌，不同的文化话语（包括批评家的和作者的）面临着日益增加的学科互渗的相互质问。[2]

的确，理解库切离不开对他的学术背景的了解。库切的学术滋养主要来自西方的后现代主义，尤其是后结构主义语言学。在《关于写作的笔记》的论文中，库切以"书写"为例分析了现代语言学提出的语言的三种声音：主动的、中间的和被动的。库切提醒人们关注三种不同的声音所表现的书写与主体（机构）的不同关系，认为"主动的、中间的、被动的三种声音应该被视作一种小心翼翼的合唱，一个人书写时必须留出一只耳朵来倾听"。[3] 库切在自己的写作中的确做到了这一点，在生产话语的同时，不断地对生产话语的过程进行检查，对写出的语言与写作者的关系保持时刻的警惕，库切的自省意识除了与他的身份有关外，还与他对语言和主客体的结构性关系的关注相关。库切对弗洛伊德、拉康、德里达、福柯等人都非常熟悉，他的小说的世界总是一种一个叙述者和其语言的建构物，由于语言的流动性，这一世界具

---

① J. M. Coetzee: Doubling the Point: Essays and Interviews, Harvard University Press, 1992, p. 6.

② 转引自 Susan Vanzanten Gallagher, A Story of South Africa: J. M. Coetzee's Fiction in Context, Harvard University Press, 1991, p. 26.

③ J. M. Coetzee: Doubling the Point: Essays and Interviews, Harvard University Press, 1992, p. 95.

有很大程度的不确定性，因而丧失其权威性，具有了多种阐释的可能。库切的小说中还充满了对语言和主体性身份的关系、语言所内在的权力欲望、作家的权威等问题的关注。然而，归根结底，库切写作中对这些语言学问题的关注，是附属于他对殖民主义的历史和话语生产、南非种族歧视的实践和在不同的政治、历史和社会语境中的主奴关系的总体调查的中心任务的。他对语言的结构性关系的关注和拆解总是与南非后殖民语境中的权力关系紧密相连，事实上，后结构主义语言学知识是被库切作为一种解构文化霸权的武器和工具而使用的。库切早期的语言学训练使他能够从语言的深度结构中去剖析殖民话语中弥漫的欧洲权威的建构，这也是库切同其他后殖民作家不同的一个重要特征。

库切的创作在总体精神气质上更接近后现代主义。他对游戏极为推崇，"游戏，对我来说，是人类规定的特征之一。我斜眼看待'工作'这一词语。当人们谈及工作时我会问自己：什么东西将在工作的名义下被背叛和牺牲？"①他将文本视作游戏室，创作者可以在其间自由地进行叙述和意义的游戏：他的《福》是一个典型的文本游戏形式，《在国家的中心》在形式上更像一本写作小册子，《迈克尔·K的生活和时代》则引人进入意义的迷宫……对滋养自己的欧洲文学传统的怀疑导致了库切对自我的怀疑，对自我的怀疑又引向了对作者权威的否定。在他看来，"小说的叙述包括放弃对某种制度、历史、社会学或无论什么话语的支持，它不再需要专家，你不再是自己文本的主人"。②也就是说，库切主张文学应摆脱作者的权威，允许读者对作者的公正性

---

① J. M. Coetzee: "Voice and trajectory: an interview with J. M. Coetzee", by Scott, Joanna. Saratoga Springs: Spring (1997), pp. 82—102.

② Ibid.

质疑。他的小说不仅致力于对权力权威的解构，而且往往同时又消解了作者和叙述者的权威，他的小说的叙述者大多兼具多重身份，既是权力的反对者又是无意识的同谋者，叙述过程充满了语言、意识形态的游移和焦虑，作者费尽周折建立起的叙述权威最终因叙述者意识的暧昧而崩塌，从而失去了意义的确定性，因而向读者敞开了无限开阔的参与空间，从而将阅读的自由最大限度地给予了读者。

　　既然吸收了后现代主义的形式，那么库切的作品是否也感染了后现代主义对政治的不相关性？回答是否定的。库切虽然不愿意做任何想象的政治共同体的附属，但却认为：在颠覆了殖民观念之后的南非白人作家"没有进一步去想象他们祖国的可能的'道德共同体'"是一种遗憾。他说："在我看来，隐含的意义在于想象这样一种可能性是落在作家们（白人、黑人或既非白人也非黑人）身上的责任，一个他们没有成功履行的责任。"库切将责任分为两种，一种是由社会和社会的灵魂以他们的希望和梦想的形式强加给作者的责任，一种是"作家构成中的某种东西，人们可以松散地把它称之为良知，但是我暂时愿意称它为必须履行的责任，一种超验的必须履行的责任"。[①]在两种责任中，库切更重视后者。在这一责任意识之下，库切的写作表现了对于第三世界后殖民政治的关注，在他的笔下，后现代主义的外在形式被结合进了立意于把殖民者的殖民策略暴露于光天化日之下的后殖民叙述。来自欧美的后现代主义被库切应用于南非的语境中时，产生了它的变种，带有了后殖民世界的特殊性。

---

① J. M. Coetzee: Doubling the Point: Essays and Interviews, Harvard University Press, 1992, p. 339.

其实，后现代主义与后殖民文化理论的密切关系原本就是一个热点话题。后现代主义与后殖民主义的确有许多重合之处：可以说，表面上看，二者有着共同的目标：拒绝帝国话语，反对中心/边缘的等级制；甚至也可以说"后殖民理论因后现代理论而壮大。后现代理论对绝对理性、单一历史观、中产阶级主体、逻各斯中心论和菲勒斯中心论的批判极大地成全了后殖民理论对欧洲中心论、男性至上论和资本主义全球霸权的批判"。① 但是二者依旧有着重大差别：其中最大的差别也如徐贲所说："后殖民批判比后现代批判更强调这些问题同西方意识以及同帝国主义、殖民主义政治经济制度的关系。"② 也就是说，与后现代主义文化思潮相比，后殖民文化理论的政治意识形态色彩要浓厚得多；第二个重要差别，盛宁的概括非常到位，他认为："如果说后现代主义是欧美发达国家的文化向所谓'边缘'的输出和辐射的话，那么，所谓'后殖民'的写作，则应是整个包括以往的和新近的被殖民化的非洲国家、澳大利亚、加拿大地区、印度、新西兰等在内的国家和地区向西方文化中心的运动。"③ 二者在流动的方向上恰好相反；第三个重要差别在于：从本质上讲，后现代主义与它所对抗的启蒙现代主义一样，具有同质化的文化趋向，它试图以西方后现代社会的消费文化模式去涵盖、阐释全球不同地域的文化。而后殖民文化则是一种反对同质化倾向的文化选择，它"不是跨越所有后殖民社会甚至不是某一单个社会的同质范畴。相反，它指代的是一种永远处于变化之中的构造，它永远

---

① 徐贲：《走向后现代与后殖民》，中国社会科学出版社 1996 年版，第 181 页。

② 同上。

③ 盛宁：《人文困惑与反思》，上海三联书店 1997 年版，第 171 页。

与自身不一致"。① 它虽以颠覆西方的文化霸权为主要目标，但并不是要以形成的东方话语去取代西方话语，而是主张文化的协商，弘扬多元共生。

在《逆写帝国》和博埃默的《殖民与后殖民文学》等著作中，都将移民殖民地的移民文学视作和殖民地的土著文学并列的后殖民文学形态。维霍伊·米什拉和鲍伯·霍奇在《什么是后（一）殖民主义》中，将这两种形态分别称为"共谋型后殖民主义"和"对抗型后殖民主义"两种形态②（在这里，后殖民主义实际上是指走向多元化的后殖民文化理论）。"对抗性后殖民主义"，"最显见于后—殖民主义（带连字符）历史阶段的独立后的殖民地上"，而"共谋型后殖民主义"，"同样是殖民主义构成进程中的一个产物，只是有一些曲折和变化……它是殖民化内部的一个永远在场的'底面'"。在他们看来，对抗型后殖民有三条核心的基本原则：种族主义、第二种语言和政治斗争，而"要使后殖民范畴以别的方式运作，它就必须变成'共谋后殖民主义'，因而是名副其实的后现代"。③虽然南非的殖民形态不像加拿大、澳大利亚、印度等国那么容易界定，有些暧昧，但是作为一个南非的白人作家，根据这种界定，库切的写作应该更接近于共谋型的后殖民文学，体现为后现代主义与后殖民主义的交织。再准确点说，就是库切的创作属于受西方后现代主义影响的后殖民文学形态，后现代主义的文化策略被他结合进南非的后殖民文化语境

---

① 维贾伊·米什拉、鲍伯·霍齐：《什么是后（一）殖民主义》，见罗钢、刘象愚主编《后殖民主义文化理论》，中国社会科学出版社 1999 年版，第 388 页。

② 同上书，第 381 页。

③ 同上书，第 385 页。

之中，产生了后殖民写作的变种了的形式，因而扩大了后殖民写作的非同质化内涵，增加了后殖民文学的发展方向。

另外值得注意的一个问题是，库切在创作中，一直致力于在知识分子对自己的知识的忠诚、小说家对创作进程的忠诚和政治的义务、道德的责任之间小心翼翼地求得平衡，避免了南非当代作家创作中普遍存在的因对道德性和政治责任的强调而忽视文学性的问题，在小说中实现了美学、政治和道德的结合，这是库切创作的独特价值所在。多米尼各（Dominig）认为，库切的这种选择"是一个考虑周到的知识分子的忠诚和修正的行动方案，不仅是勇敢的，而且可能也是极富远见的"。[①]

五 方法和研究路径

由于库切每部作品采用的形式都有变化，处理的问题侧重点都不相同，目前，国外出版的库切研究专著大多采用一章研究一部作品的体例。本课题的研究则试图在整体上把握库切的创作，然而由于库切创作本身的特点，所以在具体研究过程中，又采用个案研究与整体思考相结合的方法。

本课题的研究从文本出发，遵循理论与实践结合的原则。理论永远是为实践服务的，本课题是把作家创作放入文化的背景中进行考察，虽然不可避免地涉及后殖民文化理论的许多理论命题，但是这种涉及是为阐释库切生动的、个性化的创作服务的。

本课题的研究借鉴文化人类学的"厚描"方法，即"从极简单的动作或话语着手，追寻它所隐含着的无限社会内容，揭示其

---

① Dominic，Head：J. M. Coetzee. Cambridge University Press，1997，p. 2.

多层内涵，进而展示文化符号意义结构的复杂社会基础和含义。① 把库切的创作放入后殖民文化语境之中，力求得到一个较为清晰的描述脉络。

后殖民文化理论是一个包容面极广的理论视野，除了与后现代主义和后结构主义的密切关联外，它还与女权主义、新历史主义、新马克思主义等理论思潮有着许多的交织和重合，把本身有着自觉的理论意识且提出的问题非常广泛的库切写作放置于这样的一个文化批评的视域之中，就注定了本课题的研究的多角度性和多层面性。

徐贲在《走向后现代与后殖民》一书中指出："后殖民批判把关注点放在西方话语对第三世界主体、文化身份和历史的建构上，这些建构使得第三世界因无法形成和表述自己独立的主体和历史意识而不能不屈从于西方意识形态，成为政治和文化上的'被压迫者'。"② 所以文化身份、主体性和历史问题就成为后殖民文化理论拆解殖民话语和颠覆文化霸权的主要路径，另外，在《逆写帝国》的作者们看来，"融合性"和"杂交性"是后殖民创作的标志。因此，后殖民文学"不是在同质实践中构成的，而是在反话语实践中构建起来的"，③ 也就是说，从本质上讲，后殖民文学是一种多元形态的反话语的文学实践，尚需具体情况具体分析。所以，文化身份、主体性、历史问题和反话语的文学实践

---

① 张进：《新历史主义与历史史学》，中国社会科学出版社 2004 年版，第 148 页。

② 徐贲：《走向后现代与后殖民》，中国社会科学出版社 1996 年版，第 174—175 页。

③ Bill Ashcroft, Gareth Griffiths and Helen Tiffin：The Empire Writes Back：Theory and Practice in Post-colonial Literatures，Routledge，2002，p. 196.

就成为本课题接近研究对象的四条路径。

由于本课题的研究对象——库切是一个尚且在世而且仍旧处于创作高峰期的作家,一方面他的创作还在不断发展,批评也应该不断地调整自身;另一方面,库切的创作本身就具有变化多端的特点,作为一个有着睿智的思想的学者型作家,吸引库切的文化和文学问题实在太多,他的篇幅不算很长的小说中,往往承载着多个文化和文学问题,而这些问题又都是通过间接的方式表述出来,所以库切的小说召唤多重解释。笔者在研究的过程中,经常被许多问题所困扰,在翻阅材料的过程中,也经常发现关于库切创作的相互对立的观点。库切深厚的理论素养和时时存在的自省意识使他的文本总是有意识地拒绝公式化的理论模式的捕获,理论面对他的文本时,经常显得有些无力和僵化。因此笔者绝不敢宣称自己的阐释是对库切创作的唯一阐释,而只是接近库切的众多路径中的一条。在这条探索的道路上,直到封笔之际,依旧还存在着许多迷惑需要进一步地观察和思考。综合以上原因,本课题在结构上没有提供一个结论,希望能为笔者留下一个继续研究的开放性空间。

第一章

混杂性身份和边缘书写

　　文化身份问题是后殖民文化批评中的一个重要范畴。一方面，许多研究者指出，对后殖民文化理论家们自身来说，"身份可以作为一种表述的策略，用来拓展新的发言渠道"①。萨义德（有的译者译作赛义德，本书通用萨义德）、霍米·芭芭（有的译者译作霍米·巴巴，本书通用霍米·芭芭）、斯皮瓦克等人会根据发言的场所和讲话的对象而呈现出不同的身份位置，在这个意义上，他们的言说多少具有表演性质；另一方面，身份问题也是这些理论家们所着重分析的对象。他们通过大量的理论阐释和文本分析，试图揭示出"身份不是由血统所决定的，而是社会和文化的结果。后殖民主体必须不断地重新定位，寻找自己的位置。种族、阶级、性别、地理位置影响'身份'的形成，具体的历史过程、特定的社会、文化、政治语境也对'身份'和'认同'起着决定性的作用"②。后殖民主

---

　　① 　张京媛：《〈后殖民理论与文化批评〉前言》，见张京媛主编《后殖民理论与文化批评》，北京大学出版社 1999 年版，第 6 页。
　　② 　同上。

体对自我身份的剖析、对历史位置的寻找不仅直接影响着他们的言说想要表达的意义，而且本身就构成他们后殖民写作的一个重要组成部分。

由于人类的迁徙、历史的移位和文化的置换是构成后殖民文化情境的主要的前提条件，所以后殖民文化批评坚持认为，再也没有什么纯粹的文化，"文化作为一种生存策略既是跨国性的又是'译转性'的"。[①] 因此无须对文化中个人身份的本质执著入迷。在此文化视野中，以混杂性身份为突出特征的流散作家（或移民作家）及其创作便成为一个引人注目的话题。

作为欧洲帝国的流散者，库切不仅处于真实的流散情境，而且深陷一种"精神的流亡"状态，为"从何处来"和"身在何处"这两者之间矛盾所困扰。他时刻意识到自己是夹在意识形态的生产运作之中的，在自我寻找的过程中，又不断地进行自我剖析。对他来说，混杂性文化身份较少具有"表演"的性质，而是一种表述策略的无奈选择，并且直接形塑了他的创作自我。像众多流散作家一样，库切选择了边缘的言说位置，边缘的位置使得库切的创作从多个方面呈现出与文化权威的对抗。

第一节 流散写作的崛起及其文化身份特征

流散（disapora）现象，或称族裔散居现象，是后殖民文化

---

① H. K. Bhabha：The Location of Culture，Routledge，1994，p. 172，译文参见姜飞《跨文化传播的后殖民语境》，人民文学出版社 2005 年版，第 157 页。

理论关注的一个重要内容。简单地说，"族裔散居（diaspora）指某个种族处于外界力量或自我选择而分散居住在世界各地的情况（用通俗的话讲即是移民现象）"。① 表面上看来，流散并不在后殖民文化研究的范围之内，但是如果我们检查一下殖民主义对流散现象的影响，就会发现这二者之间的密切关联。对此关联，《逆写帝国》的作者们指出："帝国控制的最极端的结果可以在人们通过奴隶贸易、师徒合同和移居所导致的根本的移位中看到。最近，大量的人的'流散'可以被看作西方和世界之间财富不均的一个结果，这种不均被帝国主义的经济帝国所延伸，并在殖民者和被殖民者之间打开了一个鸿沟，特别是难民群的移动，已经经常在许多世界范围的社团里再次点燃种族主义（和东方主义）之火。"②

流散（diaspora），从词源上讲，源自希腊词 diaspeirein，前缀 dia 指"散开来"，speirein 指播种、散布。故有学者从词源上推断出 diaspora"这个词最初指植物借花粉的飞散和种子的传播繁衍生长"。③ 古希腊人借用这个词来指人口的流动。在公元前3—2 世纪，diaspora 这个词开始出现在希腊人对 Deuteronomy 的《旧约》版本的翻译中，摩西警告以色列人：如果人们对上帝忠诚，信守教义，上帝就会降恩于他们，否则，就会受到惩罚，出现可怕的后果，其中之一，就是被迫离开家园，散居各地。

---

① 张京媛：《〈后殖民理论与文化批评〉前言》，见张京媛主编《后殖民理论与文化批评》，北京大学出版社 1999 年版，第 7 页。

② Bill Ashcroft, Gareth Griffiths and Helen Tiffin：The Empire Writes Back：Theory and Practice in Post-colonial Literatures，Routledge，2002，p. 217.

③ 童明：《家园的跨民族译本：论"后"时代的飞散视角》，《中国比较文学》2005 年第 3 期。

"在 Deuteronomy 中 diaspora 这个词出现的语境里，流散的移动和一个诅咒，一个永恒的他者中的另一，盲目、疯狂和击败，一个变弱的传播联系在一起。……尽管人们普遍认为，diaspora 这个词与损失相应，但是它也像'exile'这个词一样，已经增长了一种积极的回应，预示了一种在最坏的境况下的顽强、对抗和信仰的坚守。"① 公元前 6 世纪，耶路撒冷被毁灭，犹太人被奴役，走上散居之路，此后，人们往往用大写的 Diaspora 来指称犹太人的这段散布在世界各地的历史，具有宗教的和精神的意义。直至最近二三十年来，小写的 diaspora 才逐渐地取代大写的 Diaspora，越来越频繁地出现在批评话语和学术视野之中。diaspora 用来泛指那些离开自己的家园散布在其他地方的人，往往和少数族群体如犹太教徒、穆斯林、爱尔兰人、非裔欧美人、亚裔欧美人等的经历相连接。最近这些年来，这个单词更加频繁地用于描述后殖民的移民的经历，阿里夫·德里克甚至认为："流散完全可能是后殖民意识直接的社会条件……后殖民主义好像是流散者中那些颇善言辞的群体的思想体系，这些流散者用一种来自他们自己生存条件的新意识去挑战早先的种族划分和文化结构……"② 所以，流散和后殖民主义一道，共同出现在当下国际社会批评意识的前沿。

"文化意义的流散产品发生在许多领域，比如说当代音乐、电影、戏剧和舞蹈，但是写作是其中最有趣的和最具策略性的方式之一，在其中流散可以破坏地方和全球的二元关系，使民

---

① Nico Israel: Outlandish: Writing Between Exile and Diaspora, Stanford University Press, 2000, p. 2.

② 阿里夫·德里克:《跨国资本时代的后殖民批评》，王宁等译，北京大学出版社 2004 年版，第 65 页。

族的、种族的、部族的身份的确切表达问题化。"① 随着后殖民文化理论的兴起，流散写作成为当代世界文学中一个备受关注的文学现象，20 世纪 90 年代以来，诺贝尔文学奖连连授予有跨界经历、身份复杂的流散作家，就是一个突出的明证。

一 流散写作的界定及其在当代崛起的原因

其实，从某种意义上来说，流散文化就是人们通常所说的移民文化。那么，流散或移民的经历到底意味着什么？在拉什迪的分析中，"传统上，一位充分意义上的移民要遭受三重分裂：他丧失他的地方，他进入一种陌生的语言，他发现自己处身于社会行为和准则与他自身不同甚至构成伤害的人群之中"。② 也就是说，在拉什迪看来，地理空间的跨国界的位移、语言的转换、进入异域文化等多重界限的跨越是移民的构成性特征，分裂和越界的经历也是流散者命运的重要因素。然而用拉什迪的这一总结来概括流散的经历还不全面，从词源上看，流散一方面意味着移置造成的损失和分裂，另一方面种子的跨国旅游还隐喻了文化的跨国界传播，在异化授粉和交叉施肥的作用下，流散还暗含了新的生命的创造、扎根和成长的期盼。也正是 diaspora 的语义的相互矛盾导致了学术界对流散的认识的模糊和对立。就流散写作来说，我们应当辩证地来看问题，流散的经历一方面使作家们失去

① Bill Ashcroft, Gareth Griffiths and Helen Tiffin: The Empire Writes Back: Theory and Practice in Post-colonial Literatures, Routledge, 2002, p. 218.

② 萨尔曼·拉什迪：《论群特·格拉斯》，黄灿然译，《世界文学》1998 年第 2 期。

了与本土文化、社会现实的直接联系，另一方面同时也让他们获得了本土作家所不具备的人生体验和独特视角，甚至直接构成了这些作家的艺术品格，或者说流散的人生经历直接参与了流散作家们的自我塑型。

流散写作有广义和狭义之分，广义的流散写作由来已久，从古代的荷马和奥维德开始，世界文学史上出现了像圣·奥古斯丁、但丁、塞万提斯、拜伦、雪莱、康拉德、艾略特、乔伊斯、布莱希特、贝克特、索尔·贝娄、纳博科夫、鸠摩罗什、玄奘、崔致远、阿倍仲麻吕、萨迪等流散作家，他们塑造了大量的流散者形象，像奥德修斯、俄狄甫斯、埃涅阿斯、西努赫、摩西、耶稣、穆罕默德、鲁滨逊、堂·吉诃德、恰尔德·哈洛尔德、马洛、吉姆……历史上的流散写作已经形成了自己独特的传统，也颇具规模。狭义的流散写作则往往用来专指后殖民的移民文学，包括纪伯伦、拉什迪、索因卡、戈迪默、库切、莫里森、奈保尔、本·奥克瑞、迈克尔·翁达杰、沃尔科特、昆德拉、韩素音、赵建秀等一大批现当代作家。在当下的批评话语中，流散写作往往更多指向这一群体的写作。本书对流散写作这一概念的使用也主要是取其狭义的范畴。

流散写作是一个历史现象，但现当代以来变得尤为惹人注目，其直接的原因首先来自两次移民浪潮。第一次浪潮是殖民主义这一"历史发动机"造成的广泛的集团迁徙，第二次则是20世纪80年代以后全球化的压缩空间产生的巨大的人员流动。这两次人流的规模都是前所未有的，大量的人漂洋过海，散居在世界各地，其结果是移民成为各国人口构成的一个重要组成部分，没有定居之所和文化皈依的流散生存成为一个普遍的文化现象，流散者们的生存状态和文化体验也就成为人们所关注的一个热点话题。其次，20世纪末期以来，像爱德华·萨义德、霍米·芭芭、斯皮瓦克等族裔是东方民族的文化精英在西方知识圈内崛起，大有独领风骚之势，他们本人学术上的成功和他们对于散居现象的关注和理论阐释，使得流散作家的跨文化创作问题更为引人注目。第三，在当代全球化语境之下，空间的互渗性导致纯粹的本土文化再也难以维系，面临全球化的冲击，人们普遍存在着文化身份问题的深度困惑。这一问题对于第三世界国家的人民来说，尤为重要，因为这关系着第三世界如何在全球化和本土化的矛盾与冲撞中获得平衡，既能以本土文化来对抗全球化所隐藏的西方的同质化的潜在欲望，又能与世界的经济大潮接轨获得发展的空间。在这方面，跨越了两种或多种文化系统的流散作家的写作往往成为研究的范本。综合以上原因，近些年来，流散写作备受关注，成为文学批评和文化研究的热点话题。

由于"流散不仅简单地指向地理的流散，而且指向这种移位产生的令人忧虑的身份、记忆和家园问题"。[①] 所以，流散作家的文化身份问题便成为流散现象研究的一个核心问题。流散身份研究的主要关注不是主体性问题，而是主体的位置问题。由于深处文化的夹缝之中，没有一个先在的文化身份可供认同，流散作家必须"在想象中创造出自己隶属的地方和精神的归宿，创造出'想象的社群'（imagined community）"。[②] 这种身份的创造有赖于对边界的穿越，所以"流散作家提供了地理上和本体论上的身

---

① Bill Ashcroft, Gareth Griffiths and Helen Tiffin: The Empire Writes Back: Theory and Practice in Post-colonial Literatures, Routledge, 2002，pp. 217—218.

② 张京媛：《〈后殖民理论与文化批评〉前言》，见张京媛主编《后殖民理论与文化批评》，北京大学出版社 1999 年版，第 7 页。

份的流动性和不断变化的主体位置的前景"。① 而且，流散写作
对边界的穿越，破坏了稳固不变的殖民空间，其本身对于破除殖
民话语中僵化的等级体制就具有重要意义。

二 混杂性身份和双重视角

正如韦伯所说，人是生活在文化之网上的动物，任何人都不
能逃离这个意义之网而在文化的真空中飘浮，作家也必定要为自
己在文化中寻找到一个定位作为发言的位置，即寻找到自己的身
份。身份的英文"identity"也可译为"认同"，查尔斯·泰勒
（Charles Taylor）认为，

> 认同问题经常同时被人们用这样的句子表达：我是谁？
> 但在回答这个问题时一定不能只是给出名字和家系。如何回
> 答这个问题，意味着一种对我们来说是最为重要的东西的理
> 解。知道我是谁就是了解我立于何处。我的认同是由承诺
> （commitment）和自我确认（identification）所规定的，这
> 些承诺和自我确认提供了一种框架和视界，在这种框架和视
> 界之中我能够在各种情景中尝试决定什么是善的，或有价值
> 的，或应当做的，或者我支持和反对的。换言之，它是这样
> 一种视界，在其中，我能够采取一种立场。②

---

① Bill Ashcroft, Gareth Griffiths and Helen Tiffin: The Empire
Writes Back: Theory and Practice in Post-colonial Literatures, Routledge,
2002，p. 218.

② 转引自陶东风《全球化、后殖民批评与文化认同》，见王宁、薛晓
源主编：《全球化与后殖民批评》，中央编译出版社 1998 年版，第 203 页。

　　由此可见，从存在的意义上说，文化认同对于人对自我的把握是非常重要的，认同的失败意味着自我的破碎和精神根基的丧失。认同的焦虑使得陷身于两种或多种文化空间中的流散作家普遍执著于身份的求证，于是关于"我是谁"、"我来自何处"、"我身处何处"、"我去往何方"的自我身份探寻便成为流散写作中的一个重要主题。

　　离开母体文化，不管你情愿不情愿，势必要造成与母体文化的疏离，时间越长，疏离越深。即使那些始终坚持拒绝同化，在移民地社会为自己保留一块文化飞地的作家，也难以摆脱这种无奈的失落，他们即使有机会，也多拒绝重返故国，昆德拉认为"真正拒绝的理由只能是关于存在的。并且无法交流"。① 在异国他乡，熟悉的家园只能在你的回忆和梦境里出现，现实的家园在存在的意义上则是陌生的。如果你不能及时地置换语言，就无法实现沟通和获得基本的生存权利，迈克尔·翁达杰在《身着狮皮》中描绘了一个场景，一个演员在移民聚会时临时搭建的舞台上演绎移民失语的痛苦和恐惧。由于不会说当权者（移居国）的语言，他备受侮辱与殴打，只能用手势表示恳求，这一个没完没了的场景触目惊心，是移民文化困境的真实再现。流散作家要想发言并让自己的声音为周围的人所听到，也必定要完成语言的置换，用移居国的语言或用双语进行写作，拉什迪对此有很深的感慨："移居他国必定失落自己的语言与家园。"② 与母体文化的疏离造成了流散者内心深处无法弥合的精神创伤，这种忧伤之情总

---

　　① 米兰·昆德拉：《被背叛的遗嘱》，孟湄译，牛津大学出版社、上海人民出版社 1995 年版，第 89 页。

　　② Salman Rushdie：Imaginary Homelands：Essays and Criticism 1981—1991，Granta Books，1991，p. 210.

是徘徊在他们作品的字里行间，构成流散作家的作品中具有普遍特征的情感结构。

进入异域文化，不论你愿意不愿意，你都无法完全融入移居国的文化。虽然裂隙会随时间推移而渐渐缩小，但根本的弥合却几乎是一件不可能的事情，尤其是对第一代移民作家来说，因为"在数量上相等的生活块面，在年纪轻时或在成年时不具有相等的重量。如果说，成年时期对于生活和对于创作活动更加丰富和更加重要，潜意识、记忆、语言，所有的创作基础则很早就已形成"。① 虽然随着地理空间的转变，已经成型的文化品格会发生断裂，但被压抑在心灵深处的封存的经验即使动用全部的力量也是难以抹掉的，更何况有很多作家要刻意地维持与母国的文化维系。对于第二代、第三代移民作家来说，与母国文化的原生纽带已经松弛，可能民族文化的记忆已经碎片化而变得模糊，但是他们的血缘、肤色、体型却使移居国的居民为他们打上了"殖民地人"的烙印，他者眼中的自我对真实的自我有型塑的作用，所以第二、三代移民依旧会普遍地感到被边缘化的苦恼。或许随着时间的推移，移民的后代们终将退却种族的印记，完全融入了移居国文化，但这样的移民已经不能算得上移民，他们的文学故事已经可以归为另一种民族的文学传统了。

流散作家既与母体文化疏离，又无法完全融入移居地文化，他们多多少少都患上了"文化分裂症"，对这两种文化而言，他们都远离中心，居于边缘的位置，很难断然说他们的身份是此还是彼，只能是如霍米·芭芭所说"既是此又是彼"，很多学者和理论家用混杂来形容他们的文化身份，是非常合适的。混杂文化

---

① 米兰·昆德拉：《被背叛的遗嘱》，孟湄译，牛津大学出版社、上海人民出版社 1995 年版，第 89 页。

身份所蕴含的双重的隔离势必造成流散作家的漂泊感、无归属感、失落感和错位感，印裔英国作家拉什迪将自己的情感分成两半，"这一半爱着伦敦，那一半怀念孟买"，"在一定意义上，我既身处印度与英国文化之内，又处于两种文化之外。在很多方面我不再是印度人。同样，我也从未成为过英国人"。[①] 祖先是印度人、荷兰人和英国人，又移民入加拿大的迈克尔·翁达杰自称"我认为自己既是亚洲作家，也是加拿大作家，也可能是两者的混合"。[②] 穆克尔吉一方面无法忍受加拿大的种族歧视，愤然说道："说得严重一点的话，在加拿大，我不是被当作妓女，就是被当作扒手。"[③] 但当她数年后回到印度，她却悲哀地发现自己仍是一个外国人，她是以一个外国人的眼光在看待、在审视印度文化，她发现印度文化对于她来说也成了一个陌生的文化。

　　混杂文化带来的不仅仅是割裂的痛苦，在众多理论家看来，它还会带来许多丰厚的回报：芭芭通过对国际文化的研究，提出"国际文化的基础并不是倡导文化的多样性的崇洋求异思想，而是对文化的杂交性的刻写和表达"[④]，在他看来，我们正是"从那些遭受历史宣判——征服、统治、流散、移位——的人那里学到最持久的生活和思想的教训"，他因此断言："最真的眼睛现在

---

　　① 转引自尹锡南《印裔移民作家的后殖民诗学观解读 ——"殖民与后殖民文学中的印度书写"研究系列之四》，《南亚研究季刊》2004 年第 4 期。

　　② 任一鸣、瞿世镜：《英语后殖民文学研究》，上海译文出版社 2003 年版，第 116 页。

　　③ 同上书，第 146 页。

　　④ 霍米·芭芭：《献身理论》，见罗钢、刘象愚主编：《后殖民主义文化理论》，中国社会科学出版社 1999 年版，第 201 页。

也许属于移民的双重视界（doublevision）"，而"民族"文化也"越来越从被剥夺的少数族的视角生产出来"①。与芭芭同为后殖民文化批评的理论主将的萨义德也极力推崇知识分子的流亡状态，在他看来，"流亡这种状态把知识分子刻画成处于特权、权力、如归感、这种安适自在之外的边缘人物——这种说法是真确的。然而，也有必要强调那种状态带有某种报偿，是的，甚至带有某种特权"。② 最主要的特权在于"大多数人主要知道一个文化、一个环境，一个家，流亡者至少知道两个：这个多重视野产生一种觉知：觉知同时并存的面向，而这种觉知——借用音乐的术语来说——是对位的。流亡是过着习以为常的秩序之外的生活。它是游牧的、去中心的、对位的……"③

霍米·芭芭和萨义德都将混杂性身份和随之产生的双重视角看作流散作家的某种认识论特权，在他们的阐释之下，让人感到困惑的文化杂交成为一种审美的便利，虽有夸大之嫌，但也的确说出了部分真理。流散作家既在内部又在外部的位置，或者说内部的局外人和外部的局内人的身份使他们可以同时进入两种文化，从而占据了可以从一种文化立场去观望另一种文化立场的优势：对于西方的权力中心来说，流散作家的创作背后隐藏的是一种弘扬"差异的政治"，作为去中心的力量对西方的文化民族主义起着从内部消解的作用。而另一方面由于站立在母国文化之外，流散作家可以避免某些本土作家身上狭隘的民族主义，更为

---

① 转引自生安锋《后殖民主义的"流亡诗学"》，《外语教学》2004 年第 5 期。

② 爱德华·W. 萨义德：《知识分子论》，单德兴译，三联书店 2002 年版，第 53 页。

③ 同上书，第 1 页。

理性地进行民族文化反思和辩证地看待东方文化与西方文化的关系。

混杂性身份和"双重外在性"视角使得流散作家总是处于中间的位置，在他们的文本形成的话语场中，往往充满多种哲学的张力和多种相互对立的社会行为，它们相互碰撞，也相互妥协，其结果势必使流散者能够介入跨文化对话，并通过这种对话肯定自己的独特性。有"后殖民主义文学教父"之称的拉什迪深信文学的长处在于它是"进行对话的场所，是展现语言斗争的地方"，在他看来，"在任何社会里，文学都是这样一个所在，我们在自己大脑的隐秘处，可以听见各种声音以各种可能的方式谈论世间万物……世上不管哪里，文学对话的小屋一旦关闭，文学大厦之墙迟早就会坍塌下来"。① 他的魔幻般的作品中充满东西方文化的有机调和，往往是印度文化、基督教文化和阿拉伯文化的同时汇聚，包罗万象的片断化和多样化的历史像万花筒似的变化多端，令人眼花缭乱。奥克瑞的《饥饿之路》"引进了一种从约鲁巴神话中借来的非理性周期循环式梦幻逻辑"②，将生界与冥界、梦境与现实沟通，在拉美的"魔幻现实主义艺术手法上深深打下了约鲁巴神话——非洲文化的烙印，把自己大陆的精神注入其中，在以现代意识发掘民族传统文化遗产上走出了一条新路"。③ 拉美魔幻现实主义、非洲精神、西方的现代意识这三者融为一体，这样的作

① Salman Rushdie：Imaginary Home Land：Essays and Criticism 1981－1991，Granta Books，1991，p. 429.

② 博埃默：《殖民与后殖民文学》，盛宁译，牛津大学出版社1998年版，第265页。

③ 邹海仑：《他"引导非洲的长篇小说进入后现代时期……"——记〈饥饿的道路〉和它的作者》，《世界文学》1994年第3期。

品无异于在文化之间架设起了一条中间通道，通过流散作家的文本媒介，阅读者可以从一种文化进入另一种文化，从一种思维方式进入另一种思维方式，在这一文化互译过程中，阅读和写作变成了不同文化的复杂交流，这种交流有利于扩大民族文化的包容性，流散作家的创作成为跨民族、跨文化、跨语际传播的有效媒介和不同文化之间交流互动的较为适宜的话语场。

总之，混杂性文化身份和双重视角对流散作家来说，一方面意味着文化分裂的痛苦，另一方面它还会给流散作家带来文化和审美经验的扩展，所以当代流散作家们极力宣扬自己的混杂身份和杂交写作。

三 文化身份重构和世界主义倾向

近些年来，国际文化理论界出现了对民族主义解构的倾向。影响最大的是安德森提出的民族是一个"想象的共同体"的观点。在安德森看来，民族不是一个实体性的存在，而是一个想象的产物和抽象的存在，民族的精神是由出自对未来的想象的民族主义创造出来的。霍米·芭芭从安德森的观点中受到启发，提出了他的关于民族文化神话解构的理论。在论文《献身理论》中，霍米·芭芭提出："文化永远不是自在统一之物，也不是自我和他者的简单二元关系。"其原因就在于传统和现代的二元划分导致的分裂主体的出现，即位于第三空间的主体，"发布行为之第三度空间的介入使意义和指涉结构成为一个矛盾过程，摧毁了习惯上把文化知识显示为统一的、开放的、扩展的符码的这面再现之镜。这样一种介入方式理所当然地使我们对文化的历史身份的看法受到了挑战"，也就是说，由于"所有的文化陈述和系统都在这种矛盾对立的发布空间里得到构建"，所以"坚持文化的固有原创性或'纯洁性'的等级观念"① 是站不住脚的。霍米·芭芭在解构了纯粹的民族文化之后，把新的民族文化身份重构的希望寄托在了杂交性文化所在的第三空间。在这一方面，当代流散作家身上普遍存在的世界主义倾向是对霍米·芭芭文化理论的有力回应。

　　世界主义倾向在很多流散作家身上存在：有民族主义倾向的纪伯伦同时主张摒弃一切人世权力，希望一切国家和民族都消失。他说："整个地球都是我的祖国，所有的人类都是我的乡亲。"石黑一雄则直言自己"我是一位希望写作国际化小说的作家"②，他甚至对自己努力追求的国际化小说进行定义。奈保尔则宣称"自己是一个无家园的世界主义者"，并进而提出了一个"普适文明"的概念，"我感到此刻有一种伟大的普适文明，人们会说是西方的，但这种文明是由无数个源头组成的。它是一种非常折衷的文明，正征服着整个世界"。③ 地球——祖国也好，国际化小说也好，普适文明也好，都是力图将各民族文化揉成一团，再整合为一个统一的世界文化，家在这些世界主义者那里，失去了疆界的限制，变得"非领地化"，"家现在已经不再是一个地理上固定不变的地点，而是随着从一个地方迁移到另一个地方而变化的心理'习惯'"。④ 生活在世界家园中的每个个体都成为

① 霍米·芭芭：《献身理论》，见罗钢、刘象愚主编《后殖民主义文化理论》，中国社会科学出版社1999年版，第198—201页。

② 任一鸣、瞿世镜：《英语后殖民文学研究》，上海译文出版社2003年版，第186页。

③ 转引自黄芝《飞跃本土和种族主义的流亡者——解读 V.S. 奈保尔的"普适文明"》，《江苏外语教学研究》2004年第2期。

④ 欧阳桢：《传统未来的来临》，见王宁、薛晓源主编《全球化与后殖民批评》，中央编译出版社1998年版，第56页。

了"世界公民"，他们的身份不再存在以民族、种族、阶级、性别等进行的属性划分，只剩下了教授、学生、医生、工人、演员、职员、经理、总统等"场合身份"。

这样一种消灭边界的身份景观初看起来颇令人向往，但仔细推敲起来，后果又颇为令人担忧，正如赫尔德所说，人需要吃喝，需要安全感与行动自由，但同样也需要归属某个群体。假如没有可归属的团体，人会觉得没有依靠、孤单、渺小、不快活。世界的家园太大，我们无法在其中扎下自己的文化之根，处处是家的逍遥势必造成处处无家的困惑，丧失了民族归属的世界公民们将没有稳定的价值认同和意义承诺，从而形成的民族虚无主义将同走向另一极端的侵略性的文化扩张主义和排斥一切外来影响的保守民族主义同样可怕。再者，世界主义的最重要的话语基础是全球化语境，虽然表面上看来，全球化世界是要"使文化同化为一个单一的、大一统的全球文化"[①]，但是这个单一文化从来都不是没有中心的，正如斯图亚特·霍尔所说："……全球大众文化的……动力室……以西方为中心并且总说英语。"[②] 也就是说，风靡全球政治界、经济界和知识界的全球化的实质是强势的西方文化对弱势的东方文化的"同化"，表面的多元文化弘扬之下掩藏着欧美的文化霸权和文化扩张意识。第三世界国家如果不加分析地盲目地让"全球化"牵着鼻子走，很可能会形成新一轮的文化和经济殖民，所以世界主义并不是新的民族文化身份的合适选择。其实，弘扬世界主义的流散作家们在创作中也并没有实

---

① 戴维·伯奇：《论跨国/民族文化研究》，见王宁、薛晓源主编《全球化与后殖民批评》，中央编译出版社1998年版，第284页。

② 欧阳桢：《传统未来的来临》，见王宁、薛晓源主编《全球化与后殖民批评》，中央编译出版社1998年版，第65页。

现真正的世界主义：在纪伯伦，世界主义只是消除本民族所受民族压迫和文化歧视的一个乌托邦幻想，骨子里的纪伯伦依旧是一个民族主义者；石黑一雄的《荒凉山景》、《浮世艺术家》、《上海孤儿》等作品无论把背景放在哪里，都能让人感到一个日本知识分子对第二次世界大战日本军国主义挑起的侵略战争的反思，而《长日留痕》中的追求尽善尽美的职业形象的英格兰男管家史蒂文斯形象，按照安东尼·瑟瓦特的说法，实际上是"经典日本人物的英国版本"①；奈保尔对印度母国的几次无力进入，则让人想起一位挑剔的西方旅游者，以西方文化的居高临下的视野不断地对印度文化表达看法，有适度的惊奇，更多的是不解和厌恶，可以说，奈保尔已成功地进行了文化置换，但不是进入世界文化，而是进入了英国文化。

　　由此可见，世界主义的文化身份对目前还处于弱势文化地位的东方国家争取平等对话权利的现实任务来说，不仅是难以实现的，而且很难说有些什么好处，反倒很容易掉进西方霸权话语的陷阱。当然，我们并不能因此而谴责流散作家的无力，由于远离母体文化环境，流散作家对这一问题的思索更多的是建立在想象和话语的层次上，而东方国家的新的民族自我的崛起在过去和将来都不会取决于话语游戏，而是要依靠源于现实的反省、抵抗和斗争，在这一意义上，身处民族国家现实环境中且拥有更多成员的本土作家群体更应该承担起也实际上在承担着重建民族文化身份的重任。

---

　　①　唐岫敏：《历史的余音——石黑一雄小说的民族关注》，《外国文学》2000 年第 3 期。

第二节　抵制中心的帝国流散者
及其混杂性文化身份

　　根据移民作家与民族文化的关系，米兰·昆德拉在《被背叛的遗嘱》的"移民的算术"一节中，以康拉德、马提努、贡布罗维茨、纳博柯夫、布朗迪斯为例将移民作家大体分为三类：第一类无法与移民地社会同化，第二类虽然已经融入移民地社会，却摆脱不了乡土文化的根，第三类作家完全融入了移入国的社会，并从自己母国的土壤中拔出了根，^① 对这三类作家，梅晓云在《文化无根——以 V. S. 奈保尔为个案的移民文化研究》一书中，分别命名为"拔根——飞地型"、"双重认同型"和"植根——同化型"。这三类之外，梅晓云还添加了另一种——"去根——无根型"，即既无法与母国文化认同，也无法与移民地文化认同，成为了真正的无根者。^② 王赓武先生则根据自己对散居海外的华人的研究，提出了散居者中存在着的五种身份："旅居者的心理；同化者；调节者；有民族自豪感者；生活方式已彻底改变。"^③ 说法虽然不同，但实质上包含了同样的意义，即以与母国文化的关系来进行分类，得到的结论也大体相似。

---

　　① 米兰·昆德拉：《被背叛的遗嘱》，孟湄译，牛津大学出版社、上海人民出版社 1995 年版，第 86—89 页。

　　② 梅晓云：《文化无根：以 V. S. 奈保尔为个案的移民文化研究》，陕西人民出版社 2003 年版，第 35—37 页。

　　③ 转引自王宁《流散写作与中华文化的全球性特征》，《中国比较文学》2004 年第 4 期。

　　这几种分类可以说都非常精辟，但都存在着一个问题，在他们研究视野中的作家，都是族裔身份属于亚非地区的第三世界，现已移居第一世界的流散作家，也就是"亚非流散者"，准确地说，属于亚非流散者中的迁居欧美的移民。而族裔是欧洲的、移居亚非国家的"欧洲帝国的流散者"则受到了忽略。实际上同"亚非流散者"一样，"欧洲帝国的流散者"也同样值得关注。固然来讲，来自亚非等第三世界的流散群体的写作作为一种少数族话语，体现出的是对差异性政治和多元性文化的弘扬，起到了从边缘向中心挑战的解构作用，对于这一群体的研究对后殖民文化批评具有重要的实践意义，但是，"后殖民研究关注'帝国飞散者'的叙述也至关重要，这是因为'欧洲飞散'同被压迫民族的飞散互为映照，两者之间的对应、对抗或对话可以改变、而且已经改变了当代文化的视野及其产生的方式"。① （"飞散"是 diaspora 的另一译名）"欧洲帝国的流散者"这一作家群体的文化姿态和政治意识并不一致，不可一概而论。有一些欧洲流散作家明显带有欧洲中心主义的种族优越论，他们的作品中时不时地闪现东方主义式的偏见和定见，他们笔下原始、野蛮、神秘、具有异国情调的东方形象并不真实，一方面是出自自我确立需要的对他者的镜像式误读，另一方面出自他们居高临下的俯临姿态，他们的叙述有意无意地是为殖民秩序服务的，这一类的作家以康拉德、吉卜林等为代表。但也有一些欧洲流散作家抵制欧洲中心主义和帝国主义的意识形态，尊重被压迫者和被迫沉默者，他们的写作以解构殖民秩序和帝国神话为己任，并以此为根本建构起自己的文学大

————————

　　①　童明：《家园的跨民族译本：论"后"时代的飞散视角》，《中国比较文学》2005 年第 3 期。

厦。J. M. 库切就是这样的一个作家。

在南非独特的"殖民主义、后殖民主义和新殖民主义"① 的历史政治背景之下，南非的欧洲流散作家（白人移民作家）的文化身份问题直接关涉着他们的政治姿态，因而令人极为敏感，尤其是对像库切这样的出生、成长于南非，反对种族歧视的同时，又意识到历史使自己无法逃脱地成为欧洲殖民主义事业的同谋者，因而不断地产生自我怀疑的作家来说，对文化身份的确立显得更为重要。

一 双重的他者和文化认同的危机

库切的父亲杰克·库切（Jack Coetzee）是荷裔南非人，他的祖上在 17 世纪来到南非，参与了南非种族隔离的构造，库切的母亲维拉·维赫莫也·库切（Vera Wehmeyer Coetzee）具有荷裔南非人和德国人的双重血统，历史先天地赋予他一个殖民者和在南非的权力中心的位置，然而他独特的家庭经济和教育背景又将他抛入了边缘。

很明显，从血统上，按照南非政府的种族分类法，库切应该属于阿非利垦人，但在阿特瓦尔的访谈中，库切却提出"没有任何一个阿非利垦人会承认我是阿非利垦人"。② 在他看来，除了血统之外，决定一个人是否是阿非利垦人，还应该有语言、文化和政治的标准。在这三个方面，库切认为自己都不符合阿非利垦人的定义。首先，在语言上，库切的第一语言是英语，而

① J. M. Coetzee: "Speaking: J. M. Coetzee." interview with Stephon Waston, Speak, May/June (1978), p. 23.

② J. M. Coetzee: Doubling the Point: Essays and Interviews, Harvard University Press, 1992, p. 341.

不是阿非利垦语。虽然从小生活在阿非利垦人聚居区，但他们家的生活方式完全是英国式的，他的父母让孩子们在家里说的是英语，学龄时送去的学校也是英语学校，只有和亲戚朋友在一起时，他们才说南非荷兰语，成为作家之后的库切写作用的第一语言也是英语，他是以英语作家而享誉世界的，可以说，英语是库切的母语，阿非利垦语只能是位于第二位的。其次，在文化上，库切认为自己并不"扎根于阿非利垦人的文化"，比如说宗教，他不信基督教，既不像标准的阿非利垦人那样属于新教教徒，也不属于罗马天主教。第三，库切认为，阿非利垦人"不只是一个语言的和文化的标签，它还是一种意识形态的术语。也就是说，从 19 世纪 80 年代起，它已经变成了一个被政治运动所侵占的词语，首先主要是反英运动，然后主要是反黑人运动，称自己为阿非利垦民族主义。在那一进程中，'阿非利垦人'变成了一个排外的等级。以阿非利垦语为第一语言但是不符合进一步的种族的、文化的和政治的标准的人不被接受为阿非利垦人"。[①] 根据这一标准，库切也不是合格的阿非利垦人，因为他是反对阿非利垦人的民族主义的，反对压迫黑人的种族隔离制度的。所以，库切并不具有纯粹意义上的阿非利垦人的文化身份。

虽然库切以英语为第一语言，但是这并不表明库切就与英国人相认同，因为他的家庭不是罗马天主教教徒，也没有英国的姓氏，他在《男孩》中说道："英语，他可以驾驭得轻松自如，对英国和它所代表的东西，他认为自己是忠诚的。但如果被要求的更多，这些要求是一个人被正式接受为英国人之前所必须面对的一

---

① J. M. Coetzee: Doubling the Point: Essays and Interviews, Harvard University Press, 1992, p. 342.

些测试，他自己明白，很显然，其中有些测试他是通不过的。"①

　　库切既不能认同于阿非利坚人，又不能认同于英国人，一方面来自他对南非种族隔离体制下的无所不在的种族偏见、压迫和暴力的见证，另一方面来自个人被边缘化的体验。南非的白色政权实行严格的等级制，每个人都按照种族、宗教、经济被框定，被分配于不同的社会位置。这样的社会环境和气氛，对于生活在其中的每一个人的影响都是巨大的，人们不得不随时意识到差别的存在。在库切的自传式小说《男孩》中，我们可以看到种族隔离对儿童时代的库切的情感结构的影响。在七八岁的时候，库切第一次感到了种族之间的鸿沟及其附随的暴力，他们家的雇用工，和他同龄的有色人种的小男孩艾迪因为逃跑被遣送回家，临走之前还遭受了他们家的房客——一位英国绅士的暴打，当时他的父亲也在场。艾迪曾经给过他帮助，是他的好朋友，当他事后向他的母亲问及艾迪时，母亲告诉他像艾迪这样的有色人种的孩子"总是在改过自新中结束自己的生活，然后进监狱"②，此时的库切虽然还不能理解母亲对艾迪的憎恨，但已经感觉到了艾迪的世界是和自己不同的世界。在南非的种族隔离体制之下，种族身份是人的社会处境的决定性因素，一个希腊人的孩子，家庭非常富有，但就是因为属于有色人种，就不被好学校所接纳，只能进入较差的学校。

　　除了种族，每个人还要被贴上宗教信仰的标签，库切一家不信仰基督教，但在学校里，每个孩子都必须在"你是新教教徒，

---

　　① 　J. M. Coetzee： Boyhood： Scenes from Provincial Life, Penguin Books, 1997, p. 129.

　　② 　Ibid. , p. 76.

还是罗马天主教教徒，还是犹太教教徒"[1] 的选项中进行选择，在老师的再三逼问下，库切随机为自己选择了罗马天主教，不是因为信仰，而是因为他对字母"R"的偏爱。不幸的是，他选中了少数群体，并因此受到歧视、欺负甚至是暴力威胁。

另外，经济也是决定一个人身份的重要因素，库切一家虽然是白人，但家境一直不算很好，后来父亲因为酗酒、挪用客户的账户等原因，欠下很多债务，母亲被迫出去工作。所以他们家当属南非白人社会的下层，正因为这个原因，尽管库切学习成绩优秀，当他一家离开沃塞斯特迁居开普敦时，开普敦的好学校都拒绝接受他，他的母亲不得不把他放在第三等级的学校里读书。在回顾自己的一生时，库切曾经谈道：20岁之前的自己属于"陀思妥耶夫斯基小说中那些拥有毫无血色的脸、燃烧着的眼睛和改变世界的阴谋的年轻人——作为英帝国晚期的社会地位低下的、位于边缘的年轻知识分子。地位低下吗？可能并不低下，但是以任何白人中产阶级的标准来衡量，都是不高的。他的父母在阿非利坚人和英国人社会圈中都没有立足点。他们有无休无止的经济麻烦"。[2] 也就是说。库切虽然拥有白色皮肤，但却不属于权力的中心，而是位于权力的边缘地带，很早就体验到边缘人身份的尴尬和痛苦。

库切被白人特权阶层所排斥，他自己也不愿意与实施种族压迫的白人社团产生认同，那么是否意味着库切的文化归属在于黑人所代表的非洲文化？有一点是肯定的，那就是库切反对南非的种族隔离，同情被剥削的黑人。在一次访谈中，库切将南非现实

---

① Ibid. , p. 18.

② J. M. Coetzee: Doubling the Point: Essays and Interviews, Harvard University Press, 1992, p. 394.

描述为"赤裸裸的剥削"，在这种现实里，"一小撮富裕的、实际上是后工业的剥削者"统治着"数量巨大的实际上是生活在19世纪的人们"。① 在《阿非利垦人的神话》这篇文章里，他宣称，种族隔离是"一种教条和一系列的社会实践，它在白人的精神存在里刻下伤痕，同时又削弱和降低了黑人的存在"。② 在《男孩》中，他宣称："他们是霍屯督人，纯粹的，未经任何腐蚀。不仅是他们和这块大陆一同来临，而且是大陆和他们一同到达，这块大陆是他们的，永远是他们的。"③ 他们在田间和牧场上劳作，而像库切家这样的白人，则"在农场住房的门廊上喝茶，闲聊，他们就像燕子，随季节而迁徙，今天在这儿，明天去那儿，或是像麻雀，吱吱喳喳地叫唤，脚步轻快，生命短暂"。④ 在另一部自传式小说《青春》中，他径直地讽刺欧洲对非洲的殖民占有："在他仍把那个大陆叫做他家乡的时候似乎非常正常的一切，从欧洲的角度上看却显得越来越荒谬：一小撮荷兰人竟然在伍德斯托克海滩涉水登岸，声称他们对从来没有看见过的海外土地拥有所有权；他们的后代现在竟然将那块土地看作是生来就属于他们所有的。"这一切显得如此荒谬，他在内心里大声呼喊"非洲是你们（黑人）的"。⑤ 但是库切对欧洲殖民行为的谴责并不意味

---

① Susan VanZanten Gallagher：A Story of South Africa：J. M. Coetzee's Fiction in Context，Harvard University Press，1991，p. 15.

② J. M. Coetzee："Tales of of Afrikaners. "，New York Times Magazine，9 Mar（1986），p. 21.

③ J. M. Coetzee：Boyhood：Scenes from Provincial Life，Penguin Books，1997，p. 62.

④ Ibid. ，p. 87.

⑤ J. M. 库切：《青春》，王家湘译，浙江文艺出版社2004年版，第136页。

着他对非洲文化的认同和融入，因为他虽然与他应属于的白人社会产生了疏离，但他毕竟成长于白人社区，南非的二元文化结构导致黑白两个世界截然二分，各自保持着自己的文化系统的独立性，由于不拥有非洲人的历史，库切无法直接感受非洲人的文化，体验非洲人的情感，天生的历史位置注定他无法进入非洲文化的核心，只能处于外围对非洲文化进行想象，所以从根本上说，库切是无法完成从欧洲人到非洲人的文化置换的。对于非洲人来说，他永远只能是一个内部的他者。

这样，库切与欧洲文化和非洲文化都有关联但又都有无法忽视的疏离，对于欧洲文化和非洲文化来说，他都位于边缘，成为双重的他者，他的文化身份显得异常的模糊和暧昧。他将非洲还给了黑人，那么对于像自己一样的非洲的白人来说，非洲意味着什么？候鸟的迁徙之地还能算得上是家园吗？这些问题令年轻时期的库切陷入了文化认同的危机。

二　流散的真实情境和身份的困惑

作为一个有良知的知识分子，库切在反思历史的时候，颠覆了荷裔南非人作为上帝的选民创造南非历史的神话，谴责了欧洲人对南非的殖民占有。然而作为白人移民的后代，无奈他又无法在血缘、思想和价值上与非洲黑色的历史传统认同，在南非这块负载着独特历史的土地上，库切无法找到此时此地的归属感，与自己的祖国产生了深深的隔阂。身份的悬置、对政治现实的不满以及对历史的大变动的预感使库切选择了再移民。1963 年，23 岁的库切离开南非，开始了身体上由边缘向中心的位移，这既是他的求学之路，也是他的精神家园的寻找之旅。库切先是来到英国做了两年电脑程序员的工作，这段时间的生活和心路历程在他的自传《青春》中记录了下来。

库切为了"逃离厌倦……逃离庸俗的市侩作风。逃离道德生活的萎缩。逃离耻辱",① 离开了南非这块令他痛苦的土地，来到伦敦这个欧洲的文化之都。像所有的移民一样，他想融入英国，为此他纠正自己的发音，像伦敦的职业人士一样穿着黑色的西服在电脑公司上班，读着英国中产阶级的报纸，甚至假装着融入周末寻欢作乐的人群。但这一切并不表明他就已经进入了英国的主流社会，他的位置依旧在边缘。他很快发现，"他在他们的国家里不受欢迎，不受正面的欢迎"。② 无论他如何改装，伦敦人都会给他贴上南非人的标签。他们的眼睛告诉他"我们不需要一个没有风度的殖民地人，何况还是个布尔人"。③ "我已经离开南非成为更广阔的世界的一部分，现在我发现我对这一更宽阔的世界具有新颖价值，我之所以有这些价值，一定程度上，是因为我来自非洲。"④ 在伦敦他异常的孤独，他没有朋友，空余时间只能在电影院、书店和大英博物馆阅览室里度过。他来到欧洲寻根，反倒把自己变成了一座孤岛。虽然在种族和血统上，他曾经属于中心，但经过历史的移动和文化的迁徙，在此时的中心看来，这位来自移民殖民地的白人无疑是一位"他者"。

既然伦敦满大街的美女不属于他，伦敦的生活不属于他，他就沉浸在文学的梦想之中，或许文学需要孤独。他想在欧洲浩瀚的文学传统中寻找自己的灵感之源，然而当他提笔创作一个散文体故事时，他却发现无意识之中把故事的背景放在了南非，这篇

---

① J. M. 库切：《青春》，王家湘译，浙江文艺出版社 2004 年版，第116 页。

② 同上书，第 116—117 页。

③ 同上书，第 97 页。

④ J. M. Coetzee：Doubling the Point：Essays and Interviews, Harvard University Press，1992，p. 336.

文学的杂交品种让他忧虑和愤怒，他既而想到："如果明天大西洋上发生海啸，将非洲大陆南端冲得无影无踪，他不会流一滴眼泪。他将是被拯救者中的一个。"① 然而，陷入文化困境的库切真的能够被欧洲文化所拯救吗？对此，文学家再次陷入了否定，在思绪之中，他紧接着又意识到，这篇作品是没有必要去发表的，"英国人不会理解的"。因为"他没有掌握伦敦。如果存在着什么掌握的话，是伦敦在掌握着他"。文学的实践没有给他带来心灵的慰藉和精神的故乡，反而让他饱受身份的悬置带来的灵魂分裂的痛苦。在两种力量的拉扯之下，文学家在家园的迷宫之中找不到了出口。

库切离开南非，是"宁愿像把南非的土地留在了身后一样，把南非的自我也留在身后"，② 然而精神空间往往并不随着身体的地理空间的移位而移位，离开了南非，"南非的自我"依旧像幽灵一样时时缠绕着身处欧洲的库切。南非成了他"无法摆脱的沉重负担"，他想与南非隔绝，但他却禁不住怀着畏惧地去购买和阅读记载着南非消息的报纸，以保证自己知道关于南非的所有消息。他极力想让自己与英国人同化，在语言上他已经将自己改造得几乎和伦敦人一样，但当他去看望从南非来的表妹和她的朋友时，一开始时他们说英语，他后来"改用家里人说的话，即南非荷兰语。尽管他已经多年没有说南非荷兰语了，但仍能感到自己立刻就松弛了下来，仿佛滑进了热水澡里"。③ 语言不仅仅是交流的工具，他所负载的是更为深厚的文化内涵。厌恶南非阿非

---

① J. M. 库切：《青春》，王家湘译，浙江文艺出版社 2004 年版，第 69 页。

② 同上。

③ 同上书，第 143 页。

利垦人的民族主义的库切却在阿非利垦人的文化容器中悠然自得。这一切表明，在精神的宇宙里，真相往往和意愿相反，虽然库切想极力摆脱，但"南非的自我"却始终如影随形。

移居欧洲时期的库切处在了萨义德所描述的流亡的真实情境里："流亡存在于一种中间状态，既非完全与新环境合一，也未完全与旧环境分离，而是处于若即若离的困境。"[①] 他有着南非的国籍，南非被视作他的故乡，但他在南非的历史之中不仅找不到自己的文化之根，反而给他带来一种道德的耻辱；他的身上流淌着他的欧洲祖先的血液，但内心里却无法接受欧洲的帝国文化意识，欧洲排斥它，他也无法在欧洲找到任何意义的承诺。历史的迁徙导致了个人的错位，作为欧洲文化和非洲文化交合的私生子，库切找不到自己的文化母体，身份疆界的模糊使他无论身处何方，都位于边缘的位置，他变成了一个无可皈依的精神上的"永恒的流亡者"，总是找不到自己的命运之神所在的地方。提到自己在英美学习、工作的这段时间时，库切以他惯用的第三人称单数表达了自己的感受："尽管他在美国和英国都没有在家的感觉，但他也并不思念自己的家乡，也不特别地不愉快，他仅仅感到不相容。"[②] 这种不相容不仅是在英美文化之中，而且也在南非文化之中。

在英国工作了两年之后，库切来到美国，几年后获得了语言学博士学位，此后在美国的大学里教授英语和文学，1972年回到南非，此后一直在开普敦大学教书，其间不乏每年几个月到美国的一些大学做客座教授。但回到了南非的库切依旧无法融入周围

---

① 爱德华·W. 萨义德：《知识分子论》，单德兴译，三联书店2002年版，第45页。

② J. M. Coetzee：Doubling the Point：Essays and Interviews, Harvard University Press，1992，p. 393.

的环境，2002 年库切再次离开南非，移居澳大利亚，又一次踏上流散之路，这一行动显示库切内心对于身份问题的探索依旧在延续，他或许可以在为自己所创建的这个新的身份中得到更多的安宁吧，因为澳大利亚这个移民国家的土著人口是少数，在那里，他或许可以摆脱自己的混杂身份所造成的文化分裂的痛苦吧。

三 理想的国民身份和中间的历史位置

库切的一生总是处在一种飘浮状态，不仅是空间意义上的，更是文化意义上的。显然，库切的文化身份无法再以某种纯粹的文化归属进行限定，在他身上，体现了一种鲜明的混杂性特征。库切的混杂性身份不仅体现了多元文化时代的国际文化之间的碰撞和交流，而且体现了南非种族融合之后的理想的国民身份。这种混杂性身份也是库切自己的理想身份，对此他有过充分的描述："那么，在这种种族的和语言的意义上，我是什么？我是这个国家中的一些人中的一个，这些人离开了他们种族的根，不管这些根是荷裔南非、印度、英国、希腊还是其他任何地方，加入了没有可识别的种族的水池，他们之间交流的语言是英语。这些人严格说来，不是'英裔南非人'，因为他们中的很大一部分，包括我在内，不是英国血统。他们仅仅是南非人（它自身也仅是一个为了方便起见的名字），他们的母语，天生的语言，是英语。而且由于这个水池没有可辨别的种族身份，所以我希望当更多的有色人种跳入这个水池时，某一天它将没有支配性的肤色。然后我希望它是一个消除了差异的水池。"[①] 库切认同的这个理想的种族差异消除的水池可以说和曼德拉的种族融合的"彩虹之国"

---

① J. M. Coetzee: Doubling the Point: Essays and Interviews, Harvard University Press, 1992, p. 342.

的南非的国家身份构图异曲同工。可见，库切的混杂性文化身份并不意味着没有固定属地的满世界漫游，他有自己的家园向往，只不过这个家园目前还是一个乌托邦的世界。而恰恰是这种未实现的家园向往为库切的后殖民文学实践提供了动力。

认识到库切对理想的南非国民身份的认同对于理解他的后殖民写作是重要的，但是有一点我们也不能忽略，即他与南非白人殖民主义的被动的同谋关系。虽然库切主观上是殖民主义和帝国霸权的反对者，但他的祖先参与了南非白色殖民政权的构造，虽然处于白人社会的边缘，但他实质上也享有了黑人所不可能享有的政治权利和经济资源。对此库切自己也有着清醒的认识：在提出南非阿非利垦人的三个构成要件之后，库切进一步提出，

> "Afrikaner" 这一术语还是一种命名，一种以与历史的联系为基础的被强行赋予的标牌，南非的白人在各种不同的程度上，积极地或消极地，参与了厚颜无耻的和有预谋的对非洲的犯罪。阿非利垦人作为一个自我定义的群体，在这种犯罪的使命中将自己突出了出来。这样他们将自己命名为阿非利垦人。他们能够有道德的权威从这种标识中脱离出来，还需要很长的一段时间。有一些他们可能想坚持的细微差别——比如说，犯罪不单独属于 1948 年之后的时期，或甚至不单独属于 20 世纪，而是在整个殖民主义事业中呈现为连续的状态……我有力量从这个群体中脱离出来吗？我认为是没有的。……更重要的是，我有脱离的欲望吗？实质上是没有的。①

---

① J. M. Coetzee：Doubling the Point：Essays and Interviews，Harvard University Press，1992，pp. 342—343.

库切紧接着以《黄昏的大地》的第二部分为例，说明自己在这一意义上与殖民主义的同谋关系。这种揭示给确定库切后殖民写作的历史位置又增加了复杂性。库切无力又没有欲望从阿非利垦人的标签中脱离出来，是否就意味着他是一个殖民主义作家？回答是否定的：库切的文本不是对西方文化帝国的权力复制，由于有着清醒的与殖民主义的被动的同谋者的意识，库切在文本中时不时地进行自我反省和自我质疑，产生的效果不是陷入，而是历史的修正。

库切的历史位置显然不能简单地放置在宗主国欧洲和殖民地非洲的任何一方。作为黑色南非的有着种族平等意识的白人移民作家，他既不能像那些本土作家那样以本土文化的全部丰富为武器去抵制和颠覆欧美强势话语的压迫，又因失去了和欧洲祖先的殖民主义传统的情感和道德维系，见证了种族隔离体制的丑恶而拒绝和抵制殖民主义的权力话语；他既不能认同他的白人祖先的传统，又无法摆脱与殖民主义传统的历史关联；既同情被压迫的南非黑人，愿意为恢复非洲的文化地位而摇旗呐喊，又无力与受殖者的视角同一。他的位置只能是在这二者之间的阈限空间，即中间的位置上滑动，以一个中间人的身份在历史的移位造成的文化夹缝中进行调适和协商，以期能最终实现两种文化的交流和融合，实现自己的理想的国民和文化身份。

第三节　流散写作的文本特征

流散情境导致的混杂性文化身份和中间人的历史位置令现实中的库切饱尝身份的困惑，但另一方面也为他的创作提供了别样的视角和题材，并帮助打造了库切小说的一些形式上的特征。

一　越界的生存经历

　　库切小说中的叙述主人公大多是有着自由思想和平等意识的白人，不同程度上具有库切的自传色彩，越界生存导致的混杂性身份成为库切小说中的一个重要的构成性题材，而文化空间的穿越和角色的颠倒也成为这些叙述普遍具有的人生体验。《男孩》和《青春》这两部用小说的形式写就的自传，追踪了陷于身份困惑中的童年和青年时期的库切进行主体身份认证的心路历程。《伊丽莎白·科斯塔洛：八堂课》中的主人公伊丽莎白也有库切本人的影子，她是来自澳大利亚的作家，在国内没有多大的名气但在国外却有很大的声望，她不断地被邀请到世界各地去进行演讲，这种经历与库切有很多相似之处。所以，很多人认为伊丽莎白的演讲某种程度上体现了库切个人的思想。

　　《等待野蛮人》中的行政长官、《在国家的中心》中的玛格达、《铁器时代》中的柯伦太太、《耻》中的卢里教授、《福》中的苏珊·巴顿、《伊丽莎白·科斯塔洛：八堂课》中的伊丽莎白等主人公都有着流散的人生经历，实际经历的，或精神上的。他们在苦苦地探寻自己的历史位置和文化身份的同时，也纷纷穿越了多重疆界，成为越界生存的人：行政长官送野蛮人姑娘回野蛮人部落的旅行从帝国的边疆出发，穿过了中间地带，进入了野蛮人的地域，实现了空间的穿越，这种行为象征性地展示了文化的碎裂和置换过程。而实际上，旅行结束后，行政长官的身份也发生了戏剧性的颠倒，由帝国的不甘愿的同谋者，也就是制造牺牲者的人变成了牺牲者——帝国的囚徒，在被拷打的过程中，他被穿上女人的罩衣吊着展览，此时的他甚至连性别的界限都变得模糊了。玛格达是一个纯粹意义上的精神漫游者，为了建构起自己的主体性，她在想象的世界中挑战父性权威、男权话语和主奴关系。她是殖民者的女儿，然而在强奸事件中，她又成了男性菲勒斯的受害者。她是农场的女主人，然而在父亲死后，仆人汉德里克成为农场的实际经管者，玛格达则成了汉德里克的第二个妻子和黑人主人的白人侍奉者。柯伦太太的黑人棚户区之旅被视作但丁的地狱之旅，柯伦太太第一次深入异在的生活情境，真切见证了黑人所遭受的苦难，这让她痛苦和窒息，对南非种族隔离的罪恶感到深深的耻辱，她能够理解那儿的黑人对她的敌意和排斥，因为自始至终她都知道自己只是一个外来者，过路人，忍受不了时她可以选择离开，回到自己安全而整洁的家，而黑人则无法选择，因为那儿就是他们的家园。柯伦太太这次跨越文化界限的旅行凸显出了她的中间人的混杂性身份。苏珊·巴顿是一个女性流浪者，为了寻找女儿，她从英国来到边远地区的一个海港，后来又因为海难漂流到克鲁索和星期五所在的荒岛，离开海岛后，为了书写自己的历史，她多次试图探索和阐释星期五所代表的非洲文化，在文化碰撞的空间中寻找自己的位置。卢里教授在因梅拉尼事件被学校开除之后，来到女儿的农场，一方面侵入了女性的空间，另一方面也侵入了被殖民者的文化空间，因为从一定意义上，女儿所拥有的农场是一片欧洲移民者在非洲开拓的殖民飞地的象征。在羁留期间，卢里教授的身份逐渐变得模糊，原先的大学教授变成了露西农场的"前帮工"佩特鲁斯的帮手，他对此角色的转换不由自我解嘲道："给佩特鲁斯搭帮手。这主意我喜欢。我喜欢带点历史味的刺激。"①

---

①　J. M. 库切：《耻》，张冲、郭整风译，译林出版社 2002 年版，第86 页。

二　文化的杂交品种

从总体上看，库切的文学创作继承的是欧洲的文学传统，但他的文本却总也离不开南非的现实语境。他所熟悉和经常引用的是像笛福、卡夫卡、贝克特、陀思妥耶夫斯基、福斯特、庞德、艾略特、哈代、金斯伯格等欧洲的作家，他的小说虽然每一部都体现了形式上的独创性，但基本上是在沿袭欧洲的叙事传统的基础上的改革。然而由于库切撕裂了的文化身份，他的文学理想虽然指向欧洲这个中心，但是他的人生经验的舞台却扎根在地处边缘的殖民地——南非，正像大卫·阿特瓦尔（David Attvell）所说，在库切的"每一部小说的叙述主题之后，存在着一个隐含的叙述者，在反对和支持南非文化中的暴力游戏中不断变换立场。换句话说，库切在文本与历史之间的紧张的特征本身是一个历史行为，必须把它们放置到南非的背景——在那里人们可以看出他的阐述力量"。①

这个背景既指向真实的南非地貌，更指向南非的历史和现实的政治情境。这个政治情境有时会是直接的嵌入：《铁器时代》的背景明显地放在了南非开普敦的市郊和黑人棚户区，两个孩子的被杀和黑人棚户区上空的大火再现了索韦托事件的混乱和血腥；《耻》则以不加藻饰的笔触揭示新南非建立之后新旧交替时期南非各种肤色的人们之间的新的问题和关系，反思殖民历史。这种反映和揭示是犀利的。然而，更多的时候，库切的指涉并不那么直接，他的很多作品并没有明确的地点和时间，但通过隐喻的形式总是指向南非的文化语境：《等待野蛮人》中的帝国和野

---

① David Attwell：J. M. Coetzee：South Africa and the Politics of Writing，University of California Press，1993，p. 3.

蛮人的关系隐喻着殖民者和被殖民者的关系，行政长官对野蛮人姑娘每天进行的怪异的洗涤和抚摸隐喻着殖民者对他者的强行进入，作品中的第三局指现实中的秘密警察，他们对野蛮人的暴行是现实中种族主义者对黑人及黑人运动领袖的暴行的翻版；《迈克尔·K 的生活和时代》以一个小人物的命运和对时代的逃离表征着南非现实中各种暴力对人的压迫，迈克尔逃亡的那个荒芜的战争背景，则指向历史上旷日持久的荷兰人和英国人争夺南非的统治权的战争；《在国家的中心》中的荒芜的风景是一个适于殖民者居住的空间，玛格达的老处女的命运指涉着实行种族隔离政策的南非在国际上的孤立；《彼得堡的大师》的时空设置在1869 年的彼得堡，但所描述的涅恰耶夫等无政府主义者反政府权威的运动引起的社会混乱与 20 世纪南非的社会状况相似，而巴维尔之死则同《等待野蛮人》中的野蛮人之死一样扑朔迷离，很容易让人联想到南非政府制造的文件的虚假性；即使像《福》这样的作品，表面上看起来与南非、与种族隔离毫无关联，但它的主题明显没有离开库切一向关注的压迫和权力的问题，这也是南非的现实问题。在以欧洲的文学形式装载南非的社会内容和生活经验方面，库切取得了突出的成就。库切的创作属于文化的杂交品种，这也是库切的创作能够引起国际社会广泛兴趣的一个根本原因。

三　对话的形式特征

库切的中间人身份打造了他的作品明显的对话性特征。或许对话这种形式对作为像库切这样遭遇身份困境的南非白人作家尤为合适。多重身份的冲突致使库切文本中的各种意识处于商讨之中，获得叙述的张力。

在《迈克尔·K 的生活和时代》中，在医官的视角里，迈克尔是一个"不属于任何营地的人","一个了不起的逃跑艺术家",他对营地食物的拒绝表现出的是一种"别出心裁的抵抗",但这是在主体不在场情况下的猜测。迈克尔拒绝这种解释,他认为关于自己的事实就是"我是一个园丁",他对自己的故事全部意义的解释是"总是有时间做每一件事情"。[①] 迈克尔在用一贯的沉默躲避最后的意义,迈克尔的故事到底喻示着什么,作品的叙述形式并没有给读者提供最终的结论。《耻》中的卢里教授和她的女儿露西在南非新的现实下面对颠覆了的身份,采用了不同的态度:卢里毫不犹豫地承认梅拉尼的一切指控,接受一切处罚,但就是不能接受三个黑人对他和女儿的抢劫以及对女儿实施强奸的现实,他一心一意地想查出真凶,为女儿复仇,不肯原谅。而露西却宁肯以牺牲自己的土地、财产,甚至身体这些身份的符号,来保留自己在南非的生存的空间并以自己的沦落为白人的历史罪恶赎罪,父女两人的难以沟通来源于观念的不合,这种分裂到最后虽然有了弥合的希望,但依旧还保持着,露西决定接受前雇工的保护,卢里则守护在即将临盆的女儿身边,以维护女儿和自己最后的尊严;《彼得堡的大师》巧妙地改动陀思妥耶夫斯基的生活经历,将他放置在继子死亡的这一感情的危急时刻,迫使心灵深处的自我意识暴露出来,使陀思妥耶夫斯基本人也具有他笔下创作的人物的特征。作品中充满了陀思妥耶夫斯基和继子巴维尔、《群魔》中的彼得·韦尔霍文斯基的原型涅恰耶夫的对话。巴维尔是一个缺席的对话者,因为他已经死亡,但这并不表明他没有自己的声音,通过与涅恰耶夫的交谈、房东太太和她的女儿的回忆,以及对巴维尔留下的日记和手稿的阅读,陀思妥

---

① J. M. 库切:《迈克尔·K 的生活和时代》,浙江文艺出版社 2004 年版,第 218 页。

耶夫斯基发现与他的慈爱的父亲的自我想象不同，巴维尔将自己视为他家中的"农奴"，因而死去的巴维尔实质上是一种与陀思妥耶夫斯基的言说竞争的力量，二者之间存在着潜在的对话关系。库切本人则通过对作家创作的释义，也和笔下的大师之间形成了对话关系，"最后形成了双重的'他'和'他的人'的对话奇景"[①]；伊丽莎白的八个演讲也并不是一种独白的形式，她在不同的场合有着不同的对话者，伊丽莎白与他们形成不同的对话关系。这些对话者并不是在简单地当听众，他们还要从自己的种种不同的立场发出自己的声音，表达自己的看法，甚至有时会搞得伊丽莎白因疲于应对而无所适从、狼狈不堪。库切并没有让伊丽莎白的观念成为支配性的观念，而是让它屡屡受到挑战，在别人话语的进攻之下，伊丽莎白有时也会产生自我怀疑。总之，在《伊丽莎白·科斯塔洛：八堂课》中，对话者是互为平等的主体，因而文本在话语层次上形成了"众声喧哗"的景象。

　　尽管库切不承认自己受到了巴赫金复调小说理论的影响，但在他的作品中，巴赫金所弘扬的多声部小说的因素却是客观存在的，库切在访谈中也曾经说过，"写作不是一种自由的表达。在真正的意义上，写作是一种对话：一件唤醒自身内部的对立的声音并开始唤起与它们的对话的事情。看一个作家是否唤起了这种自身内部的对立的声音是衡量作家的严肃性的某种标准……"[②]可见，对话性是库切的小说创作一个有意识的艺术追求。

---

　　① 《彼得堡的大师》中译本编辑手记，见 J. M. 库切《彼得堡的大师》，王永年、匡咏梅译，浙江文艺出版社 2004 年版。

　　② J. M. Coetzee: Doubling the Point: Essays and Interviews, Harvard University Press, 1992, p. 65.

四 语言的焦虑

徐贲在《走向后现代与后殖民》中指出，"后殖民认识的焦虑首先是语言的焦虑。"他引用努济的话来强调语言对于"思想非殖民化"的重要性："语言的选择和运用对于人们确定自己在自然和社会环境中，甚至在宇宙中的身份是至关紧要的。"徐贲还进一步指出："语言的焦虑还有更深一层的意义，那就是意识形态话语焦虑。"① 由于在后殖民文化话语中，语言作为文化的承载媒介，总是昭示着某种特定的文化身份，所以语言是后殖民写作中一个颇为敏感的问题，语言的选择往往被视为与非殖民化运动直接相关。

以恩古吉为代表的一些非洲作家坚持认为，非洲的文学必须用非洲的语言来写作才能传达本民族的文化和生活，恩古吉指出："一个非洲作家应该用这样一种语言写作，这种语言能让他和非洲的村民及工人进行有效的交流——也就是说，他应该用一种非洲语言写作。"② 他认为用欧洲语言创作的文学只能是"非—欧文学"，"将这些作品称作'非洲文学'是对现实的新殖民主义扭曲"。③ 出于这样的认识，恩古吉从 1979 年起放弃了英语的写作，而只使用他的民族语言——吉库尤语进行写作。恩古吉的

---

① 徐贲：《走向后现代与后殖民》，中国社会科学出版社 1996 年版，第 176 页。

② 恩古吉·瓦·希昂戈：《思想的非殖民化》，见《英语文学中的语言政治》，詹姆斯·库俄雷出版公司 1986 年版，第 153 页。译文参见北京师范大学宋志明的博士学位论文《沃勒·索因卡：后殖民主义文化与写作》。

③ 转引自张荣建《黑非洲文学创作中的英语变体》，《重庆师范学院学报》1995 年第 3 期。

观点和行为中渗透着深深的对民族和乡土的情感，算得上是一种典型的"语言民族主义"。

而以阿契贝为首的另外一些作家则支持非洲作家用英语写作，他的理由主要有两条："首先，英语作为一种混合型的通用语言，帮助维持了尼日利亚的民族统一，因为这个国家存在着两百多种语言。其次，他认为英语已经成为尼日利亚生活的一部分，已经可以被看成是一种非洲语言：'在非洲的土地上，由非洲人在讲，非洲人在写的语言，这一点就足以说明问题了'。"①这些作家也承认英语的语法、修辞结构和语汇表达承载的意识形态压迫是对表达非洲生活和非洲性的潜在威胁，他们的对应策略是使英语地方化、非洲化。

其实，对于恩古吉和阿契贝这些能同时进入非洲民族语言和欧洲语言的本土作家来说，无论是对英语的坚决拒绝，还是采用地方化了的英语，都表现出的是一种对西方支配性的霸权话语的对抗，都是为了避免落入殖民者的象征系统而作的努力。

与本土作家相比，对于库切这样的流散作家来说，语言的选择要更为复杂。库切面临的问题不是要在非洲本土语言和欧洲语言之间做选择，而是要在阿非利堪语和英语这两种非洲的外来语之间做出选择。库切虽然从血统上是荷裔移民的后代，但他却主要用英语进行创作。库切之所以选择了英语，除了家庭教育背景的原因之外，另外还有两个重要原因：第一个原因直接来自对阿非利堪人民族主义意识形态的抵制。1976 年索韦托事件的导火索是南非当局决定在黑人学校里全面使用阿非利堪语，停止使用英语教学，因而引发了全国范围的对抗和镇压。可见，是南非荷

---

① 博埃默：《殖民与后殖民文学》，盛宁译，牛津大学出版社 1998 年版，第 229 页。

兰语而不是英语在南非被白人和黑人共同视为殖民语言，对阿非利垦语的排他性使用的背后隐藏着阿非利垦人视自己为特选子民的种族优越意识和民族主义思想。与阿非利垦语相比，英语因为具有很大的包容性、适应性和混杂性，再加上大量非洲作家所做的使之本土化的工作，而被越来越多的人接受为非洲的通用语言之一。库切的这一选择，是他有意识地对文化立场的选择，意味着对他生就的殖民者身份的拒绝。第二个原因来自库切的语言学知识。在一次访谈中，库切提到，他之所以用英语写作，在语言学的意义上，是因为，阿非利垦语是受限的，"坦率地讲是迟钝的"，而英语"在语言中有历史的层面，这可以使你在文章中与历史的对照面和对立面一起工作"。[①] 另外，库切还提出，英语还有一个创生的多样性，能够在词语的词源基础上促进对照，这样允许一个在阿非利垦语中不可能得到的两种语言混合的效果。对于库切的言论，卡拉吉赫分析道："库切是想要一种他可以与之游戏，可以促进多种意义，激起意义的多样性的语言，在他的关于语言媒介的争论中没有说出但却在场的是：独白型的阿非利垦语已经被用于压迫性的用途。"[②] 可见，为了避免独白型语言的控制性权威，库切希望选择一种能够促成多种声音对话的语言，英语在这方面，符合了他的要求。

由于阿非利垦语负载着过重的民族主义意识形态，库切与之产生了疏离，然而，对于英语，库切同样也有着难以忽视的疏离感。因为英语并不是库切生就的语言，正如《慢人》中的保罗谈到自己的移民体验时所说："至于语言，英语从来就不是我

[①] 转引自 Susan VanZanten Gallagher：A Story of South Africa：J. M. Coetzee's Fiction in Context，Harvard University Press，1991，p. 48.

[②] Ibid.

的……与说得流畅不流畅毫无关系。……英语来到我面前太迟了。它不是和我母亲的乳汁一起来到的。事实上，它根本没有到来。私下里，我总是觉得我自己是一种表演腹语的人的傀儡。说这种语言的人不是我，而是这种语言通过我在说话。它不是来自我的内心，我的内核。"[①] 也正如作家伊丽莎白对保罗的观察："你说英语，你可能还以英语思考，你可能甚至用英语做梦，然而英语依然不是你真正的语言。我甚至要说英语对你来说是一种伪装，或者是一个面具……当你说话的时候，我发誓我能听见你正在选择词汇，一个接一个，从你随身携带的词汇箱子里，然后插对地方，那不是一个真正的本地人讲话的方式，一个生在这种语言里的人讲话的方式。"一个本地人"从心里说话。言辞从内部像井水一样涌出来，而他像歌儿一样把他们唱出来，歌唱它们"。[②] 虽然保罗和伊丽莎白都是库切作品中虚构的人物，但是他们却准确地表达出了库切的困扰，由于在一种不属于自己的语言中活动，库切不能像小鸟那样歌唱，英语成为他时时刻刻都要意识到的一种东西，他对于使用的英语没有足够的自信心。在自传《男孩》中，我们可以看到，语言的问题总是困扰着童年的库切，甚至阻碍着他与周围人的沟通，唯一的一次语言的自由释放是和他七岁的表妹在草原上的漫游途中，在和表妹的交谈中，"他失去了他的保留。当他说话时，他忘记了他正在说的是什么语言：思想在他的内部完全转变成了言语，透明的言语"。[③] 让

① J. M. 库切：《慢人》，邹海仑译，浙江文艺出版社 2006 年版，第219 页。

② 同上书，第 255 页。

③ J. M. Coetzee：Boyhood：Scenes from Provincial Life，Penguin Books，1997，p. 94.

童年的库切感到从容的既不是纯粹的英语，也不是纯粹的阿非利垦语，而是这两者的混合。当他们家的亲戚在祖传的农场上聚在一起聊天时，"他愉快地畅饮着空气，畅饮着英语和阿非利垦语愉快的、粗糙的混合，当他们聚在一起时，这种语言是他们的共有语言。他喜欢这种有趣的、舞蹈着的语言，它的微粒在句子中四处跳动"。[①] 库切用来写作的语言，某种程度上也具有混杂性的特点，英语中时不时会跳出南非荷兰语，而《在国家的中心》这部小说的南非版，整个对话部分都是用南非荷兰语写的，剩下的叙述部分采用英语。

在南非，虽然与阿非利垦语相比，英语较不容易让人联想起殖民化过程。但是毕竟在南非这个一度的英国殖民地，使用英语还是暗含着某种权力和支配关系，因此，经过百般比较选择了英语作为写作媒介的库切还是感到了使用宗主国的语言传达南非经验、理解南非生活的无力。《耻》中的卢里教授在星期六的下午坐在女儿家的前屋里看电视上转播的足球赛，"评论员一会儿用索托语，一会儿用科萨语，两种语言他连一个字也听不懂"。[②]而他使用的英语，已经"极不适合用作传媒来表达南非的事。那一句句拉得长长的英语代码已经变得十分的凝重，从而失却了明晰性，说者说不清楚，听者听不明白。英语像是头陷在泥潭里的垂死的恐龙，渐渐变得僵硬起来"。[③] 所以卢里希望佩特鲁斯不要用英语讲述自己的故事。他者要为自己言说，必须使用自己的语

---

① J. M. Coetzee: Boyhood: Scenes from Provincial Life, Penguin Books, 1997, p. 81.

② J. M. 库切:《耻》，张冲、郭整风译，译林出版社 2002 年版，第84 页。

③ 同上书，第 131 页。

言，而要准确表述南非的经验，必须采用来自南非内部的语言。然而欧洲移民的身份使得库切先天地不具备用他者的语言（南非土著语言）去书写他者的经验和历史的条件。库切陷入了语言的焦虑，被逼入了言说的困境。对此困境，库切的做法是：一方面在文本中尽量采用地方化了的南非英语，使之适合南非的土壤，另一方面对自己使用的语言本身的权威进行了解构，对语言的不确定性、不稳定性和再现现实的无力性的关注成为库切小说中的一个重要表现内容。从一定意义上来讲，使用变异了的英语本身就是对大英语权威的颠覆，表现出了对大英帝国文化霸权的一种对抗姿态。库切虽然不能使用他者的内部语言为他者言说，但对自己使用的语言权威进行颠覆的行为本身，就是在说关于他者的事，对他者建构文化的自我意识具有重大意义。

　　综上所述，作为一个移民殖民地的白人移民的后代，移位的历史和南非独特的历史和现实语境注定了库切的混杂文化身份承载者的境遇。作为非洲文化和欧洲文化交合的私生子，库切处在了殖民者和受殖者中间的位置上。由于失去了确定、稳固的身份归属，库切在自己的文本中积极地进行身份的认证，这种对混杂性主体身份的认证过程既意味着对宣传固有身份的欧洲文化权威的对抗，同时也使得库切的创作具有了独特而丰厚的美学和伦理内涵。

第四节　边缘人的自由：挣脱锁链 面向光明的囚徒

　　作为成长于"非洲的欧洲飞地"里的欧洲帝国的流散者，作为南非白人移民社团中的中下等级和持有异见的人，对于非洲文化和欧洲文化来说，库切都是一个离开了中心的他者，处于边缘的位置。边缘的位置既给他带来了痛苦，也赋予他很多有益的东西。萨义德认为边缘的位置既是流亡（流散）的处境的产物，同时又是知识分子的理想位置。在萨义德看来，作为国家的成员，知识分子面临着来自国家的语言、传统、历史情境，包括学院、教会、职业行会等在内的各种体制，以及世俗权势等方面的压力，"在我看来知识分子的主要责任就是从这些压力中寻求相对的独立。因而我把知识分子刻画成流亡者和边缘人（exile and marginal），业余者，对权势说真话的人"。① 在他看来，这种立足点的好处主要在于"比较能不只看事物的现状，还能看出前因。视情境为因偶发的机缘而生成的，而不是不可避免的；视情境为人们一连串历史选择的结果，是人类造成的社会事实，而不是自然的或神赋的（因而是不能改变的、永恒的、不可逆转的）"。② 另外，"在边缘你可以看到一些事物，而这些是足迹从未越过传统与舒适范围的心灵通常所失去的"。③ 总之，立足于边缘，可以在知识分子身上产生一种反抗的而非调适的精神，因而保持思想和言说的独立。在这个意义上，应该说，库切恰是萨义德所弘扬的这种理想知识分子的一个典型。

混杂性身份赋予库切的写作一种杂糅性的特征，流动的、中间的历史位置也带给他一个自由的思考和写作的空间。喜欢隐居、不愿意当公众人物的库切，骨子里却有着对遵守命令的反叛，"在面对一定的逆境时，不论是审查制度和政治控制，还是

---

① 爱德华·W. 萨义德：《知识分子论》，单德兴译，三联书店 2002 年版，第 6 页。

② 同上书，第 54 页。

③ 同上书，第 57 页。

迫使知识分子遵守的文学观念的压力，他都能创造一个可选择的表达的空间，这种选择是人性的，他不诉诸普遍性，而是宣称独立、不遵守和改变"。① 这种对一切权威和规范的反抗的姿态，在库切的写作中已经变成了一种观念。按照多米尼克·海德（Dominic Head）的说法，这是一种"英雄主义的观念"，带有"某些崇高的东西"，库切因此成为了文学中的自由言说者，自由，也就成为了理解库切及其创作的一个基点。

一 挑战政治权威

作为一个介入局内的局外人，库切拒绝把写作放置于一个公然的政治框架，拒绝向一切主流话语和政治权威低头，始终站在边缘的位置冷眼观察权力的现实显现和现象背后的权力话语。他对局内的介入不是表现在振臂而呼或亲身投入斗争中去，而是主要表现在他在文本中对权力话语的解构和独立于权威之外的现实思索上，他的小说虽然不像本土作家那样充满火药味，但往往能够通过展示种种压迫形式背后的权力运作给殖民体系和种族隔离政策以沉重的打击。他关心"他者"的命运，执著于言说关于他者的故事，显示了当代立足于边缘的知识分子的巨大勇气和拥抱他者的胸怀。

库切的处女作《黄昏的大地》由"越南计划"和"雅各布·库切的叙述"两个部分组成，前者展示了尤根尼·道恩头脑中的殖民欲望的膨胀，后者则展示了雅各布·库切的殖民欲望在现实中对他者的征服，前者最终因经受不住自己的殖民狂想搞乱了生活而精神崩溃，后者靠枪这一介体吞噬了非洲土著生存的空间，

---

① Dominid Head：J. M. Coetzee, Cambridge University Press, 1997, p. 161.

以话语的暴力掩盖了欧洲人到来之前非洲历史的存在和非洲人的主体性。虽然结果相反，但这两部分的叙述共同颠覆了南非贫血的白色神话，这部作品虽说艺术上还有不成熟之处，但却预示了库切今后的写作倾向。此后，库切的小说基本上都是在这一颠覆主题下的进一步延伸和开拓。《在国家的中心》通过意识流和蒙太奇手法描述了生活在荒漠中的"殖民处女"玛格达对南非的"父性社会"的反叛，这一反叛指向父女关系、男女两性关系、阿非利垦人民族主义神话等多重关系网络。此外，玛格达对表述自己的女性经验的"内部语言"的苦苦追寻还显示了库切对于性别政治的关注。在后殖民的语境里，这一关注具有了特别的意义，因为在东方主义的表述里，西方是男性的存在，东方则是女性化的，西方对东方的殖民在象征的层次上如同男性对女性的征服，所以话语的霸权也是男性化的。这样女性和东方、被殖民者就同处在了他者的位置上，女性自我表述的斗争也就可看作他者言说自己的努力。《福》是一个具有多重指涉的文本，表面的游戏形式之下潜伏着作者与文本、文本与文本、主人与奴隶、女性叙述与男性话语等多重纠缠在一起的关系，而多条话语绳子的编织则是在对殖民话语建构的典型文本《鲁滨逊漂流记》的重写的框架之内进行的。《福》对《鲁滨逊漂流记》的改写和潜在对话解构了西方以鲁滨逊为象征符号的探险英雄的殖民神话。《等待野蛮人》中显示了库切对帝国与边疆、文明与野蛮、历史与现实等多重关系的思考，老行政长官从殖民的参与者到牺牲者的命运转变暗含着权力运作的轨迹，因为他的命运的下降完全是帝国及其代理人毫无根据的言说和暴力塑造的成果。《迈克尔·K 的生活和时代》通过一个小人物在战争年代对各种社会规训和惩罚力量的逃离，揭示了在权力关系网络中，个人的自由既是最终的价值，又是难以实现的追求，因为它是对位于权力中心的人的冒犯，权力的控制者会想尽办法将试图逃离的个人拉回到自己的凝视之下。

如果说以上几部主要作品对主流政治话语的挑战主要是停留在话语层次，那么 1990 年发表的《铁器时代》和 1999 年发表的《耻》则在现实的层面上显示了一种直接的对抗和质疑。《铁器时代》中的柯伦太太称南非的真相为"蝗虫家族的统治"，认为"羞耻"是"这里的人的生活方式"。库切借柯伦太太之口谴责了南非种族隔离政策，并且发出了"如果正义真的掌权，我们会发现自己被挡在这个世界的第一道闸门外面"① 的预言。这里所说的"我们"是指白人移民者。库切的预言在 1994 年南非废除种族隔离政策建立新的政权之后变成了现实，受压迫的记忆积累起来的仇恨在黑人当了国家的主人之后以新的暴力形式表现出来，主奴关系颠覆之后的白人面临着巨大的身份危机和生存困境，这一切在库切的布克奖得奖作品《耻》中都体现了出来。南非真的能像政治家所许诺和人们所向往的那样很快走出转型时期的混乱，实现种族的大融合吗？库切的回答似乎不是非常乐观：露西抛弃一切财产和尊严来换取在南非基本的生存权利是一条现实的出路，但这样的代价实在太大，她腹中孕育的黑白混血的胎儿实现了种族的交融，却来自仇恨的种子，它的命运和性格将来如何发展很难预料。而对卢里教授来说，在这样的历史情境中，生存就意味着放弃，他原本可以留下那条能陪伴他一起听音乐的残疾的狗，但最终他却亲自为它注射了致命的一针，这是一个象征性的姿态，对待动物的无情暗含着作者难以言表的对缺乏仁爱的现实生存的绝望。难怪有些人称《耻》为一部黑色小说，它使人们

---

① 柯慈（即库切）：《铁器时代》，汪芸译，台北天下远见出版股份有限公司 2001 年版，第 134 页。

对现实的期待落空，给种族很快就会实现大融合的廉价的乌托邦幻想以迎头一击，从而招致了他的南非同胞的冷漠反应，《耻》的出版引起了许多南非国民大会领导人的争论和愤怒，库切"陷入了一个艰难的境地，在旧帝国的眼里，他是穿着诗人外袍的政府的敌人，而对黑人读者来说，他的写作又太过'白色'"，[1] 然而正是这种毫无保留、不事逢迎的直率彰显了库切特立独行的言说姿态。或许库切在通过这个文本向人们发出法农式的召唤，黑人和白人"两者都需要离开他们可敬的祖先们都不人道的声音，以便实现真正的沟通"。[2]

为了服务于自己的殖民事业，对殖民地及其人民进行遮蔽是殖民者惯用的策略。这一策略对南非也同样适用，对此，库切说道："南非立法者对干扰他们的东西的反应通常是让其保持在视线之外。如果人们正在挨饿，让他们在灌木丛中远远地挨饿，在那儿他们瘦弱的躯体构不成一个指责。如果他们没有工作，如果他们移居到城市，就让城市里设下路障和宵禁令，制定反对流浪、行乞和擅自占地的法律，把违法者锁闭起来，这样就没有人不得不看见或听见他们。如果黑人城镇着火了，那就禁止照相机拍照。"[3] 在这一策略之下，被殖民者变得不可见了，或丧失了自己的主体性，沦为物质性的客体存在。面对这一状况，库切在小说中采取了积极的对策：一方面，他在小说中致力于让缺席的他者浮出历史水面，让不可见者重新可见。虽然库切的白人移民

---

① Leusmann, Harald: "J. M. Coetzee's cultural critique", World Literature Today, Norman: Sep-Dec (2004), pp. 60—63.

② 弗朗兹·法农：《黑皮肤，白面具》，万冰译，译林出版社 2004 版，第 183 页。

③ J. M. Coetzee: Doubling the Point: Essays and Interviews, Harvard University Press, 1992, p. 361.

者的身份使他意识到他只能在紧闭的门外想象非洲人的苦难，但他笔下的星期五、维库埃尔、迈克尔等人实际上已经在以沉默和破损的躯体为自己言说；另一方面，库切在以《等待野蛮人》、《迈克尔·K 的生活和时代》为代表的文本中反复通过帝国的言说、官方的记录、对刑讯室内酷刑的想象、真实的拷打场景等手段来展示土著非洲人被他者化的过程。展示这一过程的目的是为了以平等的、互为主体的交互关系来取代压迫实质的主奴关系，然而库切的白人叙述者对建立平等的交互关系的努力最终都以失败而告终，其根本原因在于白人移民者从根本上是无法与作为他者的他者建立真正的平等关系的，这是南非白人的文化困境，也是库切所代表的南非白人作家的文化困境，库切在耶路撒冷（Jerusalem）奖的受奖演说中，将之称为对南非的"失败的爱"。

库切特别推崇米兰·昆德拉的名言："今天，当政治变成了一种信仰时，我把小说视作无神论的最后形式。"[1] 他以文学实践切实地呼应了这一号召，向一切来自政治权威的压力挑战。

二　对抗审查制度的压制

在南非的殖民和种族隔离时期，为了掩藏真相，压制不平，抑制愤怒，南非的言论控制是非常严重的。从 20 世纪 60 年代早期一直到 80 年代，南非一直运行着世界上最完整的被称作"出版控制条例"的审查制度，它不仅涉及书籍、杂志、电影、戏剧，而且涉及服装、玩具、商标等社会文化产品的方方面面。这种审查制度对文学的影响可想而知，戈迪默、安德烈·布林克等大批作家的作品都频频为南非的出版审查机构所禁止。1988 年，

---

[1] J. M. Coetzee: Doubling the Point: Essays and Interviews, Harvard University Press, 1992, p. 66.

库切与戈迪默之间关于拉什迪的《撒旦诗篇》发生了一场争论，这时拉什迪已经接受来南非访问的邀请，考虑到对拉什迪生命的各种威胁，戈迪默认为此次访问应当推迟，库切认为应当如期进行，虽然事后库切承认在此次论争中，错的一方是自己，但这一事件却诱发了他以前就有过的关于审查制度的思索，后来就有了《多有冒犯：关于审查制度的论文》（Giving Offense：Essays on Censorship，1996）这部著作，这部著作的研究视野不仅仅局限在南非，而是放眼于世界范围的审查制度，从法律、美学、道德、哲学、人类心理、政治等多个层次对审查制度进行剖析，再次显示了作为文学家的库切对一切压制的先天的不服从。

在大卫·阿特瓦尔的一次访谈中，库切坦言自己对审查制度的态度："我自己对审查制度的态度是你希望在任何中产阶级知识分子那儿能够发现的，我不喜欢审查制度，我希望看见它在一切存在的地方被废除。我认为审查官是一个可耻的职业。"[1] 在《多有冒犯：关于审查制度的论文》中，他还说道："机构的审查制度是国家虚弱而不是强大的标志；世界范围的审查纪录丑陋得足够永远败坏他的名声。"[2] 在库切看来，"遭受审查官的凝视是一种耻辱的，甚至激怒人的经历，就像被剥夺和搜身一样"，[3] 审查制度给审查机构和审查官员带来的是指责和耻辱，但是与此同时，带给作家的却是一种永恒的名声，因为遭受审查是一个人的作品被严肃对待和高度重视的表现，所以库切认为，"在南非，作品被

---

[1] J. M. Coetzee：Doubling the Point：Essays and Interviews，Harvard University Press，1992，p. 298.

[2] J. M. Coetzee：Giving Offence：Essays on Censorship, The University of Chicago Press，1996，p. 8.

[3] J. M. Coetzee：Doubling the Point：Essays and Interviews，Harvard University Press，1992，p. 299.

禁止是一种荣誉的象征"。对自己的书从未像戈迪默、安德烈·布林克等作家的作品那样屡遭查禁的命运，库切的解释是"除了在这个时代中我来得太晚之外，我的作品在手法上太间接和陷于小圈子了，以至于人们认为它们不会构成对秩序的威胁"[①]。

库切对审查制度的研究还上升到了作家与政府权威的关系上。因为审查制度的存在以作家与政治话语的对抗为存在基础，这种敌意在库切看来，从出版业出现以来一直存在，18 世纪晚期在艺术家中出现了一种倾向，他们把检验思想、情感、制度、法律等的局限性视为自己的社会使命，甚至是自己的命运，这样一种倾向"注定要使掌握权力的人感到不舒服和被冒犯"，因此使作家和政治权威之间原本就存在的敌意更加恶化，库切主动进入这种与官方权威对立的边缘位置，认为自己属于"这种历史运动的尾声，我，作为一个作家和知识分子，可以这样说（与审查制度的对立）是天生的"。[②]

库切特别推崇马里奥·瓦格斯·劳萨（Mario Vargas Llosa）所说的一段话："某些人相信文学是反对政府和支配性社会结构的容器，文学的先天的不服从的意义，比这一认识更为宽广：它平等地打击解释生活时的教条主义和逻辑的排斥主义，也就是说，它既打击正统的，也打击非正统的意识形态。换句话说，文学是一个生动的、系统的、不可避免的与所有既存事物的冲突。"[③] 库切认为这样一种对抗把作家置于了一种比政治斗争的

---

① J. M. Coetzee：Doubling the Point：Essays and Interviews，Harvard University Press，1992，p. 298.

② J. M. Coetzee：Giving Offence：Essays on Censorship，The University of Chicago Press，1996，p. 9.

③ Ibid. ，p. 46.

层次更高一级的逻辑和哲学的层面，充分显示了作家独立于一切政治需要之外的自由。然而这种姿态在实际写作中很难实现，因为如同文学的先天的不服从一样，文学也是先天的离不开政治，作家毕竟是生活在历史和现实中的人，文学参与了对现实的构塑，因此文学必定是政治性的，作家绝对站在政治之外是不可能的，库切自己在创作中也没有做到，尽管他极力避免给自己的作品设置一种清晰的政治立场，但是通过隐喻的修辞还是相当清晰地表露出他对南非现实问题的关注和对政治论争的参与。

库切还从心理学层面对审查制度进行了考察，他认为在审查者一方，审查制度的制定和执行起源于一种妄想狂的心理病态，而这种病态又来自执政者的不安全的感觉和恐惧的意识。而在被审查者一方，长期的惩戒性规范也会给作家创作带来一些病理学的效果，这是更为严重的。因为来自官方的威胁会使公民变成被压迫者的同时，也变成了自我压迫者，变成被审查者的同时，也变成了自我审查者，这种威胁下的写作也就不可避免地产生了一些变形的东西，"某种主题被禁止的事实创造了一种不自然的对它们的关注。举个例子来说：当描写黑人、白人之间的性被禁止时，黑人与白人之间的性被广泛地写进小说中。既然禁令已经解除了，性的场景也就消失了"。库切继而承认自己也受到了这种负面影响，"我毫不怀疑，在我的小说如《等待野蛮人》和《迈克尔·K 的生活和时代》中，对监禁、管辖和折磨的关注，与对这个国家的警局的单人牢房里发生的事进行描写的禁令的反应相关（我强调，这是一个病理学的反应）"。[①] 这样作家的创作就有受到控制而丧失自由的危险，这是不可避免的，关键的问题在

---

① J. M. Coetzee: Doubling the Point: Essays and Interviews, Harvard University Press，1992，p. 300.

于"怎样不按照政府的规则进行这场游戏，怎样建立一个人自己的权威，怎样用自己的术语来想象折磨和死亡"。[①]

以上所谈的审查制度都属于政治意义的审查制度，库切在《多有冒犯：关于审查制度的论文》中还分析了另一种审查制度：道德意义的审查制度。在库切看来，对于像色情文学之类的出版物，从道德意义上来讲，还是应该有一定限制的。

库切对审查制度的研究和探查是富有深度和独立见解的，严谨的思辨之中饱含着强烈的挣脱各种政治需要的控制的愿望。

三　与现实主义主流文学观念的论争

在耶路撒冷（Jerusalem）奖的受奖演说中，库切提出南非的权力结构使人与人之间的关系发生变形，正常的人际交往受到阻碍，这种变形和受阻的关系在心灵世界产生了影响，在此影响下，"南非文学是一个被奴役的文学……它是一种不充分的人类的文学，被权力和权力的暴力不自然地扭曲和预先占据了，因而不能从对立、控制、征服的基本关系转化为位于这些之上的巨大而丰富的人类世界。它就是那种你预期的在监狱中写作的文学"。[②] 库切敏锐地意识到了南非文学发展中不自然的地方，表现了一种挣脱殖民关系造成的先在的束缚，让南非文学在自然健康的环境中发展，获得充分文学价值的民族文学意识。

由于南非独特的现实和历史语境，当代南非文学的主流一直是以戈迪默为首的社会现实主义，他们认为南非作家的首要任务是通过创作来反对种族歧视，与压迫和不公正进行斗争，有没有

---

① J. M. Coetzee: Doubling the Point: Essays and Interviews, Harvard University Press, 1992, p. 363.

② Ibid., p. 98.

准确反映南非的社会现实生活，是衡量作品价值的一个最重要的标准，这样，作家的作用就相当于社会斗争中的文化战士。按照这一标准，库切的创作明显不能归入主流，他的小说缺乏明显的南非生活和地理的空间，他的叙述往往如同意义的迷宫，缺乏明晰性，读者需要调动自己的多方面知识才能对文本进行层层解码获得一些普遍性的意义和现实的指涉。库切特别尊重他者，他的小说中充满了对自我与他者关系的关注和为他者言说的努力，当然按照斯皮瓦克的理论，作为属下，是不能为自己说话的，他者也不能作为他者来言说自己，自我更无法进入他者的经验，但是库切小说中他者意味深长的沉默造成的文本的裂隙和空白，经过阿尔图塞所说的"症状阅读"，还是能够让读者感受到意识形态的压迫和存在。这样的阅读因而变成了一种智力的考验。所以尽管库切的文本毫无疑问地召唤自由，反对种族压迫，他的《铁器时代》、《耻》等作品中也包含着浓厚的现实因素，他对现实的思索甚至比许多现实主义作家都更为深刻，但由于手法的间接和对公认的现实主义的怀疑态度，库切还是遭到了左派的批评，他们认为他的小说给了"令人感到极度痛苦的意识的状况"以突出位置，而给与"当代南非的压迫与斗争的物质因素"以次要关注，揭示了一个人"对所有政治和革命的解决方法的反感"。① 所以在南非，库切的作品一度被视为"次要的文学"而不被人所关注，习惯了现实主义口味的南非读者也不太容易接受库切。然而库切并不以逢迎读者的口味和现实需要为己任，始终坚持自己的文学观念，在他看来，"一部小说最终除了是一定长短的虚构之

① Adelman, Gary: "Stalking Stavrogin: J. M. Coetzee's The Master of Petersburg and the writing of The Possessed", Journal of Modern Literature, Winter (1999/2000), pp. 351—357.

外，什么也不是，它没有为了满足别人的形式需要"。①

　　库切自愿置身于南非主流文学之外，是库切自主的文学选择，内含着库切独特的文学观念，也和他对现实主义的看法有关。在库切看来，南非文学中频繁出现南非现实生活中一些特殊的主题，诸如种族主义、暴力和压迫等，是出于病理学的原因，长此以往会使得文学的领地变得日益狭窄，因为"尼采说，我们有艺术，因此我们不会死于真相。在南非现在有太多的真相让艺术家去写，满桶的真相，倾覆和淹没想象的每一个行动的真相"。② 也就是说，库切担心太多的对现实物质层面的关注会损毁作家想象的能力而失去文学性，毕竟文学是一种想象的艺术。对于什么是真相的问题，库切也表示了深刻的怀疑，他认为："你从记忆库中选择材料来诉说关于你的生活的故事，在选择的过程中你删除掉某些东西，比如说省略不提你在孩提时代曾经折磨过苍蝇的事，从逻辑上讲，就像你说你折磨过苍蝇而实际上你并没有那样做一样，都是对事实真相的违背。因此，那种认为自传（实质上是历史）只要没有撒谎就是真实的观点，唤起了一种十分空洞的真相的观念。"③ 也就是说，库切认为真相在历史中和文本中是无法完全再现的，记录真相的结果势必造成对真相的违背，在这意义上，库切称现实主义为"物质世界幻觉说"。

　　在与大卫·阿特瓦尔的对话中，库切承认与戈迪默相比，自

　　① J. M. Coetzee："Voice and trajectory：an interview with J. M. Coetzee"，by Scott，Joanna，Saratoga Springs：Spring（1997），pp. 82—102.

　　② J. M. Coetzee：Doubling the Point：Essays and Interviews，Harvard University Press，1992，p. 99.

　　③ Ibid.，p. 17.

己与布里坦贝奇更为接近，因为后者"允许写作的进程带着自己超越对现实的理解"[1]，他的创作表现了更多的形式的影响。可见，库切反对对物质现实的简单再现，倾向于让意义在叙述的话语形式中产生。在他看来，"故事最终不得不告诉它们自己，拿着笔的手仅仅是一个指示过程的导管"。[2]"对作者来说，和社会的关系依赖于他或她传达小说话语的方式"。[3]库切对布里坦贝奇也是有所保留的，他认为布里坦贝奇的散文会经常轻易地陷入自我陶醉，库切对此表示不满，并认为文学"应该同时是美学的和道德的"。这说明库切并非反对文学的现实社会功用，他反对的只是为每一个作家贴标签的做法和将文学反映社会结构的取向模式化，"对我来说，这看起来像是一个建立在并没有被承认的前提之上的问题"。[4]从深层意义上讲，他的文本都指向现实，但同时又具有破坏现实主义影响的自我意识和对形式的追求。

四 建立南非文学的自觉意识

库切与现实主义作家的分歧从根本上来说，来源于构建南非自己的民族文学的自觉意识。他认为："不是说现实主义对19世纪50年代的现实是充分的，但是对20世纪70年代的现实不再充分，不是那种方式，我们仅能说从一代到另一代的改革是必须

---

[1] J. M. Coetzee：Doubling the Point：Essays and Interviews，Harvard University Press，1992，p. 341.

[2] Ibid.

[3] David Attwell：J. M. Coetzee：South Africa and the Politics of Writing，University of California Press，1993，p. 13.

[4] J. M. Coetzee："An Interview with J. M. Coetzee"，by Jean Sevry，Commonweath Essays and Studies，1（1986）.

的。到 20 世纪 60 年代，那种再现时代的小说传统至少在南非事实上是陈腐的，这些是支配英国小说的传统。在南非存在着一种普遍的不满和对新形式的探寻。"①

19 世纪末期之前南非的本土文学是一种口头文学传统，南非的书面文学是随着殖民者的侵入而形成的，英国文学传统在南非书面文学的产生过程中起了很大的塑造作用，南非的作家几乎没有人可以摆脱欧洲传统的影响。库切将此文化困境概括为"位置的悲怆"。在他看来，欧洲人"生活在一种文化里，或许多种文化里，这些文化允许他们进行自己的工作，我们却不行，这样，我们的位置的悲怆在这个单词的最平凡的意义上产生了。就像关在游戏室里——文本的游戏室里的孩子，渴望地通过栅栏观看成人的动人世界，我们已将这一世界建构为现实主义的幻影世界，但我们依旧固执地禁不住把它当作是真实的"。② 库切的此番言论暗含着一种与欧洲文学传统抗争的姿态和摆脱依附的渴望。其实库切的文学向往和学术给养深深扎根于欧洲，这一点库切自己也坦然承认，但他的文本又都来自对南非现实的反应。对欧洲尤其是英国的文学传统，库切在情感上表现为既吸收又排斥的态度。

作为一个南非的作家，对自主的国家文学的向往使库切有意识地背离欧洲的文学传统，他绝不做有意识的模仿者。在文学实践中，库切在继承欧洲文学传统的同时，力求形式上的革新，他的小说文体呈现出高度的混杂性特征：他的《在国家的中心》明

---

① J. M. Coetzee："Voice and trajectory：an interview with J. M. Coetzee"，by Scott，Joanna，Saratoga Springs：Spring (1997)，pp. 82—102.

② J. M. Coetzee：Doubling the Point：Essays and Interviews，Harvard University Press，1992，p. 63.

明是一部时空交错的散漫的心理独白，却偏偏以阿拉伯数字断开266个部分，从而又暗含着一种历史的线性逻辑；《彼得堡的大师》是对文学大师陀思妥耶夫斯基的《群魔》创作的释义，有批评文本化的倾向，由于作品必然要涉及陀思妥耶夫斯基的生活情境，又携带了历史小说的因素，但是虚构的故事背景却又完全与陀思妥耶夫斯基的人生经历不合；《伊丽莎白·科斯塔洛：八堂课》试验了一种新的小说形式，通篇由8篇独立的演讲组成，由虚构人物伊丽莎白·科斯塔洛贯通全篇，按照现有的文学类型划分，很难归入小说的文类，所以有人称这部作品为介于批评与小说之间的"非非小说"；《福》的形式很像后现代的文本游戏，却又具有丰富的意义张力；《男孩》、《青春》是库切的两部自传，却偏偏采用第三人称叙述者，呈现形式为一种第三者的意识；《迈克尔·K的生活和时代》是流浪汉小说的叙述模式，虽是以迈克尔的经历为叙述线索，但迈克尔又似乎总是处于幕后，由于缺少言语，他总是在被观察、被释义，他的意义是各种权力和机构对他不断地进行规训和定义的结果；《铁器时代》是一部以书信形式承载的忏悔小说模式，但柯伦太太选定维库艾尔做她的理想化的忏悔者和传信者，"依赖的仅仅是他的被社会抛弃者的功能，这种人没有赠与救赎的礼物，或者可能是，他提供的救赎是不合常规的，建立在他体现出的无效性——不可定义的他者身份之上。"①这些似乎又动摇了希望得到救赎的忏悔小说的根基……总之，库切的几乎每一部小说都采用了新的形式，既实现了对欧洲文学传统的继承基础上的突破，又超越了自己，颇具有原创价值。因此有学者指出："让库切与最近出现的仅仅复制西方文化的殖民爱

① Dominid Head：J. M. Coetzee, Cambridge University Press, 1997, p. 130.

好不同的是：他对西方自我的总体叙述的质疑。"①

在一篇关于贝克特的论文中，库切提出这样的一个疑问："如果末日的方舟曾经被赋予带走人类所能提供的最好的东西，到另一个星球上来一个崭新的开始的使命的话，如果真的曾经那样，难道我们不能留下莎士比亚的戏剧和贝多芬的四重奏，把空间让给最后一个说 Dyirbal（南非的一种土著语言）的人，即使这个人是一个正在刮自己的皮肤、发出难闻气味的又老又胖的妇人？"② 这种惊世骇俗的观念来自库切的一种深沉的文化反思：在西方的权力凝视和话语霸权的压迫之下，非洲的文化受到了遮蔽，现在到了去除遮蔽，让被淹没的文化焕发光彩的时候了。尽管作为一个南非荷裔白人移民的后代，库切的创作能在多大程度上代表南非的民族文学是一个争议颇大的问题，还有待时间的检验，但可以肯定的是，作为南非文学的一个发展方向，库切的文学创作必将促进南非民族文学的形成，因为现在的南非不管多么不情愿，已经不可避免地成为了一个种族成分多元的国家，或许具有混杂身份的库切在边缘处境中的自由言说是最能代表这一时代特征的。

从一定程度上说，柏拉图著名的"洞喻说"给库切在边缘处境中的自由言说提供了哲学根源。库切在访谈中曾经说过："如果你是一个洞穴中的囚徒，看到的是闪烁在墙上的观念的映照，你会产生这样一种意识：作为一个预言者，你不得不挣脱你的锁链，在真实的世界中漫游一段时间。我不是一个共同体的预言者

---

① Dominid Head：J. M. Coetzee，Cambridge University Press，1997，p. 19.

② J. M. Coetzee：Doubling the Point：Essays and Interviews，Harvard University Press，1992，p. 52.

或其他的任何东西……我是一个热爱自由的人，就像每一个被锁链锁住的囚徒一样，建构的是那些挣脱锁链、转过头来看到真实的光的人的表达。"① 柏拉图洞穴里的囚徒只能凭借洞穴墙上的虚幻映象把握世界和现实，这种把握是虚幻的和支离破碎的，要想认识真正的世界，只有摆脱锁链回过头来，进入真实的世界。虽然按照拉康的"三界说"，生活在想象界和符号界的人是无法进入真实界的，但人类却在对真实的追求中实现了超越，体现了人性的全部价值。为了实现这种认识的自由，库切始终立足于权力的边缘自由言说，他拒绝做任何想象的共同体的附属，也不屈从于任何主流的政治话语和文学教条，充分显现了立足于边缘的当代知识分子自由言说的勇气和对知识真理的执著追求。而在南非的后殖民文化语境中，库切的自由言说具有与欧洲的文化权威进行抗争的意义，正是在这一意义上，虽然库切不愿被视作预言者，但他的创作对于南非人民的非殖民化事业的客观价值却是毋庸置疑的。

---

① J. M. Coetzee：Doubling the Point：Essays and Interviews，Harvard University Press，1992，p. 340.

第 二 章

交互作用中的主体性

    大卫·阿特瓦尔注意到了库切在论文和小说中对关系中的主体性的关注，在一次访谈中，他从泛泛的意义上将这种关注称为"交互作用的诗学"①，对此说法，库切予以了默认。的确，通观库切的整个创作和学术活动，他对多方面的交互作用的强调和平等关系的高度诉求足以构成一种诗学。

    库切对关系中的主体性的强调以西方启蒙主体性认识论向主体间性认识论——即关系哲学的转变为哲学背景，以对语言学的研究为始点。在他看来，由于自我是由语言建构而成的，语言的不稳定性和流动性导致了自我的不确定性，因而西方先验的、稳固的理性自我的存在是一个被编织的神话，自我的实质只有在与他者相遇的关系领域才有可能获致。

    由于长期的殖民历史，在殖民话语的控制之下，南非人民已经丧失了自我的主体的表述权力，成为一个被物化的他者。或者说，在主奴关系社会形态之下，西方殖民者和殖民地人民的关系

---

    ① J. M. Coetzee: Doubling the Point: Essays and Interviews, Harvard University Press, 1992, p. 58.

只能是一种命令与遵从、支配与被支配、言说与被言说的垂直关系，主体间的平等和谐关系不可能实现，正常的种族之间、代际之间和性别之间的沟通受到阻塞。在这种自我与他者、主体与客体的二元对立关系模式中，不仅被殖民者的主体被剥夺和压抑，而且殖民者的主体性也因为想象的恶性膨胀而严重地扭曲变形。库切的小说通过对主体间关系的探讨，告诉人们：只要南非的殖民结构体系不发生改变，被物化了的殖民地他者依旧不会获得自己的主体性，殖民主体的伪尊严就不可能破除，互为主体的主体间的平等交流就不可能实现，南非的白人对南非的爱也注定是一种失败的爱。

第一节　哲学背景和后结构主义语言学的影响

一　从主观主义的主体性向关系中的主体性的哲学转变

哲学无论如何深奥和变化多端，总是关于存在的，存在及其意义一直是哲学关注的首要任务。关于人的存在，近代以来，西方一直盛行的是主观主义的主体性哲学。近代哲学的始祖笛卡尔是其奠基者。笛卡尔从关于各种感觉的怀疑入手，得出他的认识论的核心，"当我要把一切事物都想成是虚假的时候，这个进行思维的'我'必然非是某种东西不可；我认识到'我思故我在'这条真理十分牢靠、十分确实，怀疑论者的所有最狂妄的假定都无法把它推翻，于是我断定我能够毫不犹豫地承认它是我所探求的哲学中的第一原理"。[①] 笛卡尔的"我思

---

① 罗素：《西方哲学史》下卷，马元德译，商务印书馆 2004 年版，第 87 页。

故我在"将精神说得比物质确实，而"我"的精神又比别人的精神确实。对于笛卡尔来说，世界是"我"的精神（而不是感官）经验和判断的对象，"我纯凭位于我的精神中的判断力，理解我本以为我用眼睛看见的东西"。[①] 笛卡尔的认识论实质上是一种以主体为中心的主客二分的主体性哲学，在笛卡尔的哲学世界里，世界仅仅是主体作用的对象，是"我"利用和经验的对象。笛卡尔开创的这种主客二分的哲学主体性原则为后人继承下来，由康德最后确立和完成，康德提出："理智的（先天）法则不是理智从自然界得来的，而是理智给自然界规定的。"[②] 很明显，康德主张知识或道德的最终根据都存在于主体之中，不是认识必须符合对象，而是对象必须符合我们的认识。康德将人的主体性发挥到了极致，对于西方近现代思想影响深远。

西方对于存在的认识在现代出现了一个巨大的范式转变，由主观主义的主体性哲学开始向关系哲学转变。众多哲学家、理论家从各个角度显示了对关系哲学的诉求，其中最为突出的是胡塞尔、海德格尔、迦达默尔和马丁·布伯。

胡塞尔于 20 世纪 20 年代在《笛卡尔沉思》中提出了一个主体间性的概念。他写道："无论如何，在我之内，在我的被先验还原了的纯意识生命的限度内，我把世界（包括他人）——按其经验意义，不是作为我和人的综合组成，而是作为不止是我自己的，作为实际上对每个人都存在的、其客体对每个人都可理解的

---

① 罗素：《西方哲学史》下卷，马元德译，商务印书馆 2004 年版，第 89 页。

② 康德：《任何一种能够作为科学出现的未来形而上学导论》，商务印书馆 1978 年版，第 93 页。

一个主体间的世界去加以经验。"① 也就是说，除了"自我"存在之外，还有其他自我的存在。世界是在各个个体的主体社团这个共同体的意识活动中被构成的，而个体的自我就"体现"在这个主体间社团中。胡塞尔强调的是只有从主体与客体的关系出发，我们才能理解意义或知识的起源。在这样的认识之下，"现象学所研究的既不是客体（外部世界），也不是主体（人的意识），而是主体与客体的关系，或主客体（在意识中）的交界处"。② 胡塞尔从研究自我与其他自我的相互关系入手，提出"主体间性"的范畴，显示出了他摆脱唯我论的努力，然而，胡塞尔的主体间性依然未能从根本上克服唯我论，"由于他继续以先验自我的构成性为理论立足点，因此，仍然在唯我论的途中徘徊"。③

存在主义哲学大师海德格尔强调存在与他人的关系，在他看来，"人在世界中，总是'伴物而在'、'伴他人而在'，总是处在整体关系中；人与存在者都在互相属于的关系中各为自己的本身而在，即合自身的根据而在。世界是关系整体，即'境遇'。这个整体世界就是人生存而要去达到的东西"。④ 在这种整体关系中，"他人倒是我们本身多半与之无别，我们也在其中的那些人。这个和他人一起的'也在此'没有一种在一个世界之内'共同'现成存在的存在论性质。这个'共同'是一种此在式的共同，存在则是寻视着操劳在世的存在。'共同'与'也'都须从生存论

---

① 转引自王岳川《现象学与解释学文论》，山东教育出版社 1999 年版，第 30 页。

② 夏光：《后结构主义思潮与后现代社会理论》，社会科学文献出版社 2003 年版，第 59 页。

③ 同上书，第 31 页。

④ 李钧：《存在主义文论》，山东教育出版社 1999 年版，第 153 页。

上来了解，而不可从范畴上来了解。由于这种有共同性的在世之故，世界向来已经总是我和他人共同分有的世界。此在的世界是共同的世界。'在之中'就是与他人共同存在。他人的在世界之内的自在存在就是共同此在"。①他人在海德格尔的哲学里，不再是物和对象，而成了与"我"具有同样的主体性的共在。然而海德格尔对他人主体性的肯定是以"我"的此在为出发点的，在投入整体世界之前，已经有了"我"的一个先验图示存在，所以他依旧是在以主客关系模式来构筑主体间的关系的。

迦达默尔创建的哲学解释学的中心，是从关注人的存在和人与世界的最基本状态，关注人类理解活动这一人类存在的最基本模式出发，去发现一切理解模式的共同性。他"强调理解的历史性，认为历史性是人类生存的基本事实"。②而理解的历史性则构成了我们的"前见"，所谓前见，即在理解过程中，人们无法根据某种特殊的客观立场，超越时空的现实境遇去对文本加以"客观"理解。然而"前见"对理解并不是消极的，而是使理解得以可能的首要条件。因为恰恰是这种"前见""构成了我们的在"，"构成了我的全部体验能力的最初直接性"，将我向世界敞开，所以"前见"是进行理解的前提，为解释者提供了理解之先的特殊视域，使过去和现在得以交织融合。由于理解者的"前见"意味着理解者的视域，而文本在其意义的显现中也暗含着一种视域，因此，文本理解活动在本质上是不同视域的相遇。不同视域的差异性导致自身界限的跨越而向对方开放，也就是所谓的

---

① 海德格尔：《存在与时间》，陈嘉映、王庆节译，三联书店 1999 年版，第 137 页。

② 王岳川：《现象学与解释学文论》，山东教育出版社 1999 年版，第 208 页。

"视域融合"。"理解其实总是这样一些被误认为是独立自在的视域的融合过程。"① 迦达默尔将这种视域的融合看作读者与文本间的平等对话，是主体间的不断的提问与回答的交互过程。在这种瞬间的视域的融合中，过去和现在，客体和主体，自我和他者的界限被打破而成统一的整体，因此迦达默尔说，"真正的历史对象根本就不是对象，而是自己和他者的统一体，或一种关系，在这种关系中同时存在着历史的实在以及历史理解的实在。一种名副其实的诠释学必须在理解本身中显示历史的实在性。因此我就把所需要的这样一种东西称之为'效果历史'。理解按其本性乃是一种效果性历史事件"。② 也就是说，历史本身是一个在交互理解过程中不断创新的过程，这样，迦达默尔对人类生存基本事实的描述，实质上构成了对传统哲学中二元对立的主客关系的批判，从而进入了交互作用的关系领域。

使关系哲学最终得以完善和确立的是现代德国宗教哲学家马丁·布伯。马丁·布伯在他著名的哲学小册子《我与你》中提出了他的著名的关系哲学（或相遇哲学）。在他看来，"源初词是双字而非单字。其一是'我—你'，其二是'我—它'"③。因此人执持双重态度，所以世界对他呈现为双重世界。首先，人寄身于"它"之世界：为了生存的需要，人必得把周围的在者构筑为与"我"相分离的客体和对象，通过对他们的经验来获得关于他们的知识，再将这些知识为自己所用，以便建筑一个秩序井然的世

---

① 伽达默尔：《真理与方法》上卷，上海译文出版社 1992 年版，第393 页。

② 同上书，第 384—385 页。

③ 马丁·布伯：《我与你》，陈维纲译，三联书店 2002 年版，第 1页。

界，在这样的世界里，"我"为一大堆内容所缠绕，"只有过去而无现时"，"我"和在者的关系为"我—它"关系，笛卡尔以后的主观主义哲学即是对世界执持这样一种态度。其次，人也栖身于"你"之世界："凡称述'你'的人都不以事物为对象。因为，有一物则必有他物，'它'与其他的'它'相待，'它'之存在必仰仗他物。而诵出'你'之时，事物、对象皆不复存在。'你'无待无限。言及'你'之人不据有物。他一无所持。然他处于关系之中"。① 也就是说，在你的世界中，你，也就是其他的在者，不再是我所经验和利用的物，不再是客体，而是主体，你便是世界。我"与'你'的关系直接无间"。② 没有任何中介，"'你'经由神恩与我相遇，而我无从通过寻觅来发现'你'。不过，向'你'倾吐原初词正是我的真性活动，我唯一的真性活动"。③ "人必以其全纯真性来倾述原初词'我—你'。欲使人生融会于此真性，决不能依靠我但又绝不可脱离我。我实现'我'而接近'你'；在实现'我'的过程中我讲出了'你'。"④ 所以，布伯说"凡真实的人生皆是相遇"。⑤ 相遇虽然是瞬息间的事情，但本真性的存在却伫立于现时之中。在"我—你"的关系中，关系是相互的，"在关系里，人无需担忧他的自由及其真性的自由，但仅有洞见关系者，知悉'你'之现实性者才能做出自我决定，而自我决定即是自由"，⑥ 所以，处于关系中的人是自由的，如果说处在"它"之世界中的人是一种利用关系，那么处在"你"之世

---

① 马丁·布伯：《我与你》，陈维纲译，三联书店 2002 年版，第 3 页。
② 同上书，第 10 页。
③ 同上书，第 9 页。
④ 同上。
⑤ 同上。
⑥ 同上书，第 44 页。

界的人则是一种超越关系。然而"人不可能生存于纯粹现时，因为，一旦现时奔腾而出，一泻千里，人生即将消耗殆尽"①，所以为了生存，人不得不返回"我—它"的世界，但是由于对"我—你"关系的渴仰，人又不得不不断地反抗经验的世界和物的世界，正是这种对超越的追求造就了人的精神、道德与艺术，所以布伯感慨道："人无'它'不可生存，但仅靠'它'则生存者不复为人。"② 很明显，布伯的关系哲学中的根本是关系，他所说的"'我—你'关系是一种亲密无间、相互对等、彼此信赖、开放自在的关系。'我—它'关系是一种考察探究、单方占有、利用榨取的关系"。③ 布伯最具独创性之处，在于提出并大力弘扬"我—你"关系，使西方现代哲学中真正的交互往来的互为主体的关系哲学得以最终确立，对于自己的《我与你》一书的历史贡献，马丁·布伯有着清醒的认识，他认为这本书导致了"不再奠基于主体性领域而是奠基于之间（Between）领域的一种关系的发现"。④

二 后现代主义和后殖民文化理论对西方启蒙主义理性主体权威的颠覆

西方现代哲学思潮对存在认识的这种范式转变的一个重要价值在于颠覆了个人作为固定静止的启蒙主义理性主体的权威，在

---

① 马丁·布伯：《我与你》，陈维纲译，三联书店 2002 年版，第 30 页。

② 同上。

③ 何光沪：《"我与你"和"我与它"——读布伯〈我与你〉》，见马丁·布伯《我与你》，陈维纲译，三联书店 2002 年版，第 125 页。

④ 转引自张再林《关于现代西方哲学的主体间性转向》，《人文杂志》2000 年第 4 期。

这一点上，为后现代主义者们提供了哲学基础。

后现代主义者们是反"人道主义"的，这里所说的人道主义是指始自笛卡尔的个人意识决定世界的个人主义加理性主义的启蒙人道主义，"它的基本假定是：个人是自立的和理性的行动者"。① 在这一假定之下，人被神化了，作为世界的主人，人可以不断地认识世界，控制世界，主体性之外的一切被当作工具来使用，"这种将理性、主体提高到自然与社会本体地位的思维方式导致对自然征服、对社会压制的企图，这乃是造成现代性僵化、异化的思想根源"。② 在后现代主义者们看来，这种西方传统的人道主义所说的"个人"或"主体"是一种形而上学的虚构，同时也是社会制度的建构，因而是不真实的，产生自这种主体性的人文科学也是一种伪真理，正是在这一意义上，福柯宣称："人是近期的发明，并且正接近其终点。"③ 福柯的意思是说：人的本质作为一种形而上学的假定已经失去意义了，批判的矛头直指现代西方人文科学产生的基点，其震撼程度不下于当年尼采对"上帝之死"的宣告。著名的后结构主义精神分析学大师拉康则从精神分析的角度，向西方的本质主义的主体论挑战。拉康认为，人并非生来就具有自我的意识，人最初对自我的认识来自婴儿时期从镜子中看到的自我的镜像，婴儿与镜子里见到的形象相认同，并由此意识到自己的身体是一个统一体。而这种对自我的认识只不过是一种由镜像所致的想象或幻觉，因而自我是不

---

① 夏光：《后结构主义思潮与后现代社会理论》，社会科学文献出版社 2003 年版，第 98 页。

② 郑元景：《启蒙精神与现代性的内在关联》，《福建农林大学学报》2006 年第 9 期。

③ 米歇尔·福柯：《词与物：人文科学考古学》，莫伟民译，三联书店 2001 年版，第 505 页。

真实的，简而言之，就是说，拉康认为自我与人的想象有关，而不是一个感知—意识系统，也不是什么理性化的知识主体。而且在拉康看来，自我与他人是同时出现在想象中的。婴儿在与镜像中的自我认同的同时，也会注意到周围的与自己既相似又不同的人，同其他的人处于一种既认同又排斥的"传递状态"，也就是说，"自我的形成实际上还意味着身体与镜像、身体与环境、自我与他人的分界之形成"。① 这就是著名的"镜像说"。许多后现代主义者们深受拉康这一学说的影响，他们认为，自我并不是一个自我生成的封闭而孤立的系统，而是处于与他人和事物的相互联系之中，自我是在与他人的关系中形成的，同自我一样，他人也是一种主体，他人的边缘性和沉默只不过是历史和社会意识的产物，而不是生来就有的。因而，后现代主义者们表现出了对他者的尊重和为被构建为边缘的他者恢复主体性的诉求。解构主义大师德里达明确宣称，自己的哲学意图是"表示对它在的尊敬"，是"让它在说话"。他倡导一种"语言中的政治"，他的解构理论是"对作为社会互动之媒介的语言所扮演的角色之重新解释——确切地说，是对语言与主体、主体间性和社会关系的相关性之重新解释；他试图为'它在'进行重新定位，使现存秩序成为一个对它在即它在的语言开放的体系"。② 对它在的尊重和将它在放在相互关系中进行重新阐释，因而成了以德里达为代表的解构主义者们揭示话语表面中立下所掩盖的压抑、剥削、边缘化、他者化实践的立论基础。

---

① 夏光：《后结构主义思潮与后现代社会理论》，社会科学文献出版社 2003 年版，第 117 页。

② 转引自夏光《后结构主义思潮与后现代社会理论》，社会科学文献出版社 2003 年版，第 346 页。

与后现代主义密切关联并存在多处重叠的后殖民文化思潮继承了后现代主义的解构之维。西方以启蒙理性主体为基础的主体性哲学成为后殖民文化理论家们批判的首要目标，因为正是这种主体性认识论为西方将自己建构为"中心"、将东方"边缘化"提供了话语基础。在西方的主体性哲学里，作为世界的中心的"人"是指理性的人，确切一点说，是文明的西方人。由于东方文明在近代发展的落后，东方人被视为非理性的、野蛮的，所以属于次等人，正如里拉·甘德赫（Leela Gandhi）所说："西方的人道主义生产出了一个著名的格言：由于一些人类比其他人更具人性，所以他们更是实质上的所有事物的衡量标准。"① 所以说，以启蒙理性为基点的西方主体性认识论帮助建构了为殖民主义打下基础的种族等级制度，并最终建构起了一个西方的世界中心，而为了衬托这个中心，东方被作了边缘化和物化的处理。主体的尊严是靠着对他者的压抑和他者的屈从来实现的，所以他者要想获得主体性，就必须先破除主体的伪尊严。前殖民地国家在取得了政治斗争的胜利之后，在支撑殖民话语的主体性认识论这一基点上从西方的中心论中突围，就成为文化解殖运动的一个首要目标。

由于坚持主客二分，他人作为对象的、物的存在，总是先验的自我构建世界秩序所需要和利用的工具。在殖民话语中，西方和东方、白人和黑人两个世界是截然对立的，而为了突出西方自我的优越性、道德性和文明性，作为参照系存在的东方总要被说成是劣等的，非道德的和野蛮的，为了解释入侵行为的合法性，被入侵的文化被一次又一次地说成是低下的。"生存斗争决定了

① Andre Smith and Willam Hughes （ed）：Empire and the Gothic：The Politics of genre，Palagrave Macmillan，2003，p. 1.

理应获得霸权的是强者，或最能将权力强加于人者。殖民主义的
表述语言可能将任何征服实践说成是入侵者之强大和被征服者之
劣等的表征。用斯皮瓦克的术语说，这一类的描写刻画提供了认
识的或意识形态的暴力，起了为更加赤裸裸的占领暴行助威呐喊
的作用。"① 在西方的认识论暴力之下，东方的主体性消失了，
殖民话语中的东方成为了西方为了自我的目的别有用心地建构的
没有主体性的他者。与此同时，依靠被建构的他者得以认识到的
自我也注定是虚幻的，东方和东方人不是一个思想与行动的自由
主体，西方和西方人的主体性也是大可质疑的，西方本质主义的
身份观因而受到了大大的挑战。对此，萨义德在论及自己在《东
方学》中所采取的立场时说道：

　　　　每一文化的发展和维护都需要一种与其相异质并且与其
　　相竞争的另一个自我的存在。自我身份的建构——因为在我
　　看来，身份，不管东方的还是西方的，法国的还是英国的，
　　不仅显然是独特的集体经验之汇集，最终都是一种建构——
　　牵涉到与自己相反的"他者"身份的建构，而且总是牵涉到
　　对与"我们"不同的特质的不断阐释和再阐释。每一时代和
　　社会都会重新创造自己的"他者"。因此，自我身份或"他
　　者"身份决非静止的东西，而在很大程度上是一种人为建构
　　的历史、社会、学术和政治过程，就像是一场牵涉到各个社
　　会的不同个体和机构的竞赛。……简而言之，身份的建构与

---

① 转引自博埃默《殖民与后殖民文学》，盛宁译，牛津大学出版社
1998 年版，第 88—89 页。

每一社会中的权力运作密切相关。①

人类的主体性不是生来就有的，而是被建构的，不是静止的，而是不断变化的，这样的论述无疑推翻了西方主体性哲学的立足基础。也正是从这种认识前提出发，萨义德反对西方的东方学，因为"作为一种思想体系东方学是从一个毫无批评意识的本质主义立场出发来处理多元、动态而复杂的人类现实的；这既暗示着存在一个经久不变的东方本质，也暗示着存在一个尽管与其相对立但却同样经久不衰的西方实质，后者从远处，并且可以说，从高处观察着东方。这一位置上的错误掩盖了历史变化"。②

在西方的认识论暴力之下，西方与东方、东方社会中人与人之间的关系受到了扭曲，在西方的俯视之下，东方应该永远处于臣服和从属的地位，平等的、对话的、互为主体的交流关系是不存在的，后殖民文化理论所追求的最终目标，就是要让被压抑的他者摆脱无言的客体阶段，进入主体性的自我，从而恢复一种互为主体性的、和谐的关系社会。被边缘化的第三世界目前采用的最重要的文化策略就是通过展示西方社会将东方建构为他者的过程，逐渐消耗西方的关于自我的偏见，并进一步颠覆西方以启蒙理性为基础的主体性认识论，最终侵蚀掉西方权力中心体系的话语基础。

---

① 爱德华·W. 萨义德：《东方学》，王宇根译，三联书店 1999 年版，第 426—427 页。

② 同上书，第 428—429 页。

三 后结构主义语言学的影响

后现代主义和后殖民文化理论对启蒙主体性的批判和对关系中的主体性的弘扬，大多从语言学的研究入手，库切对关系中的主体性的关注也是源自他的后结构主义的语言学知识。

正如阿特瓦尔所观察的那样，库切最早提及"我和你"的关系模式是在他1977年写的关于阿切特伯格（Achterberg）的论文中，这篇论文的副标题是"我和你的神秘"。在这篇论文中可以看到后结构主义的某些语言观念：语言的能指与所指之间不是一对一的关系，语言的意义产生自"能指链"，即能指之间的关系链，由于"能指链"的组合是暂时性的，带有历史的偶然性，所以语言的意义是不确定的，多层次的。通过语言媒介建构的自我与他人的身份也必定是不稳定的，片面的。语言学家进行文本分析时总是关注语言的指涉过程，通过语言的结构过程的展示揭示文本的多义性。库切在这篇论文中，直陈自己"不想从探寻我和你指示什么开始，而是从它们在语言领域和这首诗歌的领域中如何指示的方面开始；然后再进入位于这首诗歌的中心的象征主义"。① 通过对诗歌的结构分析，库切发现，我和你的意义随着能指的滑移，总是处于变动之中："在我的凝视之下，你几乎没有固定性。相反，你是缺席的；或者说仅仅作为我的意识的客体的被动的存在；……换句话说，你是缺席的，暂时的或者说依赖于我的；那么，我与你的关系，仅仅是过渡性的，不能够交互作用。"② 库切在这里已经注意到了语言运用过程中的权力操作以

---

① J. M. Coetzee: Doubling the Point: Essays and Interviews, Harvard University Press, 1992, p. 70.

② Ibid., pp. 72—73.

及在这种操作下主体性的不可抵达。"在语言的中介中，所有我的观点都是我的虚构。根本的我是不可能复原的。我和你都不可能完全地存在。"① 在这篇论文中，库切从具体文本的语言学分析中指出了置身于与他者的关系中的自我的不稳定性，这种关于本体论的学术思考明显受到了马丁·布伯、雅克布森等人的哲学思想的影响。

后结构主义的语言的不稳定性观念被结合进了库切写作的后殖民语境，成为他的后殖民写作的解构策略之一。在《铁器时代》中，库切通过柯伦太太之口摧毁了符号与意义的稳固性关系：柯伦太太在讲到霍桑的《红字》时，提到女主人公穿的绣有"A"的衣服——通奸的耻辱的标志，经过了多年以后，"人们慢慢忘记了它代表的意思。他们忘记了，它代表过任何意义。它单纯地变成了她穿的衣服，就像一个戒指或一枚胸针。她还有可能带动潮流，让人爱穿写了字的衣服"。"这些公开场合的表演，这些展现——这个故事的重点就在这里——一个人怎么能确定，它们究竟代表什么？"② 符号与意义的对应性关系具有历史的偶然性，随着时间的推移，旧有的意义退却，新的意义产生，在这样的一个意义不断消失又不断增生的链条中，人们又怎样能够断定符号的最初的和最后的意义呢？从这个意义上来讲，是作为表达媒介的不稳定性的语言自身反过来造成了表达的模糊性和不确定性。库切的作品中的叙述者经常会为语言的不稳定性而感到困惑：在《等待野蛮人》中，作为叙述者的行政长官"我"，经常

---

① J. M. Coetzee: Doubling the Point: Essays and Interviews, Harvard University Press, 1992, p. 75.

② 柯慈：《铁器时代》，汪芸译，台北天下远见出版股份有限公司2001年版，第168页。

遇到表达上的障碍，要不就是"我"的语言微弱无力，一说出来，就远离了真相；要不就是在"我"面前出现各种各样的可以选择的言辞的编排，而最后却失去了所有的意义。当"我"试图去记录历史，告诉后代历史的真相时，"我久久地看着自己写下的这些文字，与我耗时费力去钻研的那些杨树木简上饱含的信息相比，令人失望的发现它们也竟同样的曲折隐晦、同样的模棱两可、同样的该死的难懂"。[①] 正如同叙述者自己所说，"一个不知道怎么对付自己床上的女人的男人，同样也不知道如何用文字表达自己"。[②] 语言和它所表达的主体（包括历史的主体）并不重合，在它们之间存在着巨大的空洞和裂隙。伊丽莎白·科斯塔洛在陈述自己的信仰时，实际上也是在反省作家与社会现实的关系时，也面临了表征和理解的困难。第一次陈述时，伊丽莎白声称自己是"不可见的世界"的记录员，对记录的事件保持一种"消极感受力"，即客观的姿态，在她看来，对于作家的职业来说，"信仰是阻力，是障碍"。[③] 然而她实质上又无法摆脱"仅仅靠扪心自问"，即出自主观的判断，"就能判定哪些东西是真实的"[④] 主观主义的阴影。第二次她改变了自己的陈述，为审判官们讲述了一个青蛙的存在，她想通过这个讲述告诉别人"河流存在。青蛙存在。我存在"。[⑤] 事物仅仅是其所是，与人无关。一位女审判员敏锐地指出，"你把一个关于生命的故事加在了它们身

---

① J. M. 库切：《等待野蛮人》，文敏译，浙江文艺出版社 2004 年版，第 205 页。

② 同上书，第 79 页。

③ J. M. 库切：《伊丽莎白·科斯塔洛：八堂课》，北塔译，浙江文艺出版社 2004 年版，第 242 页。

④ 同上书，第 248 页。

⑤ 同上书，第 265 页。

上"，在伊丽莎白的叙述中，审判员发现了一种生命的精神，并断定这种精神才是伊丽莎白的信仰。这并不是伊丽莎白想要说的，然而她又无力运用语言进行辩驳，最后，伊丽莎白也不知道自己到底相信什么，想要说什么，不由得发出"我们如何才能知道自己相信的是什么呢"[1] 的感慨。观念通过语言的中介释放出来，再引起阅读者的反响，距离说话者想要表达的东西越来越远，更何况说话者自己的观念又总是在漂移，语言作为一个表征符号，能在多大程度上与说话者的意愿相符，听话者的理解又能在多大程度上贴近讲话者的表达，就成了一个大大的问题。

由于相信作为叙述工具的语言是不稳定的，多义的，库切作品中通过语言进行自我表述的叙述者的身份就总是呈现为多重性和流动性，因而难以捕捉和定论：两次陈述之后的伊丽莎白失去了对自我的把握，或者说发现了无法把握的自己，她在法庭的最后申述是："可我是谁？谁是'我'？谁是'你'？我们每天都在变化，又保持原来的样子。'你''我'都不比其他任何人更加重要。你可能还会问：进行第一次陈述的伊丽莎白和进行第二次陈述的伊丽莎白，哪个更真实。我的回答是：两个都真实。都真实。都不真实。'我'是另一个人。"[2] 这段陈述有些拗口，但明显可见伊丽莎白在思索的问题是：自我其实是一种语言的建构，并不拥有稳定性的本质。《彼得堡的大师》中的陀思妥耶夫斯基在癫痫病发作之后，"恢复原状时，又失去了自己是谁的意识。他认识我这个字，但是当他盯着瞧的时候，他又像沙漠中的一块

---

① J. M. 库切：《伊丽莎白·科斯塔洛：八堂课》，北塔译，浙江文艺出版社 2004 年版，第 166 页。

② 同上书，第 268 页。

石头那样神秘莫测"。① 另外，像行政长官、柯伦太太、苏珊·巴顿、《男孩》和《青春》中的"我"这些叙述者都处于一种既在此又在彼，或者说同时是此和彼的身份状态。西方传统哲学中那个先在的、稳固的、创建世界秩序的理性自我消失了。叙述者通过叙述也总是无法抵达它在的实体性，尽管叙述者总是在试图阐释它在的沉默，但它在的沉默却始终未被打破，这未被打破的沉默因而也使它在的身份始终保持着不确定性，不确定性也即不可决定性。不确定性或不可决定性是德里达以解构理论为基础的伦理政治观中的一个核心概念，这一概念是在德里达对语言与主体、主体间性和社会关系的相关性的重新解释过程中，"因为它在的存在和对它在的承认而衍生出来的"，与对现存秩序的解构有关。在德里达看来，不可决定性"不单是两种决定之间的犹豫或冲突。它对于现存的可计算的秩序和规则来说是异质而共生的，但它必须……在现存的秩序和规则下做出不可能的决定（impossible decision）。尚未经历过不可决定性的决定不会是一个自由的决定，而只不过是某个可计算的过程之合乎程序的应用或展开。它或许是合法的，但不是公正的"。换句话说，也就是说，德里达认为一个公正的决定必须考虑到现存秩序之外的它在，"而不可决定性正是在它在中产生的；如果没有这种不可决定性，就没有公正可言"。② 不可决定性是构成公正和达到对现存秩序的超越的一个必要条件。所以，库切笔下他者（它在）的不可决定性也可视为颠覆现存社会秩序（在南非是指种族隔离的

---

① J. M. 库切：《彼得堡的大师》，王永年、匡咏梅译，浙江文艺出版社 2004 年版，第 71 页。

② 参见夏光《后结构主义思潮与后现代社会理论》，社会科学文献出版社 2003 年版，第 346—348 页。

社会秩序）的一个解构策略。

在语言学家和结构主义者看来，文本都处于系统之中，所有的文本都是在对以前文本的继承和超越的基础上形成的，文本总是在与其他文本进行对话，所以文本的意义离不开与其相关联的上下文的语境。正是在与其他的相关联文本的参照下，在文本之间的领域，文本的意义产生了。这种文本间性或说互文性，实质上是强调文本置身于关系之中，读者要在关系网络中获得对作品的阐释，也就是说，应该将文本置于现实的境遇中去进行解读。对于文本的这种结构性特点，库切予以了肯定并将之运用于自己的创作实践。面对阿特瓦尔的提问，库切曾经明确宣称："当你拿起钢笔开始写作时，你就进入了某一种相互作用的历史的指示者们的游戏的长列，这些指示者各自带有自己幽灵般的过去。"①

库切的《黄昏的大地》、《福》、《在国家的中心》等作品都是对殖民主义的典型文本的模仿性重写；《彼得堡的大师》构成了与写作《群魔》之前的陀思妥耶夫斯基的对话；《等待野蛮人》中帝国的代表乔尔上校鞭打被俘的野蛮人，并用炭条在野蛮人的背上书写"敌人"的场景让人想到卡夫卡的《在流放地》中的那架将罪名细致地刻写在受刑者身上的"杀人机器"，而《等待野蛮人》的书名明显与卡瓦菲（C. P. Cavafy）所写的同名诗歌相关；《迈克尔·K 的生活和时代》从主人公的名字上就很容易让人想起卡夫卡的《审判》和《城堡》，在穴居生活中只有最小量的需求的迈克尔俨然是另一位"饥饿艺术家"；《伊丽莎白·科斯塔洛：八堂课》中的第八课"在大门口"则是卡夫卡的《审判》的情景再现……文本间性，成为库切作品中的一个突出的特征。

---

① J. M. Coetzee：Doubling the Point：Essays and Interviews, Harvard University Press，1992，p. 63.

与从事于后现代主义所热衷的文本游戏相比，库切对文本间性的强调更多的是出自后殖民文学非殖民化策略的需要。后殖民作家经常对殖民主义的经典文本进行模仿性重写，只不过换一个他者的视角，用一种不同的声音，针对殖民主义文本中所言不详、不够，甚至暧昧的地方进行重新解释，往往可以起到将殖民主义世界组织起来的视角颠覆掉的效果。《黄昏的大地》模仿18世纪末期的侵入南非的殖民者的旅行叙述，《福》的目标则具体指向了对被普遍接受为西方经典文本的《鲁滨逊漂流记》的话语解构。而通过在文本中展现与前文本相似的场景，也就是借用场景，则很容易引起相关的连接和联想，并最终辅助读者对现实的理解：《彼得堡的大师》再现出的陀思妥耶夫斯基写作《群魔》时无政府主义者和警察的冲突，很容易让人想起南非国内20世纪八九十年代种族隔离制度造成的混乱；《等待野蛮人》中的鞭打场景与卡夫卡场景的相似，明显指向南非现实的权力暴力，书写在这里发挥了与鞭子同样的功能，作为另一种武器，拥有文字的西方书写强行将意义赋予相异者的身体。而《伊丽莎白·科斯塔洛：八堂课》中的场景借用则指向了作者权威的消解，作者作为话语的操控者，是另一种支配性的文化权威，他总是想法保持话语的稳固性并对意义进行监督，对作者的权威进行消解，赋予作者一个模糊的、待定的位置，无疑具有反霸权的文化意义。

第二节　南非文化语境中人际沟通的困难

从根本上来说，西方哲学从主观主义主体性哲学向关系哲学的转变，为库切的交互作用诗学提供了一个背景和话语基础，后结构主义语言学也只是被库切当作对抗文化霸权的工具来使用。

库切的交互作用诗学更多体现在对南非历史和现实层面的关注上。他的作品从展现南非殖民主义、种族隔离的历史和后殖民的现实中的人际关系、人和国家间关系的扭曲出发，走向对支撑西方殖民结构的二元对立权力话语的解构。

库切在 1987 年所作的耶路撒冷奖的受奖演说中提到：经历了殖民主义和种族隔离制度的南非是一个典型的主奴社会，在这样一个社会里，"没有人是自由的，奴隶不自由，因为他不是自己的主人，主人不自由，因为没有奴隶他不能做主人。几个世纪以来，南非是一个主奴社会，现在它是一个受压迫者公开反叛、主人陷于混乱中的大地"。① 在南非社会中，所有人与人之间的关系都被这一殖民的权力结构所左右，因而正常的人际关系受到了破坏和变形。不自由，就无法实现超越，进入马丁·布伯所谓的互为主体的平等个体相遇的关系领域，也就无法实现真正的沟通和交流。关于南非的社会关系被殖民的权力结构扭曲的现实，在耶路撒冷奖的受奖演说中，库切举了一个实例来做说明，那就是 20 世纪 50 年代南非颁布的禁止不同种族通婚的法律。库切认为："这是控制社会生活所有阶段的法律之绳的最直截了当的表现，这种法律的目的就是要阻塞白人和黑人之间的水平交际的形式。唯一许可的交际从今以后只剩下了垂直的形式，那就是，由发出命令和接受命令组成。"库切紧接着分析了这样的法律背后深层的象征意义，"在我看来，它的缘起，在于恐惧和拒绝：拒绝不被承认的拥抱非洲的欲望，拥抱非洲的身体；害怕反过来被非洲所拥抱"。② 非洲作为欧洲人的黑暗的"镜像"，实在是出自

① J. M. Coetzee: Doubling the Point: Essays and Interviews, Harvard University Press, 1992, p. 96.

② Ibid., p. 97.

欧洲的欲望本身，欧洲拒绝承认自我的阴暗的欲望，不外乎是为了让别人承认自己的优越性存在，但反过来欧洲却拒绝承认对方——非洲具有和自己一样的完整的主体性，害怕自己成为非洲欲望的对象。

南非社会的权力结构和权力话语的背后实质上是西方传统的主体性哲学的主客二分的思维模式，在这种思维模式下，世界被分为一系列二元对立的存在，"欧洲人的性格特征正是在同一个对立面、同世界的'其余部分'、同'他者'的关系中得到肯定的。而在不同的语境中，这一对立面的形式也不同，可以是女人或奴隶、仆人或野兽：随着殖民化浪潮的到来，它变成了被殖民者，后者又吸纳了表示差异的其他形式而成为一个描写范畴"。①在西方与东方的近代关系中，西方属于强势话语，被侵略的东方属于弱势话语，谁掌握话语就决定谁掌握话语的主动权。于是在描写对立面的过程中，西方、殖民者、白人逐渐获得了自我属性和个性的确认。而在被描写为对立面的过程中，东方、被殖民者逐渐成为了附属性的存在，被强加了许多被动性的因素，因而在西方的权力话语的言说下，失去了主体性的存在。这是一种剥夺，有剥夺就有反抗，后殖民文化思潮所要做的就是通过展示这一剥夺和反抗的过程，来达到恢复被压抑的东方的、女性的、黑人的、被殖民者的主体性，同时又不以这种东方自我的主体性去代替西方自我的主体性，因为这样做，意味着以颠覆为目的的解构最终又落入了二元对立的思维模式。后殖民的理论家们追求的是一种人类之间平等对话的和谐的关系社会的创建。

库切的作品从某种意义上说，就是关系的文本。他的作品通

---

① 博埃默：《殖民与后殖民文学》，盛宁译，牛津大学出版社1998年版，第90页。

过对各个层面关系的考察，来揭示强势话语对弱势话语的压抑和拥有权力的将没有权力的他者化的过程，展示权力结构对社会关系的影响。这种颠覆效果是通过对西方的认识论哲学的思维模式的戏仿来达到的。在库切的笔下，往往呈现出一系列的二元对立的存在：欧洲白人与非洲黑人、父与子、文明与野蛮、男性与女性，等等。主人公置身于这些关系中，面临着无法摆脱的沟通的困难，既没有能力表达自己的思想和感情，也没有能力理解周围的人们，在被权力扭曲的人际关系中，主人公的精神世界也陷入了孤独的荒漠，等待着他们的总是失败。德里克（Derek）对此总结道："在库切的小说中，没有任何沟通的突破；仅仅是角色将他（她）自己谈论成一个新的精神位置，一个新的思想和感情的星座，没有接受者会采取最轻程度的注意的任何保证。"① 这些人物既包括《等待野蛮人》中的野蛮人姑娘，《迈克尔·K 的生活和时代》中的迈克尔·K 和《福》中的星期五，也包括《等待野蛮人》中的行政长官、《迈克尔·K 的生活和时代》中的医官、《福》中的苏珊·巴顿、《铁器时代》中的柯伦太太、《在国家的中心》中的玛格达和《耻》中的卢里教授，甚至包括《黄昏的大地》中的道恩。在具体文本中，往往是多重关系交织在一起，再加上人物身份的流动性，文本的关系结构呈现为异常复杂的景观，人物沟通的失败成为库切大多数文本中的一个重要主题。

《黄昏的大地》中"越南计划"部分的主人公尤根尼·道恩陷身于与他的上司、妻子、儿子的关系之中。他的上司"库切"某种程度上位于"父"的位置，代表权威对尤根尼进行监督和谴

---

① Derek Attridge：J. M. Coetzee and the Ethics of Reading：Literature in the Event, The University of Chicago Press，2004，p. 29.

责，用道恩的话说，"在这儿我在一个管理人的大拇指之下，这是一个我在他面前的第一反应是要爬行的人"。[①] 在灰色的办公室里，"我磨碎我的牙齿，忍受着折磨"，[②] 上司对道恩写的计划进行了批评，这令道恩感到异常的痛苦，这是儿子被父亲否认的痛苦。在私人生活中，他和妻子玛丽莲（Marilyn）的性关系也是无法和谐，由于自己无法满足妻子，他就将女性视为一个他无法填满的洞，一个客体，和妻子的接触仅仅被他当作一个做丈夫的义务，并认为他的婚姻生活是空白和无意义的。与妻子的无力沟通又进而演化出道恩渴望妻子有外遇的变态倾向，在他看来，有人对他的妻子产生兴趣是对他的认可。在现实生活中，道恩又是他的儿子马丁（Maritin）的父亲。由于与上司和妻子的沟通失败，道恩决定离开现实世界，他离家出走后隐居的洛科汽车旅馆（Loco Motel）是他退回内在世界的一个象征场所。临走时他带走了儿子马丁，为的是要把儿子从"正在把他培养成一个傻瓜的反复无常的、歇斯底里的母亲"的溺爱中拯救出来，然而很快儿子就成了他沉浸于内心世界冥思的一个负担，在玛丽莲带着警察来到汽车旅馆要求带走儿子时，在疯狂的迷乱中，道恩将水果刀刺向了自己的儿子。归根结底，道恩和身边人们沟通的受阻来自他正在进行创作的"越南计划"，这个计划实质上就是对西方如何依赖话语、书写和暴力建构自己的主人地位和东方的奴隶地位的设计，殖民的狂想及其所携带的暴力现实将道恩的旧的自我击碎，被殖民的权力话语扰乱的自我意识如何与他人实现正常的沟通就可想而知了。

《等待野蛮人》中的边区小镇是外在于帝国的边疆的一个缩

---

① J. M. Coetzee：Dusklands，Vintage，1998，p. 1.

② Ibid.，p. 7.

影，帝国对那儿即将发生暴动的猜测既反映了二者之间隐含的对抗关系，又是帝国控制欲望的一个表征，同时也投射出帝国对自己建构出的边疆或野蛮之地的极端无把握的恐慌和忧虑。行政长官与野蛮人姑娘的关系既是两性之间的关系，又体现了殖民者与被殖民者的关系。行政长官无力进入野蛮人姑娘的身体，说明他进行沟通的努力的无效。

《迈克尔·K 的生活和时代》中争夺着要对迈克尔·K 进行释义的各种权力机构均可视为"父"——权威的各种变身，从迈克尔度过童年的休伊斯·诺雷牛斯残疾儿监护学校，到后来的政府、军队、医院和各种各样的营地。它们通过控制、监视、威慑、惩罚、博爱等技术手段强行赋予迈克尔以各种意义，在这样的强力之下，作为儿子的迈克尔只有选择一次次的逃离。其中，作为第三章的叙述者的医官一方面试图以博爱的力量拯救迈克尔，另一方面一直在努力让迈克尔说话，让他说出自己的意义，但迈克尔对他始终紧闭话语的大门，直至最终逃出医官的视野。

《铁器时代》中的柯伦太太在死亡之前写信告诉女儿南非的真相，在这份"精神的遗产"中，柯伦太太见证了以前"收音机只字不提，电视台只字不提，报纸只字不提"，[①] 她自己也从来没有见过的发生在学校和黑人居住区里的骚动和暴力。她为白人警察杀死两个黑人少年的行为而愤怒，然而她的白人出身既使她无力理解黑人的仇恨，又无力被黑人所理解，同时也无力缓解现实中不同种族之间的对峙关系。在这种被仇恨笼罩的社会里，正常的人类天性也无法发展了，黑人孩子从小就被教育要复仇，被引导着为革命事业而献身，所以很早便失去了儿童的天真和宽

---

① 柯慈：《铁器时代》，汪芸译，台北天下远见出版股份有限公司2001年版，第52页。

容。儿童和长辈、人与人之间的关系全变了，一切都围绕着暴力在旋转。柯伦太太与她的女儿之间正常的母女关系在这样的人际环境中，也受到了阻碍，无法正常发展。她的女儿移居美国，发誓再也不回实施种族隔离制度的南非，柯伦太太尊重女儿的选择，不将自己的病情告诉女儿，不要求她回来。尽管柯伦太太明显深爱自己的女儿，但是随着病情的加重，随着她难以忍受的耻辱之感的折磨，柯伦太太开始感到不在场的女儿越来越疏远，越来越陌生，她谴责她的女儿，"这是一种指控吗？不是，但它是一种责备，一种真心的责备。而这封长信——现在我要说——是在向夜晚求助，向西北方求助，要你回到我身边来。要你回来，把你的头埋在我的大腿上，就像一个孩子，就像以前一样"。①一切谴责和指控都指向"你回来"的要求上。然而这是一封死后才会被寄出的信，所以柯伦太太的愿望不会实现，她只能让女儿通过信来感受自己，感受南非，而不可能进行面对面的沟通。

《彼得堡的大师》中的父子关系更是居于一个中心的位置。这种父子关系首先是指向陀思妥耶夫斯基与继子巴维尔的真实的父子关系，其次指向作品中的陀思妥耶夫斯基和写作时的库切所处的那个冲突的时代。陀思妥耶夫斯基来到彼得堡处理继子巴维尔的后事，试图发现一种巴维尔活着时从来不曾在父子间建立起来的亲密。通过阅读巴维尔留下的个人手稿和自己写给巴维尔的信件，通过与房东太太和她的女儿的谈话，通过与涅恰耶夫的接触，他试图唤回巴维尔对自己的爱的努力以失败而告终，他不得不怀疑自己感到凄凉的真正原因是："因为他生活的基础，他和

① 柯慈：《铁器时代》，汪芸译，台北天下远见出版股份有限公司2001年版，第206页。

儿子之间的竞争，已经消失。"① 他也隐约觉察到了坚持宣称自己对巴维尔的爱的行为的实质是为了自己的救赎，"至于巴维尔，假如他落到一无所有的地步，至少让他保住他的死亡吧，至少不要把死亡从他那边夺过来，变成他爸爸改过自新的时机"。② 从很大程度上，陀思妥耶夫斯基父子间正常沟通的不可能性很大程度上应归咎于他们所处的时代。正如接待前来警察局索取死去的儿子的信件的陀思妥耶夫斯基的警官马克西莫夫所说："在目前的情况下，很难明白'私人性质'是什么意义。"③ 由于巴维尔生前涉嫌参与了无政府主义者涅恰耶夫组织的暗杀行动，《彼得堡的大师》中父子关系的语境扩大为两代人之间的冲突，从警察局回来以后，陀思妥耶夫斯基"试着回忆巴维尔的脸"，但他面前浮现的却是挥之不去的涅恰耶夫的脸。在和涅恰耶夫第一次接触之后，他的头脑中出现了嫉妒的父亲的形象，"父亲像一只灰色的耗子似的，事后趴到做爱的现场看看有没有什么剩给他的东西。……是不是由于这个原因那帮以好父亲、大耗子马克西莫夫为首的警察报复心切地搜查彼得堡的自由青年？"④ "难道潜伏在革命底下的不是人民复仇这个组织，而是儿子的复仇——父亲们嫉妒儿子们的女人，儿子们策划窃取父亲们的钱箱？"⑤ 最后陀思妥耶夫斯基得出结论："父亲和儿子：仇敌，死神的仇敌。"⑥《彼得堡的大师》与南非的现实语境依旧有密切关联，它所表现

---

①　J. M. 库切：《彼得堡的大师》，王永年、匡咏梅译，浙江文艺出版社 2004 年版，第 107 页。

②　同上书，第 81 页。

③　同上书，第 107、38 页。

④　同上书，第 106 页。

⑤　同上书，第 107 页。

⑥　同上书，第 204 页。

的父与子之间的冲突也同时指向了南非种族隔离体制下白人与黑人之间的对抗，隐喻着库切所处时代的不可避免的暴力性和悲剧性。

除父子关系之外，《彼得堡的大师》还涉及了两性之间的关系，这表现在陀思妥耶夫斯基与女房东安娜·谢尔盖耶夫娜时合时离的交往中。陀思妥耶夫斯基在对儿子的哀悼中，走向了安娜。其原因一方面是出自与安娜的认同感，他在瞬间意识到："他和她属于同一类型，同一代人。突然间，同代人各就各位：巴维尔、马特廖娜和他年轻的妻子安娜站在一边，他和安娜·谢尔盖耶夫娜站在另一边。一边是孩子，另一边不是孩子，而是那些年纪大的足以在他们做爱的时候体味到死亡滋味的人。"① 另一方面，则是来自陀思妥耶夫斯基隐藏着的自私的目的，正如安娜多次说过的，他是想通过与她的性关系达到与什么人的沟通，最早是希望两人性交往过程中死亡似的感受来与他死去的儿子巴维尔相遇，然后是他的妻子，最后是安娜自己的女儿马特廖娜。正因为意识到陀思妥耶夫斯基在把自己当工具使用，安娜时不时地会陷入冷漠和愤怒，两人之间注定不会有什么结局。

《耻》中有多条故事线索，这些线索都围绕着主人公卢里与周围人的关系来编织。这些关系中无不渗透着权力的影响。首先是他对学生梅拉尼的诱奸引起的轰动和麻烦。卢里在这种关系中感受到了前所未有的激情，甚至想认真对待与梅拉尼的关系，但这只是他的一厢情愿，梅拉尼最终将这件事投诉到了校方。在校方组织的听证会上，卢里拒绝忏悔，因而丢掉了教

---

① J. M. 库切：《彼得堡的大师》，王永年、匡咏梅译，浙江文艺出版社 2004 年版，第 63 页。

职。在卢里与梅拉尼的性关系中，卢里明显滥用了作为教师的权力。另外，梅拉尼是一位黑人少女，这又为他们的关系涂上了一层种族压迫的色彩。其次，卢里和他的女儿露西之间也难以沟通，他想劝说露西改变生活方式，想了解露西的想法和生活实况，但每次触及这个问题，都以吵架而告终。父女俩的矛盾在露西被强奸之后达到了高潮，露西拒绝告诉父亲在那一刻自己身体上发生的事情，拒绝父亲的帮助，紧闭自己情感的大门。露西的强硬姿态一方面是对"父亲"权威的抵抗，另一方面也是出自女性对男性强行介入自己的生活、参与自己的经验的抵抗：面对询问，贝芙·肖用生硬的摇头似乎在告诉卢里，"这不关你的事"①。露西则明白地告诉父亲："发生在我身上的事情，完全属于个人隐私。换个时代，换个地方，人们可能认为这是件与公众有关的事情。可在眼下，在这里，这不是。这是我的私事，是我一个人的事。"② 眼下是指现在，这里是指南非，这很容易令人想起了南非的殖民主义历史和后种族隔离时代的权力重组，在压抑、反抗、胜利、报复的循环权力结构中，正常的人际沟通变成了不可能的事情。

　　从以上的分析中可以见出，在库切看来，殖民主义结构二元对立的权力关系意识已经渗透到了社会关系的各个领域，毒害了人与人之间的交往和沟通，无法在人们之间形成互相尊重、彼此理解、和谐发展的平等对话关系。库切小说里的人物的处境，按库切所说，是"没有交互作用地生活在人们之间，因此只剩下了'我'，'你'并不是在同样的基础上的，这个'你'是一个被降

---

　　①　J. M. 库切：《耻》，张冲、郭整风译，译林出版社 2002 年版，第116 页。

　　②　同上书，第 125 页。

低了的'你'"。① 在 1992 年的一次访谈中库切也说得非常明确："何谓黑人/白人，又何谓男人/女人，将人类按这样的方式分成不同的种类，这本身就落入了权力话语的框架。而'只要白人仍将自己构建成白人，黑人就永远是黑人。"② 只要南非的权力结构不发生根本的改变，支撑这种结构的西方的主客二分的权力话语未被打破，互为主体的"你"、"我"之间的交流就不可能实现，南非的和谐的人际关系社会就不会到来。

在南非的现实语境中，"我"是指向库切自身所属的白人群体。在库切看来，这个群体，在南非现实的政治框架之下，想要实现与人的平等交互关系几乎是不可能的。在耶路撒冷奖的受奖演说中，库切指出，"在南非，主人组成了一个封闭的世袭的特权阶级。每一个白肤色的人一出生就属于这个特权阶级。因为没有办法逃离你生就具有的肤色（豹子能够改变它的豹斑吗？），所以你不能与你所属的特权阶级摆脱关系。你可以想象逃离，你可以表演一个象征性的逃离，但是，由于不能将这个国家的灰尘从你的鞋子上抖落，所以就没有办法能够真正做到逃离。"③ 也就是说，白人移民者并非没有自由和平等的愿望，但与生俱来的历史位置使他们无法否认与他们的殖民者祖先的同谋关系，无法使自己与历史的罪恶彻底摆脱干系，因而无法实现真正的超越。

---

① J. M. Coetzee："Speaking：J. M. Coetzee" Interview with Stephen Waston，Speak May/June (1978)，pp. 21—24.

② J. M. Coetzee："An Interview with J. M. Coetzee"，by Richard Began，Contemporary Literature 3 (1992)，pp. 419—431.

③ J. M. Coetzee：Doubling the Point：Essays and Interviews，Harvard University Press，1992，p. 96.

第三节　殖民者的自我和殖民地的他者：
主奴关系的哲学反思

博埃默指出："后殖民的理论家们将殖民地的人民称之为'殖民地的他者'（colonial other），或径直称为'他者'（Other）。"顾名思义，西方的殖民者则被称为自我。在博埃默看来："'他者'这一概念，除别的意思外，主要是根据黑格尔（Hegel）和萨特（Sartre）的定义：他者指主导性主体以外的一个不熟悉的对立面或否定因素，因为它的存在，主体的权威才得以界定。西方之所以自视优越，正是因为他把殖民地人民看作是没有力量、没有自我意识、没有思考和统治的能力的结果。"[①]

黑格尔在《精神现象学》中将自我与他者的关系归纳为主奴关系。他提出"自我意识是自在自为的，这由于、并且也就因为它是为另一个自在自为的自我意识而存在的，这就是说，它所以存在只是由于被对方承认"。[②] 在对自我意识确证的运动经过一番分析之后，黑格尔又继而将这两种互为参照的意识总结为"其一是独立的意识，它的本质是自为存在，另一为依赖的意识，它的本质是为对方而生活或为对方而存在。前者是主人，后者是奴隶"。[③] 黑格尔概括的主奴关系模式被后来的存在主义哲学家萨

---

① 博埃默：《殖民与后殖民文学》，盛宁译，牛津大学出版社 1998 年版，第 22 页。

② 黑格尔：《精神现象学》，贺麟、王玖兴译，商务印书馆 1983 年版，第 122 页。

③ 同上书，第 127 页。

特继承了下来，他在《存在与虚无》中将对立面的存在概括成为感知物的存在和被感知物的存在："被感知物的存在不能还原为感知者的存在，就是说不能还原为意识，正如桌子不能还原为各种表象的联系一样。我们至多只能说，被感知的存在是相对于感知者的存在的。但是这种相对性并不必然就放弃对被感知物的存在的考察。""然而，被感知的方式就是被动。"[①] 存在之间从根本上存在着主客体间的对立。也就是说，在萨特的哲学观里，人的存在论本质是自为存在，他人的在场是自我的先决条件，自我的确立是以他人的存在、他人的意识为前提的，然而"自我意识是通过排斥一切别人而与它本身同一的"。[②] 自我与他人，或感知物与被感知物的关系是一种彼此对立冲突的相互客体化的关系，而不是交互主体性的关系。

在黑格尔和萨特等人的哲学思想中，意识和存在有主从之分，所以他们的本体论依然沿袭了西方的主体性哲学传统。但他们认为自我形象的获得需要一个他者形象的参照系，从他者否定性的形象中产生对自我的肯定，这种观念有助于后殖民理论家解读殖民话语的结构过程。殖民主义文本尽管竭力加以掩盖，但我们仍然可以看到他者的或隐或显的存在，从他者对立的但又必不可缺的存在中，显示了殖民主义自我和殖民地的他者均属于殖民者想象性建构的事实。

库切在创作中，有意识地按照这种主奴关系模式来安排形象，通过展现在这种模式中自我的想象性构建和将他者他者化的进程，解码殖民的权力结构。库切笔下的一系列二元对立关系皆

---

①　萨特：《存在与虚无》，陈宣良等译，三联书店 1987 年版，第 16 页。

②　同上书，第 315 页。

可归为殖民者与被殖民者的关系，占据支配地位的总是白人，被支配的总是非洲有色人种。因为在前殖民地和后殖民社会中，代际关系也好，性别关系也好，种族关系也好，阶级关系也好，无不受到殖民者与被殖民者的主奴关系模式的渗透，并为它所扭曲和变形。所以库切作品中对交互作用中的主体性的关注的实质，从某种程度上说，来自对殖民者的自我和殖民地的他者的主奴关系的哲学反思。

一 殖民自我的复制

西方的自我包含有理性、权威、文明等内涵。西方殖民者沉醉在这一有力量的能动性的自我之中，反反复复地向自己陈述和再现关于自我的信念，宣扬自己无敌于天下。这种力量在不断的自我复制中逐渐强化，出自建构的自我最终演化成了实体性的存在。

这种自我复制的过程在库切的第一本小说《黄昏的大地》中表现得最为明显和直接。第一部分的叙述者道恩在他的"越南计划"中，提出美国和越南之间是一种父子关系，越南对美国的反抗是儿子对父亲的反抗，为了推翻儿子杀掉父亲并取而代之成为新的宇宙统治者的神话，道恩建议创造一个新的神话，即父亲的神话。这一新神话的创造首先有赖于宣传，他甚至提出了具体步骤，在针对越南人的广播中，"用越南语操作兄弟的声音，我们自己接手设计并运行父亲的声音"。[1] 道恩设计的西方自我扮演着父亲的角色，第二部分的叙述者雅各布·库切也俨然将自己置于权威的父亲的位置。"我"在他的自我意识里，永远是第一的。在他的感觉中，探险途中的一切胜利

---

① J. M. Coetzee: Dusklands, Vintage, 1998, p. 21.

都是出自"我"的努力：

> 是我，计划出每天的行程，侦察出路上的情况。是我，
> 保存了公牛的体力，以便在行进艰难时刻它们能够表现出最
> 佳状态。是我，保证让每个人拥有食物。是我，当我的随从
> 们在我们抵达"大河"之前开始低声抱怨那些最后的可怕日
> 子时，用我的坚定但公正的手恢复了秩序。他们视我为他们
> 的父亲，没有我，他们可能早就已经死去了。①

永远是第一的唯我论意识甚至使雅各布产生了自己就是上帝
的幻觉，在他对途中遇到的一小队霍屯督人进行了一番布道和西
方的承诺（包括他的到来是出自和平的目的，他决不会伤害他
们，他尊重他们等等）之后，在一片沉默中，雅各布觉得"骑在
马上，阳光环绕着我的右肩，我可能看起来像一个上帝，一种他
们从来不曾有过的上帝。霍屯督人是原始人"。② 在他的第二次
远征的复仇式的屠杀中，他更是感到自己是上帝意愿的实施者，
"谁知道为了什么难以理解的精神罪恶，他们通过我的手死去？
上帝的判断是公正的，不可抑制的，也是不可理解的。……我是
历史手中的一件工具"。③

二 想象殖民地的他者

在主奴关系模式中，自我的形象是通过否定性的非我形象，
即他者来确立的。他者是作为自我形象的一个支撑物而存在的，

---

① J. M. Coetzee：Dusklands，Vintage，1998，p. 64.

② Ibid.，p. 71.

③ Ibid.，p. 106.

是自我所利用和关照的一个对象和客体，他者自在自为的主体性
是不存在的，也就是说，他者存在的方式恰恰就是他的非存在。
如何想象他者成为自我形象构成中的一个关键因素。文明、理性
的底色是以野蛮、非理性来映衬出来的，在殖民者的话语中，描
绘殖民地的人的词汇往往是野蛮的、原始的、吃人的、劣等的、
无知的、肮脏的、懒惰的……因而需要一个欧洲的主人来进行
控制。

　　库切笔下的叙述者无一例外是白人，他们对被殖民者的描
述总是有意地适用或无意地陷入殖民话语中的那些陈词滥调：
道恩保存的一些关于越南人的照片使他暗自庆幸能够远离越南
人的身体，因为他觉得自己不能忍受"这些人的粗鲁蛮横，污
秽和苍蝇，无疑还有恶臭，我不得不面对囚徒的眼睛，这些眼
睛带着天真的好奇盯着照相机，他们太无意识了，以至于不能
将照相机视为自己命运的支配者——这些事情属于世界上的不
可救药的越南人，他们只能使我感到窘迫，令我疏远"。① 在自
己的越南计划中，道恩甚至将对越南人的肉体进行消灭的行动
的成功可能性用一个数学公式来计算，他者被降低、贬黜，沦
为了一个可以计算的物。雅各布则将非洲的土著民族视为胆怯
的、懦弱的，用大量的家财换取烟草来获得短暂的欢愉因而沦
落的种族，"厌倦不是霍屯督人能够得到的感情，它是一种更
高级的人类的符号"。② 虽然行政长官认识到对野蛮人的蔑视
"是根植于子虚乌有的基础上的，与其说是本质上的分歧，不
如说只是出于我们与他们的某些差异……"，但无意识中他依
旧以帝国的框框来想象野蛮人，认为他们"迟钝呆板、懒散凌

---

① J. M. Coetzee: Dusklands, Vintage, 1998, p. 16.

② Ibid. , p. 85.

乱、漠然地接受疾病和死亡"。① 在库切的一些文本中，频繁地出现了吃人的土著的殖民想象，当荷裔南非的农场主们猎捕了一个"巴什"人（Bushmen，南非的一个土著民族）之后，将他烤熟了送给驯服了的霍屯督家奴吃，这种行为的背后有一个先在性的知识，即非洲土著是吃人的。同样的殖民想象也出现在《福》中，苏珊一看到黑人星期五，马上就想到："我来到了吃人的人的岛上。"②众所周知，吃人的生番是西方的文本帝国中常见的形象，其用意在于将东方土著排斥为异类，为他们贴上妖魔化的标签。

为了宣扬自己的人性化，掌握话语权的西方人就干脆直接将东方土著等同于动物。对于18世纪的殖民探险家代表的雅各布来说，将土著贬低到动物的地位是一种有意识的话语操作，他将巴什人称作"一种不同的人，一种有着动物灵魂的野兽……他们像狒狒一样残忍，对待他们的方式只能是像对待野兽一样"。③他直接用动物性的它（It）来称呼霍屯督人的孩子，用代词的指称功能来暗示霍屯督人的动物属性。而在《等待野蛮人》中，人们给野蛮人俘虏"分发食物时就丢在过道那儿，好像他们真是什么动物似的"。④库切笔下即使是那些对殖民意识有着反抗愿望、对被压迫的他者充满同情的白人叙述者，下意识中也被土著他者是相对于西方的高等存在的低等存在的西方意识所占据：行政长官就曾经将他收留的野蛮人姑娘等同于他所饲养的狐狸，苏珊不

---

① J. M. 库切：《等待野蛮人》，文敏译，浙江文艺出版社 2004 年版，第 71 页。

② J. M. Coetzee：Foe, Penguin Books, 1987, p. 6.

③ J. M. Coetzee：Dusklands, Vintage, 1998, p. 58.

④ J. M. 库切：《等待野蛮人》，文敏译，浙江文艺出版社 2004 年版，第 26 页。

愿意做星期五的新主人，但在写给福的信中，她无意中透漏了对星期五的态度："我对星期五说话，就像妇女们由于寂寞对猫说话一样……"① 将被殖民的他者视做等同于动物的低等的存在，是在他者缺席情况下的一种单方面的言说和人为制造，其中渗透着权力操作的痕迹。在笛卡尔的哲学理论体系中，人和动物均被看成机器；动物在他看来"是完全受物理定律支配、缺乏情感和意识的自动机。人则不同：人有灵魂，它蕴藏在松果腺内"。② 按照笛卡尔的理论推导下来，由于动物是没有灵魂的，也就不存在自我意识和主体性，那么，和动物等同的殖民地的他者自然也就仅仅是一个没有灵魂、自我意识和主体性的物的存在。将他者视为物的存在的态度在涉及殖民者和具有双重他者身份的土著女孩的性关系时，就表现得更为明显：雅各布在谈到白人农场主们和巴什女孩的性经验时提到："一个未开化的巴什女孩和任何东西，是的，任何东西，都不连接在一起。她可能是活的，但如同死了的一样好。她看到了你杀死曾经对她代表权力的男人们，她看到了他们像狗一样地被你击倒。你现在已经变成了权力自身，她则什么也不是，一块你在上面擦净自己然后扔掉的抹布而已。她是完全可以被任意处置的。"③

作为欲望主体的对象，被殖民的女性他者的生存价值不在于她的内部，甚至不在于生命自身，而是在于为欲望主体提供了可以不承担任何责任因而可借以获得纯粹的自由感的宣泄工具。简而言之，她的存在是为他的，而不是为己的，是男性化的西方叙

① J. M. Coetzee：Foe, Penguin Books, 1987, p. 77.

② 罗素：《西方哲学史》下卷，马元德译，商务印书馆 2004 年版，第 83 页。

③ J. M. Coetzee：Dusklands, Vintage, 1998, p. 61.

述权力幻想的产物。

三 来自殖民者的凝视

西方的殖民自我往往是从高处往下俯视被殖民的他者，博埃默将文本中的西方人所采取的这种统摄俯临的观察角度，称作"殖民者的凝视"。他认为："在作品中，'凝视'表现为鸟瞰式的描述，具体体现在作家或旅行家对场景进行再创造时所采取的登高望远或见多识广的优势位置。"① 这与福柯在《规训与惩罚》中从边沁的全景敞视建筑出发，剖析的另一种权力运作方式——"全景敞视主义"实质上是异曲同工。根据福柯的分析，全景敞视建筑是环形的，中心有一个瞭望塔，"在环形边缘，人彻底被观看，但不能观看；在中心瞭望塔，人能观看一切，但不会被观看到"。② 这种来自中心的注视视角可以肆意探测被注视者，在每时每刻都投来的目光注视下，被注视者无处遁形，一种精神对精神的压力得以形成，在这种压力下，被注视者成了自己灵魂的监视者，"成为征服自己的本原"。③ 与此同时，由于不会被看到，不会被探测和质疑，注视者的权威得以形成和保持，权力得以实施。"在一种'集体匿名的凝视'中，人们被看被凝视……因此，凝视就是一种话语，一种压抑，一种权力摄控的象征。"④

帝国深知这种制造权威的透视视角，把它当作一种征服和研

---

① 博埃默：《殖民与后殖民文学》，盛宁译，牛津大学出版社 1998 年版，第 78 页。

② 米歇尔·福柯：《规训与惩罚》，刘北成、杨远婴译，三联书店 2003 年版，第 226 页。

③ 同上书，第 227 页。

④ 王岳川：《后殖民主义与新历史主义文论》，山东教育出版社 1999 年版，第 36 页。

究土著的方式。《等待野蛮人》一开篇，映入人们眼帘的就是架在从首都来的乔尔上校的眼睛上的两个圆圆的小玻璃片，"那小玻璃镜片是暗色的，从里面看出来并不透明，但他就是能透过这样的玻璃片看过来"。乔尔上校告诉行政长官"这是一种新发明的玩意儿……在我们那里，人人都戴这玩意儿"。① 此后，直至狼狈撤离边境，在任何场合乔尔都一直戴着这对遮蔽眼睛的玻璃片。作为帝国的代理人，乔尔上校的玻璃片象征着帝国的透视视角。在这种视角之下，野蛮人被书写成肮脏的、撒谎的、愚蠢的、没羞没耻的、对帝国的文明社会构成威胁的敌人。这种单向的透视让被看的人一览无余，被看的人却无法捕捉透视者的表情和情绪，因而保持着权威的至上性和不可解读性。行政长官虽然对乔尔眼睛上的玻璃片非常反感，但他自己也在无意中采用了这种视角去看野蛮人：乔尔上校捕获的第一批囚徒，被关在军营的大院里，"我从自己的窗子里往外观望，他们看不见玻璃后面的我"。② 从这种角度的观看，使行政长官认同了"未开化的人"的帝国叙述，丧失了对野蛮人的同情；其实，从某种程度上讲，行政长官对野蛮人姑娘的探寻也是站在这一视角之上的，野蛮人姑娘的目盲为行政长官的隐身提供了一道天然的屏障。只是后来行政长官在自我分析中，认识到了这种单向凝视的不平等性，并试图超越，虽然他还无法形成交流的对视视角，但这种自我意识的能力和超越的努力使得野蛮人姑娘可以保持在帝国叙述之外。

库切《黄昏的大地》的第二部分是对西方旅游体殖民主义文本的反讽性模仿，雅各布不仅对远征途中到过的地方的方位、地

---

① J. M. 库切：《等待野蛮人》，文敏译，浙江文艺出版社 2004 年版，第 1 页。

② 同上书，第 26 页。

貌、物产进行细致的描述，并且给它们进行命名，表现出一种地
图绘制者式的认真。而且对沿途所遇到的巴什人、霍屯督人的体
貌特点、性格特征、生活习俗进行考古学家、人种学家式的认真
考察，甚至从他对土著民族的探查中，透出一种窥淫癖的倾向，
他躲在一边兴致勃勃地偷看霍屯督人的狂欢，他自己承认"我总
是喜欢观察性交，不管是动物的还是奴隶的。人类的任何事情对
我都不是陌生的"。① 统摄俯临的优势位置不仅使雅各布陷入对
被殖民者的种族歧视的主人意识，而且让他产生了一种一切尽在
自己的掌控之中和知识之中的幻觉，这种幻觉又影响了他对世界
的感知，他在白日梦中对非洲大地进行漫游，四种感官都延伸进
了虚无，只剩下了权力之眼的凝视。

> 仅有眼睛拥有力量。我的眼睛是自由的，它们伸向周围
> 的地平线。没有什么东西能在眼睛的注视下藏身。当其他的
> 感官变得麻木和沉默时，我的眼睛变得灵活并且自我延展。
> 我变成了一只椭圆形的反映的眼睛，移过蛮野之地并且将它
> 摄取。……有什么不是我的东西吗？我是一个透明的圣徒，
> 拥有一个充满想象和一支枪的黑色核心。②

值得注意的是，在这番自我表述的最后，雅各布似乎又暗示
了占据优势位置所利用的工具：想象和枪。想象是话语霸权实施
的场域，枪则是武力征服的一个象征符号，这两者的合力塑造了
西方殖民自我的优势位置和对被殖民者的俯视姿态，这就意味着
西方的位置并不具有内在的、稳固的实体性，而是一种通过媒介

---

① 　J. M. Coetzee：Dusklands，Vintage，1998，p. 86.

② 　Ibid. ，p. 79.

被构建成的东西。对此，道恩说得更为透彻："我们随身携带着武器，枪和它的隐喻，这是我们所知道的在我们和我们的客体之间的唯一的介体。"①

另外，在《迈克尔·K 的生活和时代》中，学校、各种各样的营地、医院等权力机构千方百计地试图将小人物迈克尔拉进自己的权力注视之中，试图让迈克尔认可自己对其意义的阐释的医官对此说得非常明确，"我的闪烁的眼睛应该已经捕获迈克尔"。而在《福》中，星期五信笔涂出的那一双双脚底下的"行走的眼睛"则既是对被塞在甲板底下的船舱里送往异国他乡的、被贩卖的黑奴们苦难历史的一种诉说，也是对殖民者对殖民地人居高临下的凝视视角的一种象征性的反抗。

在这种居高临下的"殖民的凝视"之下，被殖民者的存在发生了变形。法农曾经说过："在白人世界里，有色人种在他的身体的先验图示的发展上遭遇了困难。"② 在库切笔下，沉默成为象征他者被扭曲变形的最突出的特征。沉默既是长期权力注视的结果，也是他者被剥夺权利的标志。《等待野蛮人》中的野蛮人、《黄昏的大地》中的越南人和南非的土著民族、《在国家的中心》中的汉德里克（Hendric）夫妇、《福》中的星期五、《铁器时代》中的维库埃尔（Vercueil）……都是在被探查、被判定，他们自身则陷于环绕的沉默，能为他们言说的，似乎只剩下了残缺的身体。如早在被发现前就已经被割掉了舌头的星期五、在刑讯室里被折磨得目盲腿瘸的野蛮人姑娘、破损的野蛮人的尸体、手掌有

---

① J. M. Coetzee: Dusklands, Vintage, 1998, p. 17.

② 参见 Sam Durrant: Postcolonial Narrative and the work of Mourning: J. M. Coetzee, Wilson Harris, and Toni Morrison, State University of New York Press, 2004, p. 16.

残疾的维库埃尔、弱智的迈克尔·K等。身体的残缺作为权力暴力的表征符号，一方面是他者被扭曲的标记，另一方面自身也是一种控诉的力量。

殖民者的自我和殖民地的他者之间的关系显然是不对等的，包含着一种深刻的权力关系，自我是主体和注视的中心，他者是客体和对象，是被注视者，"仅仅是被探查的对象，而绝不是一个进行交流的主体"。① 由于缺少对话，文本就成为了自我单方面的言说，而他者永远不能作为他者来为自己说话，他者的实体性是靠着自我的想象性言说来构造成的：老行政长官一直试图得到野蛮人姑娘受折磨致残的真相，但从野蛮人姑娘那儿他什么也得不到，只好凭借着想象去拼接可能性的碎片。关于他者的他性就这样建构了起来。关键的问题不在于自我和他者的实体性是什么，而在于这二者之间的阈限空间，在于自我如何去想象他者；乔尔上校用炭条在野蛮人俘虏的背上书写"敌人"时，就完成了自我对他者的一次人为制造。这是一个权力运行的象征性姿势；在医官眼里，迈克尔是一个"饥饿艺术家"，一个不属于任何营地的人。而在为了逃避兵役而躲藏到维萨基农庄，向迈克尔发出的一系列命令的年轻人的眼中，迈克尔则是一名奴仆。这些是主人自我眼中的他者，迈克尔却拒绝这些关于自己的解释；维库埃尔是一个冷淡的难以捉摸的他者形象，他之所以难以捉摸，不可定义，并不是因为那是他的实质性存在，而是因为柯伦太太对他的想象性界定总是在滑动，柯伦太太总是将他的名字 Vercueil 混同于 Verkuil（在荷裔南非语中意味着欺骗）、Verskuil（在荷裔南非语中意味着隐藏或隐瞒），在柯伦太太这样的想象性偏见

---

① 福柯：《规训与惩罚》，刘北成、杨远婴译，三联书店1999年版，第225页。

中，真实的维库埃尔的形象受到了遮盖。

四　与自我建构不可分离的他者存在

虽然备受歧视和贬低，但是他者的存在对于殖民者的自我却是至关重要、须臾不可分离的，因为正是在与他者的关系中，自我的认识才得以构成。与库切的《等待野蛮人》有互文性关系的希腊诗人卡瓦菲的同名诗作对二者之间关系的揭示尤为深刻，这首诗的背景被放置在古罗马的首都，一个帝国文明的想象的中心，传言野蛮人今天将要到来，帝国的人们盛装等待野蛮人的来临：

> 我们在广场上集合，等待什么的来临？
> 人们说野蛮人今天要到来。
> 参议院里为什么什么事都不做？
> 议员们为什么不立法，只是静静地坐在那儿？
> 因为野蛮人今天要到来。
> ······
> 为什么突然出现这样的不安和困惑？
> ······
>
> 因为夜幕降临，野蛮人还没有到来。
> 我们的一些人刚从边疆回来，
> 他们说再也没有什么野蛮人。
>
> 现在，没有野蛮人什么事情将会降临我们身上？

那些人曾经是一种解答。①

帝国的人们为什么那么期待野蛮人的来临，是因为通过设置一个假想的敌人，一个人可以获得力量、自我的完整和身份，通过野蛮人的存在，文明的帝国得以让自己显得是一个不同的实体，从而解决自身存在的问题。野蛮既是对帝国的威胁力量，又是使之恢复青春活力的因素，所以对文明人来说，野蛮人的存在是必须的。野蛮人的消失，意味着帝国的人们也失去了自己的实体性，所以帝国的人们需要一个新的解决，这个解决就是重构一个对立面的他者。

其实，库切笔下的白人主人公大多并不确知自己的主体性，他们试图在与周围人们的关系中发现自己的实质，从某种程度上说，他们都是"探索者"，通过探索异己的存在来证实自己，通过他者对自己的承认来确定自己存在的实体性。道恩坦白道："我们将在不存在的边缘颤抖的可怜的自我呈现给他们，仅仅要求他们承认我们。……我们紧紧抱住自己的胳膊登上越南的海岸，我们再三恳求有人能在没有退缩回对现实的细察的情况下，拥护我们：如果你们能够证实自己，我们喊道，你们也能够证实我们，我们将会无限地热爱你们，送给你们无数的礼物。"② 雅各布深入非洲大陆的探险之旅，实际上也是自我的确认之旅。他因病滞留霍屯督部落期间，被安排在女性月经期间居住的帐篷里，生活不能自理，痔疮使他的身体发出难闻的味道，关键的是他的枪丢失了，他失去了他的力量的支撑，带去的仆人开始不听

---

① 参见 Susan Vanzanten Gallagher，A Story of South Africa：J. M. Coetzee's Fiction in Context，Harvard University Press，1991，p. 132.

② J. M. Coetzee：Dusklands，Vintage，1998，p. 17.

使唤，后来因为他咬去了一个霍屯督孩子的耳朵，遭到一顿痛打，并被驱逐出了霍屯督人的营地。从别人对他的态度中，雅各布那种上帝似的自我幻想破碎了，他的第二次远征既是复仇之旅，也是重建自我之旅，从对他者生命的操纵中，从他者死亡前的恐怖和敬畏的眼神中，雅各布重新获得失去的力量感和破碎的自我，这种建立在他者认可基础之上的自我正是殖民主义的动力学所在，正如代斯卡特（Descarte）所说：

> 当一个人开始实施笛卡尔式的将主体从客体、自我从世界分离的目标时（这一分离是在一种二元主义中进行的，这种二元主义赋予前者以特权因而确保它的支配性，而它所遇到的其他的东西都成为了障碍），西方的殖民目标就开始发动了……就像西方人在努力征服他们的自我分裂的努力中征服天性一样，他们也不能停止征服那些不可避免的作为他者存在的，陌生的、永远充满威胁的那些与他们相遇的其他人类。①

然而，为殖民主义提供基础的二元对立认知模式却使人对自我的认识陷入了哲学僵局，道恩和雅各布都在绝对的主体性和绝对的客体性的对立中寻找自己在宇宙中的位置，他们使用他者、凭借他者来确证自己的身份，使用武力作为一个媒介架起自我与他者之间的桥梁，说到底，这种建立在想象、对他者的依赖和武力征服基础上的殖民者的自我不仅不能证明自我存在的实在性，反而恰恰说明了其虚幻性和相对性。

---

① 转引自 Susan Vanzanten Gallagher, A Story of South Africa: J. M. Coetzee's Fiction in Context, Harvard University Press, 1991, p. 61.

不突破二元对立的主奴关系模式，就无法走出西方主观主义主体性的哲学死路。库切笔下的大多数白人叙述者都进行了突破的努力，试图以一种平等交流的关系来代替主奴关系，然而意愿的努力终究不能克服几个世纪以来积淀的自我意识的变形，他们的努力最终都以失败而告终：如果明了"女性是身体的存在"，"黑人是身体的存在"这些话语背后的政治含义，就不难理解《等待野蛮人》中的老行政长官对野蛮人姑娘身体的匪夷所思的触摸和洗涤仪式并不是上了年纪的男性的变态的情欲，而是为了自我救赎的目的将他者当作一个客体进行探寻；玛格达真诚地想与仆人汉德里克夫妇建立平等的关系，但是她发现她所拥有的话语依旧是她父亲的话语，即"殖民者的话语"，因而无法与他者的主体性相遇；迫切地想获得自己的实体性的苏珊在挣扎着要掌握自己的历史的同时，却强行将星期五拉入自己的叙述，试图解释他的沉默来填补自己的历史的空洞；医官对迈克尔的阐释也只是想为对战争产生厌烦的自我寻找一条哲学的出路；柯伦太太则明确提出，"我希望获得拯救"，而那个黑人少年——她的女仆儿子的朋友被视为她的自我救赎的一部分，柯伦太太意识到自己必须去爱那个孩子，但是她却发现"我的心中没有足够的爱"，因此，"我仍然在迷雾中徘徊"①。他者对于这些白人主人公来说，依旧是自我为达到某种目的所利用的一个工具，可以说，从反抗权力话语出发，这些主人公最终发现的却是自己与权力话语的同谋关系。

通过在不同的文本中反复地展示主奴关系的运动过程，库切

---

① 柯慈：《铁器时代》，汪芸译，台北天下远见出版股份有限公司2001年版，第202页。

揭示出殖民者的自我和殖民地的他者双方的特征都是出自权力的操作和话语的建构，而并非先在性的实质的事实，批判的矛头指向了殖民话语背后的哲学基础，因而从根本上动摇了殖民的结构体系。然而库切的工作似乎仅限于颠覆，在建立新型的互为主体性的平等关系方面，库切显得无力，这是因为如同德里达所说"用它在的语言将自我与它在联系起来是所有可能的公正之条件"。[①] 唯有用它在的语言为它在言说或让它在用自己的语言为自己言说，才有可能触及它在的主体性，实现真正的公正。然而，库切天生具有的身份、所受的教育等文化背景决定着他不可能掌握它在的语言并进入它在的文化系统，实现真正的超越。库切和他笔下的白人叙述者都好像是位于一扇被关紧的门前，迫切地想知道门里面的世界，虽然参与他者经验的渴望是真诚的，但所处的历史位置却注定使他们无力做到。面对自己位置的尴尬，库切并没有强行去做自己无法做到的事情，没有强行赋予他者以意义，而是继续让他者保持着倔强的沉默，暗示着沉默背后潜存的巨大的对抗力量。

第四节 女性他者的反抗之声和荒漠中的沟通之路

J. M. 库切算不上一个多产作家，但他为数不多的小说中却有很多女性叙述者，就是男性叙述者的叙述，也充满了缺席、不确定和对身体语言的强调，因而叙述声音总体上存在着女性化的倾向，难怪有论者指出："库切可能是我们的传统所产生的第一

---

① 夏光：《后结构主义思潮与后现代社会理论》，社会科学文献出版社 2003 年版，第 346 页。

位蓄意使自己具有女性身份的作家。"① 库切之所以选择这样的一个发声位置，与他一贯的对他者的尊重有关。弗洛伊德曾把妇女比作"黑暗的大陆"，这个比喻"最好不过地说明了在白人男性心目中，在妇女与殖民地民族之间存在着一种内在的相似性。他（她）们都处在边缘、从属的位置，都被白人男性看作是异己的他者"。② 库切在评论什拉·弗卡德的小说《一个革命女性》时，曾经指出南非是一个"崇拜男性上帝的父系社会，在这个社会中，女性是不可见的"。③ 站在女性他者的位置言说，就是通过让不可见的变得可见来实现社会的公正，实际上发挥着从边缘拆解中心的颠覆功能。对女性历史的书写在库切的笔下，又往往和对殖民关系的思考交织在一起，因而变得格外复杂。在《在国家的中心》这部作品中，玛格达的叙述就创造了这样一个复杂的女性身份文本，玛格达既是她的盛气凌人的父亲的女儿，又是被男人强奸了的弱小女性，还是一对黑人夫妇的白人女主人，多重身份使她处于一个复杂的关系网络之中。

玛格达生活的农场是一片为荒漠所包围的与世隔绝的区域，荒漠除了表征地理特征以外，更主要象征了人际交流和沟通的困境。困境是由长期支配南非政治生活的父权制文化造成的。这种父权制奉行严格的等级制，将二元对立的双方分置于不同的空间，二者之间存在着难以跨越的意识鸿沟，因而阻碍了双方的交流。对此，库切自己说得很明确："我认为沙漠原型是关于社会

---

① Probyn, Fiona："J. M. Coetzee：Writing With/out Authority"，Jouvert，2002.

② 罗钢、刘象愚：《后殖民主义文化理论前言》，见罗钢、刘象愚主编《后殖民主义文化理论》，中国社会科学出版社 1999 年版，第 6 页。

③ J. M. Coetzee："Satyagraha in Durban."Rev. of A Revolutionary Woman，by Sheila fugard, The New York Review of Books 24 oct, (1985).

的缺乏和共享文化的缺乏，一种杂乱的和孤独的感情，一种和周围的人们没有共通的人的属性的感觉。"① 被流放同时又自动流放到荒漠的玛格达通过抗争所要达到的不仅是从男性那里争夺女性的权利，而且要找到和周围的人们共享的文化和人的属性，她渴望的互相尊重、平等交流的沟通不仅指向性别，而且也指向了种族。

一　女性的缺席存在和言说自己历史的努力

西蒙·波伏娃在《第二性》中指出了父权中心文化对女性的界定：女性是作为一种对象存在于这个男性化社会中的，她们是一些没有主体性的物。在大部分的人类历史中，女性是缺席的，她们是各种力量共同塑造成型的，而对大多数男性来说，女性最大的功能是传宗接代、照顾家庭的工具。玛格达的妈妈就是这样的一个典型，"她的丈夫为了没有给他生养一个儿子，从不肯原谅她。他的无情的性需要导致她死于分娩"。② 她是玛格达的父亲创造的一个缺席，活着时悄无声息，死后也没有留下多少踪迹，甚至她的照片也只是一团灰蒙蒙的影子。自称为有着"锁闭的日记的处女"玛格达也像她的妈妈一样，被他的父亲制造成一个缺席的存在。从小到大，她生活的中心就是她的父亲，她像月亮一样整日围绕着父亲旋转，自己的生活则被掏空了，回应她的服侍的，是父亲的冷漠和僵硬。父亲在玛格达面前扮演着权威和命运的主宰者的角色，玛格达和父亲在一起的生活

---

① J. M. Coetzee："Speaking：J. M. Coetzee. " Interview with Stephen Waston, Speak May/June (1978) .

② J. M. Coetzee：In the Heart of the Country, Penguin Books，1982，p. 2.

缺少爱、交谈和接触，玛格达这样描述和父亲在一起时的生活：

> 一个又一个的日落时分，我们在由迟钝的手所做的羊肉、土豆，南瓜这些令人厌烦的食物上方四目相对。我们有可能说话吗？不，我们一定没有说过话，我们一定在沉默中面对彼此，咀嚼我们的食物来度过时间，我们的眼睛，他的黑色的眼睛，我的从他那儿继承来的黑色的眼睛，对所视之物视若无睹。然后我们回房间睡觉，梦见诸如我们不适和相互了解的受阻的欲望的隐喻；清晨，我在刺骨的寒冷中挣扎着爬起，在冰冷的炉格里点上火，提前做好一天的准备。这就是农场里的生活。①

父亲的冷漠和忽视掠夺了玛格达的生活，制造了玛格达的孤独，玛格达清醒地意识到是专制的父亲毁了她的一生，"他已经谋杀了我内部的所有母性"②。著名的女权主义理论家克莉斯蒂娃非常重视母性的意义，她"将母性看作是对菲勒斯中心主义的一种挑战"。③ 对母性的扼杀，无疑是对女性主体性的一种不见血的剥夺，玛格达害怕像她的妈妈一样"在历史中失去踪迹"，"变为历史的被遗忘者"（这里的历史指的是男性霸权话语生产的历史），她渴望摆脱父亲的黑色阴影，找到和建构起自我的生命

---

① J. M. Coetzee: In the Heart of the Country, Penguin Books, 1982, p. 3.

② Ibid., p. 37.

③ 张岩冰：《女权主义文论》，山东教育出版社 1998 年版，第 130 页。

意义，尝试用自己的语言清晰地说出自己的历史。

　　玛格达要说出自己的故事，首先就要获得言说的权利和自由。在逻各斯中心社会中，女性实际上处于一种被流放的境地之中，在中心话语中被剥夺了一切生活和言说的权利。对于这种剥夺，玛格达采取了一种本雅明所谓的"身体里的流放"的对抗策略，因为置身中心之外，可以摆脱一切束缚，自由地言说，所以身处荒漠（流放地的一个象征符号）中的玛格达说："世界上到处都是想要自己的生活的人，但是沙漠之外很少有人被给与这种自由。在这儿，在哪儿也不是的中央，我可以延伸自己至无穷大，也可以将自己萎缩成一只蚂蚁的尺寸。我缺少许多东西，但自由不在其中。"[1] 在历史中，由于使用的话语是男性话语，女性是失声的，所以思索自身存在意义的女性并不承认这样的历史，她们的追求是面向未来的，玛格达所说的"我的生命不是过去的，我的艺术不可能是记忆的艺术。即将对我发生的还没有发生，我是一个睁大双眼、冲入未来的盲目的金钱豹"，[2] 就是指向这一意义。玛格达沉浸在冥思之中，在意识中自由地构建自己的生活，其实，文本的独白形式本身就是玛格达建构自己的历史的重要方式。

　　玛格达不仅要通过冥思书写自身，而且试图通过冥思唤起属于自己的一个别样的历史。苏珊·卡拉吉赫（Susan Gallagher）提出，玛格达的"冥思不仅仅是'退回语言'和'从真正的历史探索中缩回'"，"而是要从父亲传给她的历史中缩回，并且尝试着发现一种可替代的历史。她识别自己的记忆，彻底搜索周围的

---

① J. M. Coetzee: In the Heart of the Country, Penguin Books, 1982, p. 50.

② Ibid., p. 43.

环境，试图发现一个'可信的过去的证据'"。① 为此，玛格达搜查了阁楼，仔细检查家庭的文件和照片，想象父亲向母亲求爱的场景，试图从蛛丝马迹中揭示"父亲不让她知道的所有秘密"；在早已被废弃的校舍里，玛格达想象自己曾经是一个快乐的大家庭的成员，有一大堆兄弟姐妹，这种想象的过去既反映了玛格达对沟通的渴望，也反映了她生存实质的孤独："如果我有兄弟和姐妹，他们一定不在这个城市里，他们一定已经全部死于脑膜炎流行病的大爆发；因为我无法相信兄弟般的往来没有在我身上留下任何痕迹……相反，留在我身上的是与荒野、孤独和空白交往的痕迹。"② 玛格达意识到这种想象的不可信并进行了否定，接着她又想象这些兄弟姐妹都是同父异母的兄弟姐妹，他们都是父亲的第一个妻子所生，金发碧眼，看不起相貌平平的自己，最后他们被他们的一个舅舅带走，将自己独自一人留在了父亲身边。尽管如此，玛格达还是爱他们，尤其是其中经常捉弄和忽视她的一个叫亚瑟的兄弟（Arthur）。玛格达紧接着也意识到了这个想象中存在着矛盾，但是她"已经没有时间追踪下去，放弃它们"。玛格达关于家庭的想象一方面是试图摆脱父亲给与她的历史，发现自己的历史，另一方面也反映了玛格达受阻的人际沟通的欲望。玛格达重建自己的历史的努力和在这种历史中通过与他人的关系确定自我身份的意图最终被玛格达自己证明是失败的，因为缺乏可信性。

为了摆脱父亲制造的冷漠的人际环境，走出孤独，玛格达也

---

① Susan Vanzanten Gallagher, A Story of South Africa: J. M. Coetzee's Fiction in Context, Harvard University Press, 1991, pp. 96—97.

② J. M. Coetzee: In the Heart of the Country, Penguin Books, 1982, p. 47.

曾想象过自己有可能拥有的另外一个故事："和一个邻居的第二个儿子结婚"，生养一大堆儿女，这是一出田园风味的喜剧，这种人生肯定会非常的热闹，但也无疑完全符合男性中心社会对女性的期待，从而落入了男性话语为女性设置的诱捕的圈套。所以这种想象紧接着激怒了玛格达，"我不是一个愉快的农民。我是一个痛苦的、好生气的处女，我的故事就是我的故事，即使它是一个乏味的、阴郁的、盲目的、愚蠢的和痛苦的故事，即使它的意义和它的各种形式的不能显示出来的幸福遭到忽视。我是我。性格是命运，历史是上帝"。[①] 玛格达清醒地意识到田园生活美景背后隐藏的男性对女性的剥夺和压迫，因而拒绝这种实质上是欺骗的安慰。玛格达想获得的两性之间的交流是建立在互为主体性的平等基础之上的，以牺牲女性的主体性为代价换回的家庭生活只是一种表面的和谐，不仅不能从本质上解决两性之间根本的隔阂，反而有助于巩固男性的权力意识。

很明显，玛格达的父亲作为一个家长，在文本中是整个男性社会的一个象征符号，玛格达与父亲沟通的失败象征着男权社会中女性与男性平等交流的失败，在沟通的受阻中，女性走向了对男性的权力话语的反抗，玛格达对男性话语颠覆的极致表现就是想象中对父亲的两次谋杀，弑父行为象征了被制造为缺席的女性为获得自己的主体性权利向整个男权社会的挑战。

二 女性主体性的追寻

男权社会的权力话语淹没了女性的历史，要想获得男女两性的平等对话，就要恢复女性的主体性，玛格达的历史重建工作实

---

① J. M. Coetzee：In the Heart of the Country，Penguin Books，1982，p. 5.

质上就是对女性的主体性的追寻过程。那么，女性的主体性到底是什么？关于这一问题，女权主义理论家基本上持一种反本质主义的观点，女性主义常用的方法是以男性"他者"来定义女性，斯皮瓦克曾经说过，女人这个概念"取决于各种文本中所使用的'男人'这个词"，由于文本是无限的，所以女性的定义就是滑移的，无法固定的。而且，在英语中，母亲被说成 mother，我的他者，女性就是因此而受到男性社会歧视和压迫的，用男性的他者来定义女性，实际上在使用颠覆了的话语为自己言说，因而陷入了自我否定的逻辑怪圈，所以斯皮瓦克紧接着说，"你可能会说，这个根据'男人'一词来规定的女人的定义是一种反动观点，那么我不给作为女人的我自己勾勒独立的定义总该是可以的。"① 虽然固定的女性定义无法得到，但有一点是客观的现实，即女性在生理上确实是与男性不一样的。这种差异是一切不平等的根源，为了取得男女平权，女权主义文学批评曾经一度倡导取消差异，认为人都是"双性共体"的，70 年代中期以后兴起的性别诗学强调人的主体性具有性别特征，性别差异所形成的"类的属性"是两性所共有的"人性"这一"较抽象的规定性"和个体的"个性"这种更具体的规定性之间的一个重要的变量，在人们的现实存在中起着较关键的作用，所以大多数女性主义者开始认为，男女两性是不同的，女性的独特属性不再被视为其受压迫的根源，反而被视为妇女力量的源泉及社会变革的契机。②

《在国家的中心》中，玛格达就大力标举这种两性差异，认

---

① 佳·查·斯皮瓦克：《女性主义与批评理论》，见张京媛主编《当代女性主义文学批评》，北京大学出版社 1992 年版，第 303 页。

② 参见林树明《多维视野中的女性主义文学批评》，中国社会科学出版社 2004 年版，第 408—414 页。

为生理性的差异是女性主体性存在的根基，在她看来：

> 我，一个套子似的自己，一个作为子宫的自己，一个拥
> 有空着的内部空间的女性。我不是作为一个能够切断风的小
> 刀片穿过这个世界，或是作为一个像我父亲那样的有眼睛的
> 塔生活在世界上，而是作为一个洞，一个让身体在周围披挂
> 着的洞，两条细长的腿松松垮垮地吊在底部，瘦瘦的胳膊在
> 两边晃荡，大大的脑袋懒洋洋地呆在上面。我是一个渴望成
> 为整体的洞。……如果我是一个"O"，有时我被说服，那
> 一定是因为我是一个女人。①

将女性说成被阉割了的因而不完整的存在是男权话语为建
立自己的权威，将异质性因素说成次等级存在的策略，其根源
来自对不可理解的对立面存在的恐惧和对不可回避的所有男性
都由女性生产出来的事实的遮盖。但玛格达言说下的这种渴望
被填满的洞的存在并不是就这一意义而言，而是恰恰相反：一
方面她之所以说自己像一个洞，是因为她觉得自身中充满了太
多的由男性制造出的缺席，她要用自己的主体性来填充这些空
白。另一方面，在玛格达的思索中，洞的存在作为女性的一个
表征符号，并不是一个缺憾，而是女性生命的活力和动力的源
泉，"没有什么东西能将我填满，因为永远渴望着什么是生命
的第一状态，否则生命就会停止。被完成永远是生命的一个追
求。完成不可能实现"。②

---

① J. M. Coetzee：In the Heart of the Country，Penguin Books，1982，
p. 41.

② Ibid. , p. 114.

"西苏认为，写作是一个载体，女性也是一个载体——生产和再生产生命。在这个意义上，写作是女性的。妇女写作实践是与女性躯体和欲望相联系的。"① 玛格达不仅通过冥想来与男权对抗，而且努力地通过对身体的探索书写自身。借助"洞"的意象，玛格达实际上也是在强调躯体性的体验，她称自己为"内部的女诗人，一个石头的内部，蚂蚁的感情，大脑的思维部分的意识的探索者"。② 尽管玛格达是一个处女，但在语言层次上，由周期性发作的头痛症引起的女性想象生产了整个文本。玛格达对世界的体验和描述依赖的不仅是头脑，而且依赖触觉、嗅觉、视觉、听觉等各个感觉器官，甚至是自己的性的体验。她能让灯光进入自己思维的节奏，感受到"生存着蝙蝠、灌木、食肉动物和所有的一切"的黑夜的完整，甚至从对粪便的视觉和嗅觉中生发出她和父亲关系的思考，与仆人汉德里克和凯伦·安娜夫妇的沟通她靠的是触摸……子宫是玛格达感受世界和描述世界的重要媒介：为了探寻每个个体的人所来自的地方——子宫的秘密，她让自己沉入水底；而她选择墓地中豪猪挖掘的一个洞穴作为第二次埋葬父亲的地点，则更为清楚地指向女性的分娩：洞穴非常狭窄，尸体的头先进入洞穴，此后不断有胳膊、臀部等为身体的进入制造障碍，玛格达甚至想到如果能够有个人在洞穴底部进行牵引就好了，埋葬的过程如同分娩的过程，非常艰难。让男权象征的父亲死后再经历一次与母亲分离的分娩过程，其中具有的反讽意味是不言自明的。玛格达其实

---

① 张京媛：《当代女性主义文学批评前言》，见张京媛主编《当代女性主义文学批评》，北京大学出版社 1992 年版，第 8 页。

② J. M. Coetzee：In the Heart of the Country, Penguin Books, 1982, p. 35.

是在实践着西苏等人倡导的"身体写作"，在她那里，"身体既是体验的领域又是体验的媒介"①，这种姿态表明了女性对逻各斯中心主义的整体对抗。

作为一个探索女性自身存在意义的女性言说者，玛格达的想象中充满了女性的意象。"洞"、子宫当然是其中最为突出的两个。此外，海和水的意象在《在国家的中心》中也频繁出现，在女权主义作家和理论家那里，海往往被视作子宫及进入子宫的通道的象征物，湿润、有被淹没的危险，但却孕育生命，输送生命，它的潮起潮落的自然规律又和女性的生理周期紧密相关，所以海是女性的一个突出的象征意象。埃拉娜·西苏曾经发出感慨：母亲"是在一切法语作品里显然都会被写成海洋的那个母亲。我们有幸能够用我们的语言将母亲说成海洋，这构成了我们想象的一部分，它告诉我们某些东西"②。它告诉我们的是：女性作为一个生命的载体，并不是附属性的、工具性的，而是创生性的、构成世界的基本存在的、意义无限丰富的主体。在想象中，玛格达多次坐上火车，来到海边，在沙滩上行走，进入大海，甚至让海水将自己淹没，对海的向往实际上是对自己的被扼杀了的母性和抹去了的意义的回归。在第一次弑父之后，玛格达将父亲和他的新婚妻子的尸体葬入水中，自己也沉入水中，这时在她的想象中，"在地球的深处，流出了地下河，穿过黑暗的洞穴，滴下清澈的水，墓穴，要是能够到他们那儿就好了，为了世界上所有家庭的秘密，我趟水进入温热的水坝，寻找阴沟口，这

---

① 林树明：《多维视野中的女性主义文学批评》，中国社会科学出版社 2004 年版，第 177 页。

② 埃莱娜·西苏：《从潜意识场景到历史场景》，见张京媛主编《当代女性主义文学批评》，北京大学出版社 1992 年版，第 218 页。

个阴沟口在梦中从深处向我召唤，引导我走向地下王国"。① 这次寻找之途实际上是对生命诞生旅程的一次溯游："黑暗的洞穴"是指女性的产道，"阴沟口"表征着子宫的入口，"地下王国"则指向子宫。将创造生命的子宫和产道称作"墓穴"和"地下王国"，看起来似乎有些矛盾，但实际上并没有冲突，因为人死去之后，躯体毕竟要回归大地之母，精神更是要回归本原，所以子宫既是生命之源，在象征层面上也是生命的归宿。

三 对阿非利垦民族主义神话中理想女性形象的颠覆

钱德拉·塔尔帕德·莫汉蒂曾经说过："作为历史主体的女性和霸权话语生产的女性再现之间的关系并不是一种直接的同一关系，也不是一种对应的或简单的暗示关系，而是一种建立在特殊文化和历史语境中的任意关系。"② 玛格达自我创造的女性形象在南非的语境之下，是有其独特内涵的。

南非从 18 世纪初就进入了殖民的历史，荷兰移民和英国移民争夺南非统治权的斗争始终不断，最终演化为 1889—1902 年的英布战争，所以在南非，除了非洲土著与欧洲移民的矛盾之外，荷裔南非人和英裔南非人之间的矛盾也非常突出，在斗争中，荷裔南非人逐渐形成了自己的民族意识。尽管库切一直以英语作为母语写作，但从出身上来讲，他是一个荷裔南非人。《在国家的中心》的南非第一版（1976），叙述部分用的是英语，对

---

① J. M. Coetzee：In the Heart of the Country，Penguin Books，1982，p. 13.

② 钱德拉·塔尔帕德·莫汉蒂：《在西方的注视下：女性主义与殖民话语》，见罗钢、刘象愚主编《后殖民主义文化理论》，中国社会科学出版社 1999 年版，第 417 页。

话部分采用荷裔南非语，这表明作家期望的文本的首要读者是荷裔南非人，所以《在国家的中心》有着民族主义的背景，只不过它并不是对民族神话的支持，而是一种反神话的颠覆。

荷裔南非人主要从事农业，自认为是上帝的特选子民，被上帝选中来统治南非这块土地。荷裔南非人的家庭有着严格的等级森严的结构：父亲是家长，从事耕种、打猎和战斗；女性的角色主要是母亲和妻子，抚养大量的孩子，照顾家庭；非洲的土著人则依赖白人农场主来得到工作、食物和建议。在这种结构秩序中，对于女性和非洲人来说，男性荷裔南非人实际上都起着高高在上的父亲的作用。在英布战争中，男人们都上前线打仗了，留在家中的女人和孩子们被英国人送入集中营，大量死亡，这在荷裔南非人的心灵上留下一个巨大的阴影，在此后的民族文化话语中，女性被塑造成坚忍的、纯洁的民族神话的捍卫者，勇于对抗的先行者和囚徒，在民族的内部信仰中，女性的地位得以提升，被赋予了一个光荣的位置，成为一个"有力的象征，围绕这一象征，民族主义的力量得以聚集"①。此后荷裔南非人的法律、习俗和艺术作品反复强调女性是纯洁的、白色的、道德上优越的，这种强调遮盖了女性在荷裔南非人家长制系统中的真实地位。实际上，"在荷裔南非人的社会中，女性是绝对低等的，教堂和政府都拒绝她与男性的平等，甚至在家庭结构中，她的作用也是被严格限制和从属的"②。

玛格达在言说中创造的自我形象是对这种荷裔南非人文化话语中的理想女性形象的一种反叛，是对传统女性定义的否定和歪

---

①　Susan Vanzanten Gallagher, A Story of South Africa: J. M. Coetzee's Fiction in Context, Harvard University Press, 1991, p. 88.

②　Ibid., p. 90.

曲：她既不是妻子也不是母亲，她是一个没有母亲和兄弟姐妹的孤独存在。她反复地将自己描述为黑色的，干瘪的，不生育的，像一只丧偶的黑蜘蛛那样身体里充满毒液，她的子宫是一个干瘪的苹果，她是一朵黑色的花。她不再是柔顺的，而是将自己制造成一个荷着沉重的枪的"武装的妇女，进入被星星照亮的夜晚"，用子弹去实现自己的女性。玛格达也是一个反叛者，但她的反叛却指向象征民族文化中的父亲的权力和女性的从属命运。她的思想和行动远远谈不上纯洁：她杀死了自己的父亲，成为弑亲者；虽然汉德里克对她的强奸让她痛苦和愤怒，但仅仅是因为粗暴的形式和地点让她感到羞辱，对和汉德里克发生肉体关系本身，玛格达并不拒绝，一个白人女主人和黑人奴仆之间的性关系和欲望，在南非的殖民主义语境下，是被视为乱伦的，罪恶的。

传统的荷裔南非人的话语坚持认为道德的驯化使女性成为民族的"中心"；玛格达代表的却是一种相反的中心类型："我没有被视为这所房子的中心的女性的温暖，我是一个零，麻木、空白，所有的东西都朝向里面坍塌，一个被压抑的、灰色的骚动，像一个奉命去办事的孩子旋风似的飞快地跑过走廊，被忽视，图谋报复。"[①] 玛格达拒绝荷裔南非人的民族神话提供的女性定义，为女性被忽略的命运向尊崇男权的民族意识发起挑战，揭开历史没有被说出的一面，让被民族神话压抑得沉默的女性之声清晰地浮出历史地表。

四 艰难的沟通之路

父亲和他所代表的旧的时代的死亡让玛格达获得了自由，她

---

① J. M. Coetzee: In the Heart of the Country, Penguin Books, 1982, p. 2.

试图与仆人汉德里克夫妇建立一种超越于父权制文化系统之上的新的平等关系，然而玛格达除了具有被男权社会排斥为边缘的女性他者的身份之外，还有一重身份，即"殖民的女儿"，在她的父亲死亡之后，她实质上成为农场的新主人，双重身份使得玛格达的沟通之路走得异常艰难。

与她的父亲不同，玛格达从自身受压迫的女性地位出发，有着强烈的平等意识。她请求安娜直接喊自己的名字，因为"我施洗礼时被赋予的名字是玛格达，而不是玛格达小姐".[①] 玛格达对命名中平等的强调令人想起人人是平等的人权宣言，这种平等是不分种族的，肤色不代表任何意义，只是一种客观的差异。所以从根本上说，玛格达是一个不愿意当殖民者的殖民者。她反对渗透于种族之间的主奴二分原则，她清醒地意识到在自己的祖先来到南非之前，非洲人有自己的英雄和历史，是自己的祖先掠夺了这块大地，也造就了自己的孤独。因为在这块大陆上，他们没有历史和文化，父亲表面的盛气凌人来自内心对不了解事物的恐惧，她自己也感到"我的这些语言来自无名之处也去往无名之地，它们没有过去和历史，仅在一个孤寂的永存的现在，呼啸而过这片土地，没有哺育任何人".[②] "我需要一种历史和文化，我需要抱负和希望，我需要道德意义和目的。"[③] 在这一意义上，荒漠的环境又是表征着殖民者的孤独处境的一个最有意味的象征符号。殖民秩序扭曲了人与人之间的关系，在种族之间更是设置了一条难以跨越的鸿沟，玛格达渴望超越，希望自己是"中

---

① J. M. Coetzee：In the Heart of the Country, Penguin Books, 1982, p. 102.

② Ibid., p. 114.

③ Ibid., p. 120.

介——这是我想成为的！既不是主人也不是奴隶，既不是父母也不是孩子，而是两者之间的桥，这样对我来说，敌对的人们应该实现和解"。[①] 为了实现这一目的，玛格达做出了多种努力：她主动接近汉德里克夫妇，邀请他们住在自己的房子里，和他们共同劳动，甚至想象自己能够成为汉德里克的另一个妻子。对汉德里克的强奸，玛格达的恐惧、抵抗中暗含着一种默许，在强奸事件发生之后，玛格达更是完全接受了自己的命运，像一个焦急的情人一样每晚等待汉德里克的来临，并主动配合汉德里克，在玛格达看来，这是实现亲密和谐关系的必要代价；对于安娜，她一方面使用言语的力量试图让沉默胆怯的安娜敞开自己的心扉，另一方面借助身体的接触和安娜建立亲密的关系，分享她的生命的体验……

玛格达要建立人与人之间的平等关系，实际上要进行一种社会变革，也就是人的主体身份的变革，这种变革必须从对旧有语言的批判开始，因为语言是控制着文化和主体思维方式的力量，"可观察的社会关系是由语言的'招数'构成的。我们弄清了这个命题，就触及到了问题的关键"。[②] 父亲与语言之间有某种密不可分的关系，要推翻父权制的控制，必须要对将被压迫者排除在外的旧的语言进行解构。玛格达深深地体会到平等的关系依赖的语言的缺失，"在我和这些人们之间沟通的语言被我的父亲颠覆了，不能恢复。……我生就一个统治集团的语言……它是我父亲的舌头，我不能说我的心想说的语言，我感到太多的距离的悲

---

① J. M. Coetzee：In the Heart of the Country，Penguin Books，1982，p. 113.

② 让-弗朗索瓦·利奥塔：《后现代状态》，车槿山译，三联书店 1997年版，第 12 页。

怆，但它是我们拥有的全部。我相信有一种恋人之间的语言，但不能想象它如何进行沟通，没有任何语言留下来交流我相信的价值"。[①] 父亲赋予她的天生的殖民者身份让玛格达的信仰难以传达，言辞也无法到达她所渴望的意义，玛格达被逼入了"他（汉德里克）有意义但没有言语，我有言语但没有意义"[②] 的困境，不得不去寻找、创造一种能够实现沟通的能指与所指相符的语言。为此她转向自己的内部，依赖身体的感受和心灵的狂想让语言之流喷发，她与天空——上帝的沟通努力也是为了最终发现一种"纯粹的语言"，飞行器里传来的是西班牙语，玛格达不懂西班牙语，但她却能理解那些字符的意义，因为她相信"它们与普遍的意义相连"。

玛格达真诚地为实现种族之间平等的沟通而努力，但这一切努力都没有取得什么实质性的进展：从汉德里克那儿她得到的不是和谐的两性交流而是仇恨的怒火；她将安娜当姐妹看待，安娜却始终在她面前局促不堪、沉默寡言，她对安娜身体的触摸引不起回应，留下的只有紧张和不安；她从天空——上帝那儿得到的只是言词，并没有固定的启示意义，最终飞行器干脆消失不见；汉德里克、安娜也最终离开了农场，将玛格达孤零零地留在荒漠的中心；若干年后一个小男孩来送信，玛格达很惊奇地听到自己发出已经多少年没有发出的交流的语言，这是她对沟通的又一次尝试，她并没有恶意，但僵硬的语言却吓走了孩子……

沟通失败的根本原因在于玛格达自身，对此，在 1978 年的一次访谈中谈到雅各布和玛格达时，库切明确表明了自己的观

---

① J. M. Coetzee: In the Heart of the Country, Penguin Books, 1982, p. 97.

② Ibid., p. 117.

点，他认为他们"缺乏将'它'（It）转变为'你'（You）的高度，也就是说，缺乏创造一个交互作用存在的社会的高度；因此他们宣告了自己在建立亲密关系方面的绝望"。① 虽然玛格达相信凭借个人的努力可以在她的农场上建立一个和谐的关系社会，但她毕竟不可能逃离历史作为一个社会之外的存在，作为"殖民的女儿"，殖民者的话语还是时不时地进入玛格达的意识中，支配着她的行动，使她不可能摆脱主奴关系模式，也不可能将汉德里克夫妇当作对等的主体来看待。第一次杀死父亲和她的新婚妻子，是因为嫉妒，潜意识中她似乎将父亲视为自己的所有，恐惧别人的抢夺；第二次杀死父亲，主要是因为父亲竟然和一个黑人女仆发生关系，根据南非政府 20 世纪 60 年代颁布的《制止不道德行为》法令，这种两性关系是违法的，应受刑事处罚的，这种关系中的不道德性激怒了玛格达，让她最终冲着父亲的房间开枪，所以玛格达也说"我与其说是一个破坏者，不如说是一个保守者。我对父亲的愤怒可能只是简单的对旧的语言，正确的语言的造反行为的愤怒，当他和一个昨天擦洗了地板，今天本来应该正在擦窗户的女孩亲吻并交换情话时，我的愤怒发生了"。② 玛格达杀死了父亲，颠覆了殖民关系，但当她恳求喝醉了酒的汉德里克去帮助父亲时，她凭借的依旧是殖民者征服非洲的最重要的介体——枪。在汉德里克帮助玛格达埋葬她父亲的尸体的时候，玛格达向汉德里克发出一系列主人的命令，当尸体从手推车上掉落时，汉德里克再也不肯干了，面对汉德里克离去的身影，玛格

---

① J. M. Coetzee："Speaking：J. M. Coetzee" Interview with Stephen Waston，Speak May/June，1978，pp. 21—24.

② J. M. Coetzee：In the Heart of the Country，Penguin Books，1982，p. 43.

达的嘴里发出了过去时代的主人的诅咒："你这个该死的霍屯督人，全都是你的错，你和你的妓女！"[1] 同样，她虽然愿意和汉德里克夫妇平等相待，但她在邀请汉德里克夫妇住进她的房子以陪伴她时，安排他们住在厨房里而不是空着的客房里，这种安排揭示了她依旧将黑人视为劣等存在的潜意识。这种殖民的意识将殖民者和被殖民者截然分开，正如玛格达所说："我们可能是在不同的星球上，我们（我和父亲）在我们的，他们（汉德里克夫妇）在他们的。"[2] 库切在耶路撒冷奖受奖演说中说道："在南非的世袭的主人的不自由的心中是一种爱的失败。坦率地说，他们的爱在今天是不充分的，而且从他们到达这块大陆那天起，就从来没有充分过；进一步说，他们的谈话，他们关于他们如何爱南非的过多的谈话总是指向这块土地，也就是说，指向能够回应爱的最小可能性的东西：群山、荒漠、鸟儿、动物和花。"[3] 在后来的阿特瓦尔的访谈中，库切又似乎认为玛格达是一个例外，一方面是因为她充满激情，另一方面是因为她的爱指向的"不仅是南非的岩石、灌木、大山和平原，而且指向了这个国家和它的人民"。[4] 然而玛格达对南非的爱依旧和那些移民殖民者和他们的后代对南非的爱一样，是不充分的，是一种失败的爱，无法从根本上解决问题，几个邻居来到玛格达的农场询问她的父亲的消息后，汉德里克就知道自己将承担杀死主人的罪名，他告诉玛格达："不久，他们就会和其他人，所有的农场主一起在某一天回

---

① J. M. Coetzee: In the Heart of the Country, Penguin Books, 1982, p. 91.

② Ibid., p. 28.

③ J. M. Coetzee: Doubling the Point: Essays and Interviews, Harvard University Press, 1992, p. 97.

④ Ibid., p. 61.

来，比你想得还要快，然后他们会看到，在这个大房子里你正和仆人们生活在一起。然后我们将成为吃苦头的——不是你——而是我和她！……这样当他们说是我枪杀了他时，谁会相信一个褐色皮肤的人?"[1] 出于这样的预见和恐惧，汉德里克夫妇迅速地离开了农场，他们的离去也最终宣告了玛格达与他们建立平等关系的努力的失败。

沟通需要对话双方的共同意愿和交互作用，单方面的努力形不成交流，玛格达与他者沟通失败的原因一定程度上也与汉德里克夫妇有关。作为被父权制文化系统制造成的他者和受害者，汉德里克自身也陷入了主奴对立的认知模式并不自觉地参与了将主奴二分的原则永久化的过程。玛格达想要和汉德里克夫妇建立一个前资本主义时代的伊甸乐园，汉德里克却坚持认为"我们已经作完了我们的工作……现在我们必须得到钱"。玛格达拿不出钱，他就要求以实物相抵，当玛格达无法从父亲的账户里支取出钱，得到钱的最后希望破灭时，汉德里克便转向了另外的形式，即对玛格达的身体的野蛮占有，强奸行为可以理解为一种报复，但这种报复是通过主奴角色的大翻转来达到的，汉德里克使用男性的器官作为武器，用暴力征服了过去的女主人，过去的白人主人现在成为了无力反抗的奴隶，过去的黑人奴隶现在成了采用暴力实施压迫的主人。父权制社会二元对立的主奴关系模式已经渗透到社会的各个层次，不仅造成了白人移民者意识的变形，而且也严重扭曲了非洲黑人对世界的认知。由于作为交流对象的汉德里克的意识深受主奴关系模式的影响，即使玛格达拥有足够的爱，也激不起爱的回应，她的建立和谐关系社会的努力注定是失败的。

---

[1] J. M. Coetzee: In the Heart of the Country, Penguin Books, 1982, p. 117.

在殖民的结构体系之下，殖民话语终究会吞没一切，在小说的结尾，我们看到玛格达在想象中杀死、埋葬了的父亲又复活了，玛格达相信在自己死后，父亲"依旧会坐在这儿呼吸，等待他的养料"。[①] 这样的结尾似乎暗示着在殖民社会中，殖民关系具有永恒性的特征，互相尊重、平等交流的和谐的人际关系永远不可能实现，这样的态度多少有些悲观和绝望。玛格达渴望自己的故事有一个开头、中间和结尾，但只要殖民体系没变，她的言语便不知流往何地，她的抗争便不知如何结束，她的沟通的努力便会无果而终。玛格达的困惑也是南非作家共有的困惑，对此，库切评论道："在我看来，对某些人来说，南非小说的一个特征是它的作者不知道如何结束他们已经开始了的故事，或表现的时代。因为真正的结尾已经假设了不能够被想象的方面……"[②]

---

① J. M. Coetzee: In the Heart of the Country, Penguin Books, 1982, p. 137.

② J. M. Coetzee: "Tales out of school." Rev. of Fools and Other Stories, by Alan Paton, The Republic 22 Dec (1986), pp. 36—38.

第三章

与历史权威的对抗和当下
现实中的道德选择

　　自启蒙时代以来，整体历史主义一直是西方主导性的历史概念。在这种历史观中，历史的发展是以一种线性的、持续性的、不断进化的模式进行，各个历史事件之间有着紧密的历史因果关系，历史则呈现为一个内部有着紧密关系的逻辑链条。历史的记录是真实的，具有真理的价值。历史又是人们可以进行研究的一个客体，历史的研究具有科学研究的特征。具有理性精神的人在历史中，既是历史的主角，又是真实历史的记录者和阐释者。在西方的殖民化运动中，这种整体主义历史观被作为一种文化生产力，强加于殖民地人民之上，以期对殖民地进行全方位的文化遮蔽和历史覆盖。因为追根究底，作为历史的主体和研究主体的是富有理性精神的"人"，这里的"人"的范围仅限于西方人，因为东方人在西方人的文化话语中，是野蛮的、神秘的、落后的、非理性的，因而不具有理性的历史主体资格，所以他们无法拥有历史，关于他们的历史是随着西方人的到来才开始的，而且只能由西方人来纪录和阐释。在这种历史话语之下，殖民地人民的历史消隐了，剩下的只是殖民者强加给他们的历史。

西方的理性历史观明显参与了对殖民地人民的文化支配和文化压迫过程，所以与这种历史理性精神的对抗就成为了前殖民地人民的文化非殖民化运动的一个重要内容。通过对西方整体历史观的挑战和对西方人所写的关于殖民地的历史的颠覆，前殖民地的知识分子们揭露了历史真相背后的意识形态控制，并试图让被压抑在西方人的历史下面的殖民地人的历史浮出历史地表，以一种可选择的历史与西方人制造的历史形成对抗。这样一种对抗同时将批判的矛头指向了长期以来支配西方意识的启蒙人道主义思想，因为这种思想是西方传统历史观产生的根基所在。对西方传统历史观的挑战，最终目标是指向为历史知识生产提供意识形态支撑的社会物质现实和文化环境。对于这一工作的价值，霍米·芭芭中肯地评价道："反殖民压迫的斗争不仅改变了西方历史的方向，而且也向西方把时间作为进步的、有序的整体的历史主义'观念'提出了挑战，对殖民地非人格化的分析所异化的不仅仅是启蒙时代关于'人'的观念，而且也向作为事先给与的人类知识意象的社会现实的透明度提出了挑战。"[1]

作为一个对文化霸权极为反感和对自由有着执著的追求精神的知识分子，库切的作品中也充满了对西方整体历史主义权威的挑战：通过对西方历史形成过程的展示，库切揭示了被视为客观的历史只不过是富含权力内容的一种独特的书写话语而已，与纪录者和阐释者的意识形态密切相关；通过对新历史主义者们的历史是一种叙述，离不开语言的中介的观点的借鉴，库切得出历史

---

① 霍米·芭芭：《纪念法侬：自我，心理和殖民条件》，见罗钢、刘象愚主编《后殖民主义文化理论》，中国社会科学出版社 1999 年版，第205 页。

是不可再现的结论；通过将历史话语和文学话语置于竞争关系之中，库切一方面暴露了历史的神话化身份，另一方面也为在作品中想象历史，或者说为寻找到自己言说历史的方式敞开了开阔的空间；在对文明与野蛮关系的思考中，库切的历史观呈现出了某种历史循环论的色彩。

在南非的后殖民语境中，历史也是一个极为敏感的问题，与政治密切关联，历史话语属于政治话语的附属形式。库切对历史权威的挑战，说到底是为了探讨南非走出历史文化阴影的道路，为南非的白人寻找一个能够面向未来的新的道德立足点。这种探讨和寻找虽然可能不够清晰，也可能有些悲观，但库切的态度是极为严肃的，显示出一个作家深深的社会责任意识。

第一节　历史之谜

在后现代主义理论家们看来，"过去不一定是表现历史记忆的一个忠实符号，只是借古代之重以显现时权威的一种策略而已"。① 历史因为其叙述性不仅不可能体现真实和真理，而且往往成为拥有权力的人以历史真理的名义压迫异己的手段。传统上被视为"真实的"历史被问题化了，历史的权威在当代的解构思潮之下，受到了极大的挑战。库切的作品虽然大多不以历史为主要题材，不能归入历史小说的文类，但却在对当下权力和压迫问题的关注中，充满了对历史问题的思考。由于这种对历史的思考是以虚构文本的形式存在，并且与语

---

① 霍米·芭芭：《献身理论》，见罗钢、刘象愚主编《后殖民主义文化理论》，中国社会科学出版社 1999 年版，第 198 页。

言、身份、写作和文本的诸多问题纠缠在一起，所以显得相当隐晦，充满谜团。然而库切的历史观并非无迹可循，读者如果紧紧握住对历史权威以及生产这种权威的意识形态的颠覆这条红线，还是可以走出库切用语言构筑起的这座历史迷宫的。

一　历史的虚构性和意识形态书写

新历史主义的著名理论家海登·怀特认为，历史其实是像文学一样，是一种叙事，"事实上，叙述始终是、而且仍然是历史书写的主导模式"。① 由于叙事总是一种情节的建构，所以，历史叙述与其说"能产生另一个更为全面也更为综合的事实性的陈述，不如说它是对事实的阐释"。② 在对历史场中未经加工的历史材料进行选择并进行情节编织时，作为阐释主体的人所处的文化环境、他自身的文化立场和意识形态模式都在阐释过程中影响着作为客体的历史意义的走向，这是导致对同一历史事件的互相对立的历史叙事出现的根源。也就是说，历史的材料自身本无意义，是遵循不同历史哲学的历史学家们以自己的或时代的历史话语赋予真实事件以意义，所以历史的叙述就不可避免地具有意识形态的、神话的和寓言的性质。

新历史主义的另一位代表人物蒙特洛斯也提出了一个和海登·怀特相似的概念，即"历史的文本性"。所谓"历史的文本性"，就是指：

---

① 海登·怀特：《后现代历史叙事学》，陈永国、张万娟译，中国社会科学出版社 2003 年版，第 294 页。

② 同上书，第 326 页。

批评主体根本不可能接触到一个所谓全面而真实的历史，或在生活中体验到历史的连贯性。如果没有社会流传下来的文本作为解读媒介的话，我们根本没有进入历史奥秘的可能性。历史不是铁板一块，而是充满需要阐释的空白点。那些文本的痕迹之所以能存在，实际上是人们有意识选择保留与抹去的结果，可以说历史中仍然有虚构的元话语，其社会连续性的阐释过程复杂而微妙。①

海登·怀特和蒙特洛斯从不同角度强调了历史的虚构性质，突出了历史叙事背后的历史主体的意识形态参与和权力支配。在他们的洞察之下，"历史就不再是客观的、透明的、统一的事实对象，而是有待意义填充的话语对象"。② 他们提出的这种新的历史观无疑是对传统历史观的颠覆和对历史权威的巨大挑战，这种新的历史视野也为后殖民文化批评家和后殖民作家带来了重要启示，成为他们反文化霸权事业所运用的文化策略之一，因为说到底，对历史的定义反映的是对权力支配问题的思考。

在与狄克·潘尼尔（Dick Penner）的一次访谈中，在对历史进行界定时，库切提出"历史是将意义强加于时间和事件之上，但那时间和意义实际上是语言的，它们是语言"。③ 库切明确意识到被编码入语言的意识形态在历史描述中的存在，而在

---

① 王岳川：《后殖民主义与新历史主义文论》，山东教育出版社 1999年版，第 185 页。

② 同上书，第 196 页。

③ Penner，Dick：Countries of the Mind：The Fiction of J. M. Coetzee，Greenwood Press，1989，p. 26.

《今天的小说》（The Novel Today）中，库切更明确地显示了与被视为真实的历史权威的对抗姿态，库切宣称：

> 历史不是现实；历史是一种话语，小说也是一种话语，但它是一种不同的话语。在我们的文化之中，携带着各种程度的说服力的历史，不可避免地试图宣称自己的至高无上地位，宣称自己是一种主人的话语形式，而像我这样的人们，也不可避免地宣称历史除了是某种人们同意讲述给彼此的故事之外什么都不是，以此来支持自己的观点。①

库切如此激烈的态度说到底不是针对历史自身，而是指向历史叙述背后的意识形态控制和意义强加。出于这样的一种历史态度，挖掘历史叙述中的意识形态成分和虚构性质便成为萦绕库切小说创作的一个重要主题。

历史的形成有赖于掌握历史纪录和历史阐释权力的人，对于一个历史文本，人们首先要问的是谁在书写历史，这样的历史书写反映了什么样的意识。作为历史主体的人在选择材料编织情节时，不可避免地将自己的倾向也编织进去，使形成的历史符合自己和自己所属的社会集团的利益。库切在《黄昏的大地》中对克拉沃死亡真相的重复描写，就是要告诉人们历史是可以被书写历史的人随心所欲地进行改写的。在《等待野蛮人》中，刑讯室中的场景始终保持着某种神秘性，人们能够得到的历史只是官方的纪录："在审讯过程中，囚犯的供词显然漏洞百出。这些漏洞百出的供词被揭穿后，囚犯变得狂怒起来

---

① J. M. Coetzee："The Novel Today."Upstream 6（Summer 1988），p. 2－5.

并且攻击进行案件调查的长官。接着在发生扭打的过程中，囚犯重重地撞在了墙上。经抢救无效死亡。"① 由于死无对证，官方的单方面言说便获得了历史的合法性。行政长官面对乔尔上校率领士兵折磨野蛮人俘虏的暴行，为捍卫人性的尊严而站出来大声喝斥，可在此后的审讯中，乔尔上校对他的行为进行了嘲笑："我猜想你是想走进历史成为一个烈士，但谁会把你写进历史书里去呢？这些边境的冲突不是什么重大事件，事情很快就会过去，边境又会有二十年的太平。人们对历史背后的事情不会有兴趣。"② 面对历史的暴力，个人的反抗因为无法进入历史而显得如此无力和无奈。行政长官在受尽凌辱和折磨之后被释放出来时，释放他的军官更是明确地告诉他："我们没有你的纪录，你怎么会是囚犯呢？你认为我们没有把纪录保存下来？我们是没有你的纪录。所以你必须成为一个自由人。"③ 纪录历史的人可以随意地将一段历史抹去，历史的公正如何实现，受到迫害的人又如何寻求历史的补偿便成为了一个大大的问题。

历史的纪录因为其情节的编排模式和语言结构特性而具有虚构性，作为历史另一组成部分的历史阐释更是一种特定历史话语下的知识运作，因而具有明显的人为痕迹。在以前的闲暇时光，行政长官曾经从废墟中搜寻到许多刻着各种符号的杨树木简，在审讯时，乔尔上校要求行政长官对这些木片进行解读，行政长官告诉乔尔上校："这些东西可以用许多种方式来

①　J. M. 库切：《等待野蛮人》，文敏译，浙江文艺出版社 2004 年版，第 7—8 页。

②　同上书，第 153 页。

③　同上书，第 167 页。

读。或者说每一片木简都可以用许多方式来读。合在一起可以看作是一部家庭日志，也可以看作是一份战争计划；横过来可以读作帝国最后时日的一段历史——我说的是旧的帝国。"① 过去的历史材料自身本无固定的意义，有待意义的填充，阐释主体可以根据自己的喜恶进行解读。乔尔上校倾向于将这些木片解读作行政长官与野蛮人的某个组织之间传递信息的工具，行政长官则倾向于将他们视为历史暴力的证明和被压迫者发出的战争、正义和复仇之声。很难说哪种阐释更接近历史真相，更为客观，只能说它们反映了不同的意识形态书写。在出自不同的意识形态书写的众多历史的较量中，最终的结果总是掌握权力的人书写的历史将其他的历史压在下面，成为具有权威性的显性历史。反过来，也正是通过将异己的历史压制在历史的下面，书写和阐释历史的人获得和巩固了支配性权力。所以官方的权威历史的形成往往暗含着一种权力的压迫。也正是在这一意义上，具有虚构性却被说成是真理的历史成为文化征服的一件重要工具。

对于历史的虚构性的揭示和官方大写的历史权威的解构在库切的大多数作品中都是以不直接的、隐含的方式出现，但在《黄昏的大地》中的"雅各布·库切的叙述"部分，却是以直接的方式呈现出来的。在开篇位置，库切引用了弗劳伯特（Flaubert）的名言——"重要的是历史哲学"作为题词，明确告知读者历史问题是文本的中心。按照海登·怀特所说，历史是由三方面组成的："一方面是过去的现实，即历史学家研究的客体；和历史修撰，即历史学家关于这个客体的书面话语；另一方面是历史哲

---

① J. M. 库切：《等待野蛮人》，文敏译，浙江文艺出版社 2004 年版，第 150 页。

学，即对这个客体与这个话语之间可能有的关系进行研究。"①
库切在这部以虚构小说形式存在的文本中就是要从历史话语与历
史客体之间的关系中探查历史的实质。

　　库切小说中这部唯一可称得上历史题材的作品的结构非常奇
特，一定程度上，可以把它称为文本的汇编。它包括了四个叙述
层面：（1）雅各布·库切对旅程的第一人称自述；（2）"雅各
布·库切的叙述"的编辑者 S. J. 库切所作的序言（在文本中被
安排为编后记）；（3）一个附录：由官方出具的关于雅各布·库
切的旅行的具结书；（4）"雅各布·库切的叙述"和 S. J. 库切演
讲的英文翻译者（"雅各布的叙述"原为荷兰语文本，S. J. 库切
的演讲则原为阿非利垦语文本）、作为作者的 J. M. 库切对"雅
各布·库切的叙述"的再编辑。

　　雅各布·库切的自述是一种主观的叙述，因为雅各布的自
我观念已经被殖民意识所深深浸透，所以他对现实的反映明显
是一种歪曲的反映，不具有可信性；在编后记中，作为阿非利
垦人的历史学家和雅各布的叙述的编辑者，S. J. 库切的阿非利
垦人民族主义观念得到了充分的呈现。在对雅各布·库切的历
史经历的修撰中，S. J. 库切将雅各布视为民族英雄，他认为雅
各布对南非大陆深处的探险，一方面是对英国的东印度公司对
阿非利垦人的剥夺和限制的反抗，是在为阿非利垦人创造一个
摆脱英国人控制的未来；另一方面也是在实现上帝给与的特选
子民的特殊使命：占有非洲，让非洲的异教徒臣服。他提出南
非土著居民的衰落是"天真的必要的损失"，"这一想法可以让

---

　　① 海登·怀特：《后现代历史叙事学》，陈永国、张万娟译，中国社
会科学出版社 2003 年版，第 295 页。

我们舒适一些"。① 除了对雅各布远征的价值、意义和相关的记载的详细分析之外，S. J. 库切还对雅各布对大陆深处的覆盖和重新命名过程进行了详尽的记录，他还提及了雅各布在纳马科人村庄的短暂居留、归家的旅程和在汉德里克·豪普（Hendric Hop）队长率领下的第二次远征，但只是一带而过，按照 S. J. 库切的说法，这种省略是因为尽管这些经历"充满事件，但却是与历史没有关系的事情。人对未来的插入是历史，所有其余的事情，像路边的延误，折返的路等等，属于在夜晚的壁炉边讲述的轶事"。② 对于探险者暴力行为的故意抹去是为了遮掩殖民事业的丑恶。很多研究者指出，S. J. 库切的这篇介绍中出现了许多不准确的、误导性的参考，这揭示了像 S. J. 库切这样的历史学家对历史资料的再生产仅仅是一种伪造和虚构，背后隐藏的是殖民主义的意识形态；"雅各布·库切的具结书"，是 1760 年在好望角的城堡里记录下来的，是一种官方的历史报告，同 S. J. 库切所作的编后记一起，被视作权威性的历史。它详细地记载了探险的时间、沿途发现的自然资源和几次与土著居民的和平的遭遇。由于雅各布不识字，具结书是由城堡的秘书和议员 O. M. Bergh 纪录的，后面有叙述者的签名。表面看来，具结书具有历史原始材料的真实性质，但耐人寻味的是，叙述者的签名处却只是一个"X"，纪录者还特别说明这个签名"是叙述者在我在场的时候签下的"③。这个与雅各布的名字没有任何关联的符号使具结书的真实性大大成了问题，"X"指向一种未知的、不确定的身份，由不确定身份的人叙述的历

①　J. M. Coetzee：Dusklands, London：Vintage, 1998，p. 110.

②　Ibid. , p. 121.

③　Ibid. , p. 125.

史又何谈真实？通过以上三个叙述层次的展示，"库切看起来是决心揭露这一事实：通过几个时代的官方和像 S. J. 库切这样的知识分子，白色南非权威已经强加了各种形式的沉默并使之永久存在"。[①] 作为作者和翻译者的 J. M. 库切的叙述在文本中，是以潜文本的形式存在着的。但却是"雅各布·库切的叙述"整个文本的意义生产者。他并非是传统意义上忠实于原著、站在中立立场上的翻译者，而是雅各布·库切的叙述、S. J. 库切的历史修撰和具结书的对抗者。在"译者前言"中，作为作者的 J. M. 库切站出来为文本的结构作了说明之后，他的声音便似乎在小说文本中失去了踪迹，然而正是他，编排了整个文本的结构，通过结构的重复和视角的对比，揭露了三个历史叙述的伪科学实质，质疑了历史的真实性，并通过三个历史叙述的对比，表明通过增删材料和历史话语的阐释，历史是可以被改写的，被改写的历史体现出了意识形态的制造。

库切对历史虚构性的揭示和对历史背后的意识形态的挖掘，主要目的就是要告诉人们："历史噩梦的最终形式就是权力政治"，只有打破权威历史的迷梦，人们才能够真正解决当前的文化霸权问题。

二 不可再现的历史

与历史的虚构性密切相关的是历史的不可再现性。过去发生的事不可能被完全"发现"，历史的本来场景也不可能在研究中完全"重现"，后来的人"只有通过文本来接近历史。但流传下来的文本只是对历史事实的一种'表述'，它与真实之间有着无

---

① Michela Canepari-Labib：Old Myths-Modern Empires：Power, Language and Identity in J. M. Coetzee's Work，Peter Lang，2005，p. 136.

法逾越的时间间距和文化间距，因此历史学家的任务只能是重构文本产生时的那个文化氛围，而无法真正回到当时的历史之中"。① 历史只能以想象的方式出现于人的意识或话语之中，而无法在现实中再现。作为一种"表述"，历史文本的形成离不开语言的中介。现代语言学的研究成果显示，语言的能指和所指之间并非天然的、固定不变的关系，语言的意义是在上下文的语境中产生出来的，随着语境的变化，语言的所指也不断地滑动，所以语言是不能恢复过去的本质现实的。基于语言的这个特点，我们不应该把依靠语言进行表述的历史话语视作"'我们的精神机制'努力认识现实或描述现实的一种特殊情况，而应看作一种特殊的语言运用，如隐喻的言语，象征性语言和寓言的再现，总是意义多于字面的言说，他们总是言说不同于意味，而且，只能以掩盖世界为代价揭示世界"。② 而在意识形态色彩浓厚的殖民社会和后殖民社会的话语中，语言从来不是单纯的语言，词语也从来不是单纯的词语，而是带有现实的物质性。用这样的语言表述的历史的公正性和客观性更是大成问题的。

对于历史的这种不可再现性，在阿特瓦尔的访谈中，库切进行了强调："历史可以是，就像你所说的，再现的过程，但对我来说，感觉起来它更像是一种引向再现的力量。在那个意义上说，是的，它是不可再现的。"③ 库切所说的"引向再现的力量"

---

① 张进：《新历史主义与历史史学》，中国社会科学出版社 2004 年版，第 47 页。

② 海登·怀特：《后现代历史叙事学》，陈永国、张万娟译，中国社会科学出版社 2003 年版，第 299 页。

③ J. M. Coetzee：Doubling the Point：Essays and Interviews，Harvard University Press，1992，p. 67.

主要就是指承载着意识形态内涵的语言。语言导致的历史的不可再现性不仅仅体现在人类集体历史经验的难以修复，而且体现在个人历史的难以捕获上。对此，库切观察到："所有关于'我'的描述都是'我'的虚构，主要的'我'是不可能复原的……真的，在这个词语经历了和某个人存在的关联之后，生活不会恢复到同以前一样。"① 玛格达和苏珊·巴顿都想用自己的语言言说自己的历史，然而说出的话总是与想说的不一致。玛格达转向借助想象，在想象中不断变换自己的身份，修改自己的经历。苏珊则向外部的力量——作家福——求助，而福的描写更是远离她的历史，个人的历史在表述中最终是破碎的、无法得到的。对自己的历史的建构尚且如此，对他人的历史进行表述，结果就可想而知了：医官对迈克尔·K、行政长官对野蛮人姑娘、苏珊·巴顿对星期五的历史的建构，都是在想象中进行，因为历史的话语已经被那些拥有权力的人所决定和歪曲，医官、行政长官、苏珊用这样的历史话语去探查他人的历史，注定无法抵达历史的真实，他人的历史最终依旧保持着沉默，但恰恰是从这种沉默中，显示出了一道真理之光。

三　文学话语与历史话语的对抗关系

　　不可再现的历史的观念在库切对波兰诗人齐别根纽·赫尔伯特的一首叫做"五个人"的诗歌的评价中得以进一步延伸。这首诗歌的中心事件是被判处死刑的五名囚犯，在对女孩和扑克牌的回忆中度过了生命中的最后一个晚上，第二天早晨就被拉出去枪毙了。库切认为：

---

①　J. M. Coetzee：Doubling the Point：Essays and Interviews，Harvard University Press，1992，p. 75.

（在这样的一首）和革命行动的号召保持一定距离的，为诗辩护的诗中……赫尔伯特不谈论历史，但是他谈及了野蛮人，野蛮人的精神（体现在像斯大林这样的人身上），这和不可再现的历史颇为相同。赫尔伯特的力量在于他有一些东西用来反对野蛮……对于野蛮，赫尔伯特有自己的讽刺性保留态度，但是他可以为这种野蛮做一种一直延伸到欧洲过去的谱系性追溯。因为赫尔伯特感到自己从灵魂深处是一个欧洲人，不管有什么样的障碍和保留态度，都相信关于牧羊人、玫瑰等等的文学的活力，社会的活力，相信能够将这些象征带进生活的诗歌的力量，所以他能够使诗歌和历史的巨兽形成对照……在波兰，通过共享的欧洲文化提供的难以想象的格子架，人们还可以间接地言说囚室里的五个人，或他们在院子里被处决的情况。在非洲，人们可以想象的唯一的言说是一种粗暴的直接的言说，一种纯粹的、未经调停的再现；使想象短路和迫使人的脸转向事情自身的是我在这儿称作的历史——"人们可以想象的唯一的言说"——一张失败的入场券。因此，任务变成了想象不可想象的，想象一种允许写作开始发生的言说形式。[①]

库切的这段评论从历史的不可再现性上升到了文学和历史的关系的思考上。在他看来，文学话语与历史话语是一种对照关系，而不是一种屈从关系。由于历史是不可再现的，历史的本来面目是无法复原的，所以，以忠实地再现历史和直接反映历史为目的的文学便是对历史权威的一种屈从和对虚假真理的盲目信

---

① J. M. Coetzee: Doubling the Point: Essays and Interviews, Harvard University Press, 1992, pp. 67—68.

仰，其结果不仅不能实现真实，而且还会成为文学想象和创造力的敌人。库切认为，由于过多关注历史再现而导致想象的匮乏，是当前南非文学面临的主要问题，当代南非作家的主要任务就是还文学中想象的应有地位。

在 1987 年发表的《今天的小说》这篇论文中，库切关于文学话语与历史话语的关系的思考得以更清晰地表述："在像现在这样有强烈的意识形态压力的时代里，小说和历史在这样的一个空间中共存，就像在同一片牧地上的两头牛，都各自考虑自己的事情，因此都被挤得几乎什么都没有了。对我来说，小说仅有两个选择：做补充物或对抗体。"① 在这里，库切对自己的思考进行了历史化的锁定，指向了 1987 年前后的南非后期种族隔离时代的文化环境，这使得他对文学和历史关系的思考具有了政治的紧迫性。

库切所说的作为历史的补充物的文学，当指南非占据主流的社会现实主义文学。由于库切认为历史是表述历史的人和阅读历史的人的一种合意，所以以直接反映历史为创作原则的社会现实主义就是对这种合意的参与，是对历史权力的一种认可。在《伊丽莎白·科斯塔洛：八堂课》的第六课"邪恶问题"中，库切借伊丽莎白之口批判过度的现实主义会伤害人的心灵。在《进入黑暗的房间：作者和南非政治》这篇论文中，库切的观点表达得更为充分。他分析道：刑讯室对南非作家产生巨大的吸引力的一个重要原因是，"刑讯室里的关系为权威主义和它的牺牲品的关系提供了一个赤裸裸的、极端的隐喻"。② 库切认为，小说里对于

---

① J. M. Coetzee："The Novel Today."Upstream 6（Summer 1988），pp. 2—5.

② J. M. Coetzee：Doubling the Point：Essays and Interviews，Harvard University Press，1992，p. 363.

刑讯室里拷打场景的现实主义描绘，是对这种隐喻关系的再现，过度的现实主义是对强制性立法机关权威的投降。所以库切提出，作家面临的真正挑战是："怎样不以政府的规则玩这个游戏，怎样建立个人自己的权威，怎样用自己的术语来想象拷打和死亡。"[①] 库切提供的策略是着重于语言自身的意义生产以及这个过程中的不确定性因素，采用隐喻等修辞手法，大量设置缺席和裂隙，使话语自身揭示其意识形态性。正是因为库切文本中的世界与现实社会的非直接性关系，受到了南非那些社会现实主义作家的批评。其实，追根究底，库切与现实主义的争论并不在于道德立场的不同，而是在于对历史的定义的差别。库切言说中的历史主要是指官方的权威历史，他对历史的抵制是对权力化的历史压迫力量的抵制；而社会现实主义者眼中的历史则是指南非有色人种受殖民压迫的历史，社会现实主义创作原则的信奉者们试图通过对这种历史的反映来促动社会政治意识和文化意识的变革。在最终指向上，二者实际上是殊途同归的。

库切所说的作为与历史话语的对抗体的文学，会产生"一种小说，这种小说是以自己的程序和事件来运行的，得出的是自己的结论，而不是根据历史的程序来运行，最终得出可被历史检验的结论"。这种小说"陷入自己的词形变化和虚构之中，陷入与历史的对抗（甚至是敌对）之中，这种小说可能会走得如此之远以至于会使历史的神话身份显现出来——换句话说，使历史解神话化"。[②] 库切的意思是说，遵循文学自治功能的小说是一种话

---

① J. M. Coetzee: Doubling the Point: Essays and Interviews, Harvard University Press, 1992, p. 364.

② J. M. Coetzee: "The Novel Today." Upstream 6 (Summer 1988), pp. 2—5.

语事件，它的意义在叙述的进程中产生，而不是对先在的历史意识的印证和阐释，它不附属于历史，它自身就是历史，是以重新创造历史的方式对历史权威的挑战，并最终通过呈现多种历史存在的可能性解构大写历史的神话化身份，为被压抑在权威历史之下的边缘人发出自己的历史之声提供可能性的空间。

在作为历史话语的补充物和对抗体的两种文学话语之中，库切明确地选择了后者。这种选择既是出自他的独特的后殖民位置，也再次体现了他的不愿做殖民者的南非白人作家位置的困境。虽然赫尔伯特可以用文学话语的自治实现对历史话语的竞争，但是库切的情况要复杂得多：作为欧洲帝国的流散者，库切的文学话语基本上是继承了欧洲的文学遗产，在南非当代语境之下，西方的文学话语也是一种权力支配的形式，他用这种文学话语来与历史的野蛮对抗，其实质是以一种权力形式去颠覆另一种权力形式。对于这种悖论，库切有着清醒的自我认识。他一方面诉诸文学传统来与历史对抗，审视不可再现的历史的虚假权威，但另一方面，他也知道自己的位置是颇成问题的："我甚至不说我自己的语言……我说……一种几乎不带有躯体的易碎的元语言，一种在任何时刻，都可能发现自己被打入和转译回政治话语——一种历史话语的附属话语——之中的语言。"[①] 库切承认因为自己用于创作的语言及其携带的整个西方文学传统，自己已经不可避免地牵连进了历史权威之中，自己的位置只是一个暂时的位置，是一种权宜的策略，但是最起码这样位置上的叙述者临时的在场，可以使文本接近语言、话语和道德的中心，实现对文化霸权的揭示。

---

① J. M. Coetzee："The Novel Today."Upstream 6（Summer 1988），pp. 2—5.

四　文明与野蛮的暴力循环

启蒙时代对理性的尊崇、达尔文的进化论对知识领域的广泛影响，使得近代以来西方的历史观呈现为一种具有进化论色彩的整体历史主义：即认为历史是理性的产物，各个历史事件之间有着内在的因果联系，整个历史的发展呈现为一种不断向前发展的持续性关系，在人类文明的发展进程中，总是进步的取代落后的，文明的战胜野蛮的，历史事件总能够在这一整体的结构中得到解释。以对传统知识的解构和颠覆为基本指向的后现代主义话语则认为：历史不是理性生长的历史，而是人运用理性产生不同的对世界理解而形成的历史。有多少种历史理解就有多少种历史；历史事件的发生不是必然的、持续的，而是具有偶然性和碎片性的；历史的发展模式不是进化的上升过程，而是不断演替的循环模式。在后现代主义的历史话语之下，历史的价值失去了恒定性和绝对性，趋向于暂时性和相对性。站在后殖民文化批判的立场上，深受后现代主义历史话语影响的库切的历史观中，也带有某种历史循环论的色彩。这种历史循环论在库切的小说中，主要表现在他对文明与野蛮这两种力量的历史较量的思考之中。

对文明与野蛮的关系的思考是《等待野蛮人》的一个重要的思想基础，库切的思考非常宏大，不仅仅指向了南非的现实语境和当今世界的政治格局和权力关系，而且从更深层意义上，包含了作家对整个人类历史进程演变规律这一"大历史命题"的深沉思考。整个故事是按照四季循环的顺序来进行的：故事开始时是秋天，经过了冬、春、夏，结尾时则是秋末冬初，正是经历了一年四季之后，又开始了新一轮的循环。在人类的大文化背景里，四季循环是一种历史循环的喻象。在叙述者"我"（行政长官）的认识里，文明与野蛮是错位的，"我"没有见到野蛮人切实的野蛮，可却多次亲眼见到文明人在对手无寸铁的人进行折磨和残杀，是文明人在掠夺别人的财产、强奸别人的妻子、在市场上缺斤短两而又欺行霸市，也是他们在破坏着边区小镇的生态环境，文明历史的获致伴随着野蛮的暴力，在这样的叙述中，文明与野蛮的边界变得模糊。在库切的思考里，文明与野蛮的力量关系只是相对的，暂时的，在整个历史进程里，历史在以循环更替的方式演示着权力关系。当行政长官站在一片文明的废墟上，不禁遐想到："也许在那大房子地底下十多英尺深的地方，还有一个被野蛮人摧毁了的堡垒废墟，原先居住着这样一些人，他们还以为自己可以安全地躲在高墙后面呢。也许我现在站立之处正是一所法院的楼顶，如果是这样的话，那我就是站在一个像我一样的地方治安长官的头顶上。"① 摧毁了这个被淹没的文明的正是曾经被他们视为野蛮人的人，曾经的野蛮人成为了历史的主宰而变成了文明人，历史正是在这样交替着，帝国对野蛮人的征伐正是又一次的历史演替。行政长官站在沼泽地里想象乔尔上校在沙漠里追剿野蛮人的情景："出鞘的利剑朝着野蛮人一路杀戮，一直杀到最后一个命中该死的野蛮人……登上金碧辉煌的夏宫，推翻那个象征着江山万代的虎踞金球的宝座，他麾下的士兵们向他欢呼，朝空中鸣枪庆贺。"② 在行政长官的想象中，野蛮人竟然变成了修建夏宫——灿烂文明象征的中国大清王朝，而昔日的大清王朝也曾经以泱泱大国自称，使周围的蛮夷之族臣服于自己的权杖之下，而今沦落后却被视为野蛮，兴亡的更替遵循着一种成者王、败者寇的霸权历史逻辑。《等待野蛮人》的结尾虽然并没有

---

① J.M. 库切：《等待野蛮人》，文敏译，浙江文艺出版社 2004 年版，第 20 页。

② 同上书，第 178 页。

确切地告诉人们什么，但又似乎暗示着充满文明与野蛮之争的历史的再一次重新洗牌。

从《铁器时代》的书名中，就可以见出库切所受古希腊的历史循环论的影响：赫西俄德在《农作与时日》中，提出人类历史实际上是一部人类在道德上不断堕落的历史，先后经历过幸福的黄金时代、次等的白银时代、青铜时代和互相杀戮的铁器时代（在青铜时代和铁器时代之间是半人半神的英雄时代），历史就是这四个时代的不断循环更替。《铁器时代》中对种族隔离末期南非暴力现实的描绘，暗含着库切这样的认识：南非现在正处于互相杀戮的铁器时代，在这样一个时代中，暴力引发暴力，并导致人类道德和价值的失落。这种人性的极度堕落不仅表现在屠杀黑人少年的白人士兵的冷漠无情上，而且表现在受暴力教育之下的黑人孩子们对他人的不尊重和对自己生命的不珍惜上。女仆佛罗伦斯的儿子和他的朋友肆意殴打、侮辱流浪汉维库艾尔，佛罗伦斯不仅不责怪他们，反倒为他们辩护，柯伦太太不由感慨，父母时代的结束使孩子们丧失了人性的准绳，丧失了悲悯之心，变得像铁块一样冷漠，"铁块一般的孩子，我心想。佛罗伦斯自己也像铁。铁器时代。后面是青铜时代。要过多久，在他们的循环里，才会回到柔和一点的时代？粘土的时代，泥巴的时代？"①柯伦太太对南非种族隔离社会的终结进行了展望；"当我走过这片土地，这个南非，我有一种汇集的感觉，仿佛走在无数的黑面孔上面。他们死了，可是他们的精神没有离开他们。他们躺在那里，沉重而执拗，等待我的脚走过去，等待我离去，等待再一次被高举。几百万个铣铁的雕像，飘浮在大地的皮肤底下。铁的时

---

① 柯慈：《铁器时代》，汪芸译，台北天下远见出版股份有限公司2001年版，第69页。

代等待着卷土重来。"① 这个预见并不像初看起来那么乐观，柯伦太太一方面预见到了黑色复仇大军对迫害、剥夺他们的白色政权的颠覆，另一方面也充满了对新的历史暴力的轮回即将开始的忧虑。

如果说暴力历史对自身的重复在《铁器时代》中还只是一种预见，那么在《耻》中则变成了南非的现实。颇有意味的是小说中发生的两次强奸事件，这两次强奸都是男性对女性的暴力侵犯。不同的是，加害者和受害者的位置发生了颠倒，前者是白人教授对处于弱势的有色人种的学生的侵犯，后者是三个黑人对只有老父陪伴的白人女性的侵犯。这种历史场景的重复是在叙述的表面之中的，除此之外，作品还有一些对潜在的历史重复的指涉。针对卢里和露西父女的抢劫事件与当年白人殖民者放火烧掉黑人的房子、将他们驱赶出自己的家园、强奸他们的女性、霸占他们的财产的场景异常相似；受害者的无处求诉、警察的消极怠工与种族隔离时代饱受迫害的黑人们的遭遇如出一辙。在将角色进行大翻转之后的历史又陷入了对自身的循环，难道历史的更替只能以暴力作为动力，以有权力的人对没有权力的人的权力强加为形式？超越了"铁器时代"的南非进入的就是这样一个同样充满恐怖与暴力的"青铜时代"吗？刚刚走出种族隔离阴影的南非非要再次陷入历史的暴力循环吗？有没有另外一种可以代替暴力的历史动力？应该建立怎样的一种历史的伦理才能使后种族隔离时代的南非走出暴力的阴影？睿智的库切陷入了深沉的对历史问题的思索，这些问题的敞开一方面出自对南非现实问题的敏锐和责任意识，另一方面也是对整个人类历史价值和历史伦理的冷峻

---

① 柯慈：《铁器时代》，汪芸译，台北天下远见出版股份有限公司2001年版，第185页。

审视。

库切的作品中表现出的历史循环论是复杂的。一方面，他以历史循环论作为武器向欧洲建立在启蒙理性基础上的历史进化论挑战，另一方面他也认识到历史循环中的暴力动力使历史的兴亡更替缺失了一个道德的维度，只有建立起一种新的体现人性价值的历史伦理，才能够使依旧在暴力的泥潭中苦苦挣扎的后种族隔离时代的南非走出历史的阴影，使整个人类的历史摆脱暴力的轮回。虽然对于这种新的历史伦理的内涵，库切并没有给出明确的答案，但是在他的作品和学术思考中，我们可以看到库切的同情总是在被剥夺、被损害的弱势群体一边，或许库切认为这可以构成判断历史正义性的一个标准。正是对新的历史伦理的呼唤使得库切的历史思索摆脱了大多数历史循环论者所容易陷入的历史虚无主义。

综上所述，库切的历史观是极为复杂的。他一方面深受后结构主义思潮的影响，向传统的大历史权威挑战，在南非后殖民语境中，这种挑战具有颠覆文化霸权的意义。另一方面，库切的历史思索建基于对后种族隔离时代南非的当下问题和人类的整个历史境遇忧虑的基础之上，因而显示出了作为知识的生产者的当代知识分子深沉的时代责任感和历史忧患意识。

第二节　帝国历史叙述的解码

从根本上说来，后殖民写作所做的主要工作，就是细审殖民关系并与之进行对抗。虽然说帝国话语与殖民话语在语义上并不完全等同，但在后殖民文化批评和后殖民文学研究中，这二者却是密切关联，很多时候是被混同使用的。

帝国的历史叙述，实际上是为自己生产意义并将之强加于殖民地人民的过程。它作为殖民主义事业的一个重要组成部分，在打造殖民主义意识形态，实现比军事殖民、经济殖民更重要的文化殖民方面，发挥着巨大的作用。对此，戴安娜·布莱顿总结道："在整个殖民主义领域，欧洲人的文本和他们的小说，犹如他们的枪一样起着决定性的作用。"[①] 博埃默更是一针见血地指出："殖民化的过程就是用生命、用资产，而首先是用意义来进行的一场赌博和试验。"[②] 毋庸置疑，帝国要通过强力来占有殖民地的土地和财富，但同时他们的霸权，"也是通过无以数计的文化形式，通过文化象征层面上的炫耀和展示，才得到肯定、认可和合法化的"。[③] 尤其是到了 19 世纪末期以后，帝国越来越倚重于文化的层面。在各种形式的帝国叙述的共同作用下，殖民者借助各种话语策略创造了一个帝国历史的白色神话。神话的制造从来都不是没有目的的，牛津英语辞典对神话的定义是："一个被讲述的故事，以使社会秩序或人类经验的某些方面合理化。"汉瑞·图道尔认为："我们在一个神话中发现的世界的观点总是一个实践的观点。它的目标是提倡一种行动的方向，或使对存在的实践的状况的接受合理化。"[④] 罗兰·巴特说过，神话（以及使神话得以长期存在的东西）能够不断繁衍自身。他直接称神话

---

① 戴安娜·布莱顿、海伦·蒂芬：《西印度群岛文学与澳大利亚文学比较》见巴特·穆尔-吉尔伯特编撰《后殖民批评》，杨乃乔、毛荣运、刘须明译，北京大学出版社 2001 年版，第 290 页。

② 博埃默：《殖民与后殖民文学》，盛宁译，牛津大学出版社 1998 年版，第 14 页。

③ 同上。

④ 转引自 Susan Vanzanten Gallagher, A Story of South Africa: J. M. Coetzee's Fiction in Context, Harvard University Press, 1991, p. 24。

为"隐蔽的说客"。① 欧洲的帝国神话的目的性尤为明显，它的核心内容不外乎是建立一个中心与边缘的隔断的空间，安置宗主国的主人和附属国的臣民，使西方人对异域空间和文化的侵犯合理化、合法化，甚至是崇高化。对于南非来说，这个帝国历史的神话既是波及全球的抽象的欧洲帝国的寓言，又有具体的指向：阿非利垦人的建构起来的使阿非利垦人民族主义和种族主义意识形态合理化的民族历史神话（这一民族神话依然是以种族、肤色为基础的帝国神话的一个组成部分和地域化的体现）。库切指控这一由官方历史保存和讲述的神话，称它"是一个由为 20 世纪民族主义政治服务的历史学家所选择的过去的碎片组成的大厦，这些碎片被放在一起，是为了支持一个特定的政治群体，并使这一群体的行为合理化"。② 库切清醒地认识到帝国历史神话的意识形态工具的实质，在多部作品中审视这一神话制造的过程，揭示帝国历史叙述的话语特征，以达到最终解构帝国的白色神话的目的。为了达到此目的，库切采用了戏仿、寓言、重复等文学手段。

一　18 世纪的旅行叙述

由于各种各样的文化形式参与了帝国权力话语的建构和殖民压迫，文化帝国主义就成为帝国主义的一种重要形式，在帝国的事业中，其影响由于深入到受支配国家人民的意识形态深处，所以与军事殖民、经济殖民相比，更加难以消除。这样，这些国家

---

① 转引自夏光《后结构主义思潮与后现代社会理论》，社会科学文献出版社 2003 年版，第 92 页。

② Susan Vanzanten Gallagher, A Story of South Africa: J. M. Coetzee's Fiction in Context, Harvard University Press, 1991, p. 25.

对于帝国的抵制"不仅是对真正的有形世界的控制，而且还需在象征的层面上实行，也就是说，由于殖民权威是要通过表征中介来实现其控制的，所以一部殖民文学作品也会发挥出权力的功能"。[①]

《黄昏的大地》中的两个故事，拥有一个共同的主题，即揭示殖民权力的操作和帝国历史神话的制造过程及其对人的心理和思维的影响，正是在这一点上，两个貌似不相干的故事被连接在了一起，放在了同一文本之中。"雅各布·库切的叙述"通过对从南非早期书面文学中就开始流行的旅行叙述的戏仿，矛头直指阿非利垦人的民族主义的白色历史神话，"越南计划"则通过对因献身于官方策划的旨在在文化上征服越南人的"越南计划"而导致自我崩溃的道恩的叙述的追踪，揭示媒介在帝国历史的意识形态制造中所发挥的重要作用。

在后殖民文化理论家们看来，欧洲人的旅行叙述帮助了殖民化的进程。为了贸易和获取异域国家的财富，欧洲人深入亚洲、非洲和美洲大陆的神秘腹地进行探索，在旅行途中和回来以后，记录下并向自己的同胞汇报所见所闻，他们的记录、回忆录和报道又激起了西方地质学家、人种学家和探险家们对陌生的土地的兴趣，这种兴趣直接导致了后来的殖民征服。欧洲人来到异域的世界，见到的都是与他们自己的形象截然不同的东西，他们所谓的真实的记录完全是按照自己的理解和为了自己的目的而作的主观描述，是自己意识和欲望的投影。这种投影式的旅行叙述便于携带欧洲的文化阐释，在帝国的统治过程中不断地进行自我复制和填充，"在一而再地反复使用过程中，渐渐地形成了认识和理

---

① 博埃默：《殖民与后殖民文学》，盛宁译，牛津大学出版社 1998 年版，第 56 页。

解其他国度的既定程式"。① 众多欧洲作家和文本都推动了这种
"隐喻的漫游",虽然旅游的地域千差万别,但意义却在不断重复
自身,这些有着惊人相似性的文本因而成了西方的文化象征,能
够激发帝国的潜能,成为帝国神话制造的重要组成部分。

"雅各布·库切的叙述"是一部 18 世纪阿非利垦人探险家深
入南非腹地的探险回忆录,它以盛行于 17 世纪和 18 世纪的关于
开普地区的探险家们的旅行叙述为基础,容纳了旅行叙述的几乎
所有程式和象征结构。获取象牙,是这次探险的直接动力。它充
满了对野蛮人的类型化描写,而且像所有的旅行叙事一样,雅各
布的旅途充满威胁,这威胁既来自不熟悉的地貌,也来自遭遇的
非洲土著那令人不安的难以捉摸。然而这种威胁都最终被帝国的
"探险英雄"所克服,枪是征服的主要物质介体,西方的"进取
心和努力"则被雅各布视为保障远征成功的精神力量,基督教则
是探险者的主要精神武器。雅各布明确提出:

> (基督教是)将我们与霍屯督人分开的一个深沟。我们
> 是基督徒,是上帝的特选子民。他们也变成了基督徒,但他
> 们的基督教是一个空洞的词。他们知道被施洗礼是一个保护
> 自己的方式。他们并不愚蠢,他们知道当他们指责你错待一
> 个基督徒时,他们会赢得同情。另外,是一个基督徒还是一
> 个异教徒对他们来说没有任何差别,他们会愉快地唱你的圣
> 歌,如果这意味着他们可以用你的食物填满自己的肚子来度
> 过星期天的剩余时光。②

---

① 博埃默:《殖民与后殖民文学》,盛宁译,牛津大学出版社 1998 年
版,第 19 页。

② J. M. Coetzee: Dusklands, Vintage, 1998, p. 57.

基督教作为差异的根源，既是一种权力，也是一种征服的力量：上帝的特选子民的身份（与之对照的是：异教的、劣等的、野蛮的、肮脏的、懒惰的、不负责任的土著）给了阿非利垦人的优越感以意识形态的基础，同时也在欧洲人的殖民侵略与基督徒对异教徒的征服和消灭之间画上了等号，从而使阿非利垦人的白色帝国的殖民事业合理化甚至神圣化。雅各布既是基督教意识的产品，又有意识地把基督教当作征服的精神工具来使用。他将自己视为上帝意志的体现者和命令的执行者，甚至幻想自己就是上帝自身，他向哄抢他的烟草的纳马曲亚（Namaqua）人传教，俨然是一个和平的使者，他的掠夺和征服的行程伴随着他的哲学玄想，他将一只兔子的死亡视作拯救的逻辑：

> 因为不管他是在那儿活着还是正在进入死亡的客体世界，我都满意；或者他正在我的里面活着，不会在我里面死去，因为我们知道没有人曾经恨过自己的肉体，肉体不会杀死自身，每一次自杀都是从牺牲者那儿发出的对谋杀者的另一的宣称。这只兔子的死亡是我的形而上学的肉，就像他的肉体是我的狗的肉食一样。[1]

雅各布的意思是说，哪怕一只兔子的死亡都体现了上帝的意志，上帝有权决定每一个自己创造的生命的生死。在这一拯救逻辑之下，雅各布把被他屠杀的霍屯督人的死亡也看作是上帝的安排，"他们死于一阵恐惧的风暴，什么都不理解。他们是智力受

---

① J. M. Coetzee：Dusklands，Vintage，1998，p. 79.

限和存在受限的人。他们在我将他们逐出我的头脑中的那一天死亡"。[1] 雅各布在这里偷偷地将殖民者和上帝进行了置换，这一置换掩盖了殖民掠夺的暴力和屠杀的血腥。因为这一置换只是在白人探险者自己头脑里发生的事情，握着枪的手是实实在在的殖民者的手，基督教明显是欧洲侵入者获得权威性所利用的一件工具。

欧洲的旅行家们惯于用文字重现自己的行程路线，其用意是将自己的历史插入被探索的大地，将他们发现新大陆的日期定为这块大陆历史纪元的开始，仿佛这块大陆是因为他们的到来才存在，之前的历史则被抹杀。这既是对异域时间的剥夺，也是对其空间的吞噬。雅各布的叙述也加入了这一对殖民地时空进行占有的象征体系：他认真记录每天的行程，为每一处到达的地方命名，描绘那里的地形地貌，为每一个发现的非洲的物种搜索欧洲分类学中的种类所属，以已知的知识去包容未知，以欧洲去覆盖非洲。然而异域的土地毕竟充满了太多的未知，欧洲的知识没有广博到对之进行完全的阐释，欧洲的力量也没有强大到使之完全驯服，对此尴尬，欧洲人的做法是让自己不能理解、不能拉入自己的殖民阐释体系的、不驯服的、于己不利的东西消失：因为想象中的主人自我的完整性在霍屯督人的村庄受到了破坏，雅各布干脆杀死破坏他的权威的所有霍屯督人，包括背叛了他的四名仆人，将村庄一把火烧掉，将它夷为平地，让它从地球上消失。对自己的这一行为，雅各布的意图很明确："如果霍屯督人包含了一个巨大的快乐的世界，这一世界对像我这样的人来说，是一个无法穿透的不可理解的世界，对于这一世界，我们必须或者予以回避，这是在逃避我

---

[1] J. M. Coetzee: Dusklands, Vintage, 1998, p. 10.

们的使命，或者将其清除。"①

雅各布的叙述显示了他控制、书写异域历史的需要，明显属于为制造民族主义白色神话服务的欧洲旅行叙述的文本系列，这种加入不是偶然的巧合，而是一种有意识的模仿。雅各布在组织自己的叙述的时候，在他的面前存在着众多的历史文本以供参照，当然这种参照在他的叙述中是要隐藏起来的，但是有时还是会跳出叙述的表层：当他在远征途中第一次遇见一群霍屯督人（雅各布称他们为野生的霍屯督人，以与他带来的那些被驯服了的霍屯督仆人相区别）时，雅各布意识到他的奇遇会有许多种可能，他的头脑中出现了许多纷乱杂陈的意象，这些意象都是来自不同的旅行叙述作品的陈词滥调，在众多可能性中，雅各布镇静地考虑自己可能采取的路线：

> 在内心深处，我冷静地思考无休无止的内陆冒险的不同的路线：遵守的命令，内部的争论（反抗？屈服？），手下转动他们的眼球，节制的言词，平静，快速的行进，隐藏的峡谷，宿营，灰胡子的酋长，奇怪的人群，欢迎的话，紧张的声调，和平！烟草！火器的展示，敬畏的咕哝，礼物，报复的男巫，庆祝，过量供应，黄昏，被挫败的谋杀，黎明，再见，滚动的车轮，遵守的命令，内部的争论，转动的眼球，紧张的手指，射击，痛苦，突击，炮火，匆忙的离开，追逐的游牧部落，向河流行进的一批人，遵守的命令，内部的争论，漫不经心地扔出的刺中要害的长矛，逃跑的手下，穿过肛门的杆子，野蛮人营地上的肢解仪式，喂给狗的四肢，给第一个妻子的生殖器，遵

---

① J. M. Coetzee：Dusklands，Vintage，1998，p. 106.

守的命令，内部的争论，怯懦的反击，健忘，阴暗的帐篷，被捆绑的双手，打瞌睡的看守，逃跑，半夜的追逐，被挫败的狗，阴暗的帐篷，被捆绑的双手，不安宁的睡眠，黄昏，黎明，献祭的仪式，男巫，巫术的竞赛，天文历书，中午的黑暗，胜利，被尊为半人半神，对部落的统治，有趣而乏味，带着无数的牛返回文明……①

这段描述至少包含了四种欧洲旅游者与土著遭遇时的完整的情节，这些可能的情节都是来自欧洲的旅行叙述，库切对各种各样的旅行叙述所作的镶嵌混成使雅各布的沉思成为"白色写作"的一个缩影。这些叙述将被沉默化的土著居民强行嵌入欧洲人的话语，因而完全是具有浓厚主观色彩的浪漫化的虚构，阿兰·卡迪纳（Allan Gardiner）指出："殖民话语的这一方面并非源自对真实的殖民经验的再现，而是源自（欧洲的）公共象征秩序。"②很明显，雅各布对这些旅行叙述中的程式化的情节的搜寻，也是为了建构起现实的殖民秩序和帝国历史权威的神话，他的叙述自觉地进入了殖民话语的象征结构。

谁在言说决定着谁掌握着权力，在这一意义上，"雅各布的叙述"就是一次阿非利垦人的权力运作，雅各布的叙述有没有可信性？作为文本话语的真正编织者，库切的回答是否定的。库切在"雅各布的叙述"中，模仿欧洲的旅游叙述模式及其象征结构，用意不是为了支持和添加，而是为了削弱乃至颠覆帝国的话语霸权，他的模仿是反讽性的。雅各布虽然将自己表现为一个客

---

① J. M. Coetzee: Dusklands, Vintage, 1998, pp. 65—66.

② 转引自 Susan Vanzanten Gallagher, A Story of South Africa: J. M. Coetzee's Fiction in Context, Harvard University Press, 1991, p. 66。

观的、可靠的、无所不知的叙述者，但他却无法摆脱是他在控制着叙述的事实。雅各布对话语的操控、对叙述的选择主要通过他的自我表演显示出来，但是重复的技巧，也在很大程度上破坏了"雅各布·库切的叙述"的稳定性和可靠性。

重复，首先表现在文本内部情节的重复上。最显见的、也是最能引发研究者兴趣的重复，是关于唯一跟随着雅各布离开霍屯督村庄的仆人——克拉沃的死亡的叙述。一种描述是在主仆二人穿越"大河"时，克拉沃被急流冲走，淹死了；另一种描述是穿越大河以后，克拉沃患上重病，雅各布将克拉沃抛弃在一个山洞里，独自离开了。卡拉吉赫（Gallagher）指出："对克拉沃死亡的不同描述不仅是强调叙述的虚构性的装置，而且正如彼德·柯诺克斯-肖所说，它的'意图在于警告我们：唯一的见证者可以轻易篡改对自我表现有关的事实'。作为全能的历史的记录者，雅各布可以以任何他喜欢的方式建构历史，我们在他的叙述权力面前是无助的。"[①] 的确，由于克拉沃的死亡事件是由雅各布告诉大家的（其实整个探险过程都是），所以我们没有办法知道事情的真相，我们"只能知道他选择告诉我们的故事"。[②] 在两种描述中，克拉沃的死亡似乎都没有雅各布的责任，反倒突出了仆人对主人的忠诚和主人对仆人的高贵的友谊，尤其是对两人在山洞里分手的场景的描述，令人感动："我为他做了必须的所有事情。我设置了防风篱，我收集了柴禾和我所能认识的所有可以食用的植物。'再见，主人'，他说，他哭了，我的眼睛也湿润了。

①　Susan Vanzanten Gallagher, A Story of South Africa: J. M. Coetzee's Fiction in Context, Harvard University Press, 1991, p. 66.

②　Ibid. , p. 67.

我步履艰难地走开了，他挥手告别。"①雅各布抛弃克拉沃，据雅
各布自己所说，是出自理智的衡量，因为如果和克拉沃在一起耽
误行程，意味着两个人的死亡，但如果自己先行离开，可以尽快
到家，再找人来救克拉沃，这一计划本身无可厚非，但耐人寻味
的是，此后，克拉沃便在雅各布的叙述中消失了，叙述中没有任
何迹象表明雅各布去兑现那种"西方的诺言"，而且，在离开了
克拉沃之后，雅各布的情绪突变，由依依不舍的别情转变为从
"七天的观察的眼睛和倾听的耳朵"中摆脱出来，获得自由的酣
畅，这种情绪的突转不符合常理，最合理的解释就是雅各布隐藏
了什么，而这些被隐藏的东西肯定是对自我的形象和白色民族主
义事业不利的。

重复，还表现在对前在旅行文本的借用和模仿上。根据克诺
科斯-肖的观察，《黄昏的大地》中的许多细节，包括文本的另一
层叙述者 S. J. 库切博士所作的一些脚注，都是取自约翰·巴罗
的《南非内部的旅行》和布林克（Brink）的游记，而小说中的
许多分析则与利·维兰特在他的两个系列的航海日志中的评论相
对应。②大卫·阿特瓦尔、卡拉吉赫、米切拉·坎尼巴里-拉比
布（Michela Canepari-Labib）等研究者都对科诺克斯的观察予
以认可，并在他的研究的基础上，对"雅各布·库切的叙述"的
情节和表现的观念的来源进行拓展性研究。比如说，阿特瓦尔又
提出 S. J. 库切的评论的材料来源于 N. A. 库切在 1958 年发表在
《历史》期刊上的一篇题目为《雅各布·库切：穿越纳马科瓦大

---

① J. M. Coetzee: Dusklands, Vintage, 1998, p. 95.

② 参见 Michela Canepari-Labib: Old Myths-Modern Empires: Power, Language and Identity in J. M. Coetzee's Work, Peter Lang, 2005, p. 126.

陆的布尔先行者》的论文。对前旅游文本情节和观念的重复，则表明整个叙述只是一种有所选择的虚构，而并非像雅各布自己竭力想表明的，是一种历史的记录。

重复，在更深层上，表现在文本结构自身的重复上。正是通过四个叙述者对同一历史事件的叙述的对照，库切展示了帝国白色神话的制造过程和帝国历史的意识形态性和虚构性的实质。

二 20世纪的媒介帝国

《黄昏的大地》中的两个部分都巧妙地运用了戏仿的文本策略："雅各布·库切的叙述"是通过对18世纪阿非利垦人的旅行叙述的戏仿来颠覆西方的白色历史神话，"越南计划"则是通过对20世纪后期西方的新帝国——美国在越南战争期间的文化语境的戏仿来揭示帝国历史的神话制造。通过戏仿，库切揭示了帝国历史叙述和文化语境对大众意识形态的塑形作用。

在众多打造帝国意识形态的文化形式中，库切在"越南计划"中特别批判性地分析了媒介的作用。媒介在文化帝国主义的构成中所发挥的重要作用，近些年来越来越引起学者们的关注，费杰士（Fred Fejes）、许勒（Herbert Schiller）、撒马拉吉瓦（Roban Samarajiwa）、道法曼（Ariel Dorfaman）、伊恩·安格（Ien Ang）、詹姆逊（Jameson）等学者从各个角度对此问题进行了论述。他们的观点虽然千差万别，但有一点认识是共同的：即在现代化社会，包括广播、电视、电影、书刊、学术、广告、流行音乐、通俗文化等在内的媒介已经取代了其他传统的文化渠道，成为文化传播的主要途径。霍尔提出，现代媒介的首要文化功能，是"提供并选择性地建构了'社会知识'、社会影像，透过这些知识与影像我们才对于'种种世界'、'种种人们曾经生活过的实体'，产生认知，透过这些，我们也才通过想象建构他们的及我们的生活，使之合并为可资理解的'整体的世界'"。[①] 关键的问题在于现代传媒承载的主要是谁的文化，谁的文化被广泛传播？持"媒介帝国主义"观点的学者们强调："现在美国跨国公司的媒介，在全球舞台上占了支配性的地位，并在现代社会媒介在文化领域已经取得了决定性的和关键性的领导地位。原子化的社会关系下，大众媒介是使人能察觉到一个社会整体的主要管道，媒介其实已经扮演了一个管理者的角色。因此，美国媒介霸权地位就意味着一种文化的支配。"[②] 确实，美国作为现代社会媒介技术的主要操控者，不仅通过媒体的反复灌输和传送，塑造了本国人的意识结构和认知结构，而且在输出技术及其产品的同时，也将西方的价值观、消费观、生活模式、制度模式等渗透到第三世界国家。这种渗透的力量是巨大的，它悄悄地破坏着第三世界国家人们的文化结构和文化自我意识，最终实现帝国的文化征服和文化支配，所以媒介并不是如汤林森所说，是中性的，而是具有浓厚的意识形态色彩，是现代帝国主义历史神话制造所利用的主要工具。

与雅各布·库切对自己的主人神话的确信不同，道恩对自我的认识充满迷惑，他的自白主要是进行自我分析，基于此，卡拉吉赫指出，以文学类型来划分的话，"雅各布·库切的叙述"是回忆录，"越南计划"则是自白书。在自白的结尾，道恩提出了一个问题："在位于美国中心的我的单人病房里，角落那儿有一个私人卫生间，我想啊想啊。我满怀热情地希望发现：我到底是

---

① 转引自汤林森《文化帝国主义》，冯建三译，上海人民出版社1999年版，第119页。

② 赵修艺：《解读汤林森的〈文化帝国主义〉》，见汤林森《文化帝国主义》，冯建三译，上海人民出版社1999年版，第8页。

谁的错误。"① 虽然问题在最后提出，但是其实整个叙述都是在围绕着这一问题展开，库切的答案是：是媒介帝国主义酿成了道恩扭曲了的自我。

越南战争期间，库切正在美国，他亲身体会到了那场战争中媒介宣传的巨大作用。他的第一本小说出版之后不久，在一次访谈中，库切特别提到了在越战期间，铺天盖地的媒介覆盖对美国大众和他自己的影响，他认为，通过媒介，战争"被出售"给美国公众，甚至"所有关于战争使道德心干枯的谈话自身就是出售的一部分"。② 媒介煽动起了美国大众对美国战争机器的技术能力的自信、投入的狂热和某种程度上的对暴力的欲望。在这次访谈中，库切还提到："我特别相信在小小的荧屏上电视直播的空袭的影响。暴力冲着你喷发，成千上万吨的炸弹坠落。"③ 人们的意志很难将媒介不断传送的信息全部拒之门外。作为暂居在美国的南非人，库切亲身感受到了媒介所使用的话语的霸权性质，在"越南计划"中认真剖析了媒介话语是怎样"书写"美国大众的。通过道恩之口，他提出：

> ……特别是对炸弹的吨位和目标的描述，我没有反抗的能力。不是信息自身，被我没有到过的地方的名字所干扰不是我的天性——但是统计的主人的直率的、不可否认的声音自身，召唤起我的仇恨的骚动，这种骚动可能对大众民主是独一无二的，它将血液和胆汁吸入我的头脑，形成一个漩

---

① J. M. Coetzee: Dusklands, Vintage, 1998, p. 49.

② 转引自 Susan Vanzanten Gallagher, A Story of South Africa: J. M. Coetzee's Fiction in Context, Harvard University Press, 1991, p. 52.

③ Ibid.

涡，使我不适合做连续的思索。收音机的信息，我从实践中
得知，是纯粹的权威。……另一方面，印刷品是虐待狂，它
适当地引起恐惧。报纸的信息是："我可以说任何事情而不
为它们所动。当我变更我的 52 个没有情感的符号时请注
意。"印刷品是拿着鞭子的严厉的主人，对印刷品的阅读是
眼泪汪汪地对怜悯的搜寻。作者在它面前被降低到跟读者同
样的程度。色情文学作家是注定的新贵，因为它鼓动起狂喜
的兴奋，以至于印刷品的表面都会在他的话语之下爆裂。对
印刷品的阅读是一个奴隶的习惯。①

所谓"奴隶的习惯"，也就是说，对媒介的接受是纯粹被动
的过程，而且这一过程是在无意识之中，潜移默化地发生的，但
却具有改变人的灵魂的作用。

道恩，首先是媒介帝国的产品和牺牲者。道恩倾向于在公众
的文化语境之中表达自己的生活，他的妻子认为他的病因是在于
他所从事的工作，对此他予以否认："不，如果我将自己的身心
贡献给某种虚构或其他的什么东西，难道我就不能选择一些虚
构，但这些虚构是我自己的，我依旧是我的灵魂的船长。"② 表
面上看来，这是道恩对将自己纳入公众话语系统的拒绝，但实际
上这些话恰恰表明了美国式的个人主义观念已经书写了他。作为
新帝国的子民，道恩被媒介符号所包围，无处逃避，他对此有着
清醒的认识，"罪恶正在通过电视网络进入我们的家里。我们在
来自最黑暗的角落里的野兽的玻璃眼睛的注视下用餐。美味的食

---

① J. M. Coetzee: Dusklands, Vintage, 1998, p. 14.

② Ibid., p. 10.

物从我们的咽喉掉落进腐蚀的小水潭。承受这样的痛苦是不自然的"。① 他对媒介的强行侵入感到痛苦和不情愿,但还是被无处不在的媒介话语所俘获,在下意识中,他的自我建构在各种各样的美国流行文化的碎片之上,他的陈述充满对美国的电影、电视节目、廉价小说、流行心理学、时尚商品、妇女杂志和当代文学的回声:他的妻子叫"玛丽莲(Marilyn)",是一个高个子的金发碧眼女人,很容易让人联想起美国著名影星玛丽莲·梦露的神秘。道恩和妻子的婚姻生活并不协调,他怀疑妻子有外遇时,他打电话给她,"她拿起电话时,我就放下电话,就像报纸所描写的那样,呼吸沉重"。② 有一天,妻子没有接电话,他"就像是在一部描写一家之主因为偷看自己的妻子而被逮捕的小说里那样"③,站在卧室的窗户外侦察他的妻子,试图发现偷情的蛛丝马迹。早晨,是他平常用于写作的时刻,当他写不下去时,他会拿出他收藏的几张照片,这些照片会"给我的想象带来微弱的电的刺激,而这点刺激是我的想象重新自由释放所必需的"。④ 第一张照片是一个美国士兵和一个孩子般的越南女性在做爱的场景,道恩给这张照片起了"父亲和孩子作乐"的标题,这张照片传达出的信息是美国人是强壮的,父性的,因而代表着权威,而越南则是弱小的,有着孩子般的无知,因而必定是从属的。第二张照片中的人物——两个美国士兵手里拿着三个越南人的头颅,这张照片宣传的是美国力量的强大和技术的先进;第三张照片取自一部美国电影,占据中心的是一个被关在笼子里的越南囚徒的

---

① J. M. Coetzee: Dusklands, Vintage, 1998, p. 48.

② Ibid., p. 33.

③ Ibid.

④ Ibid., p. 13.

模糊身影，这张照片显示的东方的神秘，刺激起西方人探索的欲望和因无法进入而变得愤怒的情绪。就是这几张体现出明显的帝国意识的照片，能够刺激道恩的西方式的想象，帮助他完成"越南计划"。这一切都在说明，美国社会的媒介叙述，已经构成了道恩的自我。他有意识地按照流行的公众文化所需要的，将自己设想为被背叛的丈夫、尽职尽责的职业人、关怀的父亲、正在进行战争的强大的美国公民，然而他也知道，每种形象都只不过是一种摆出的姿态，他只是在按照社会话语的要求在扮演各种角色而已，而真实的自我早已被各种文化的力量所撕碎。

作为一个后现代人，道恩知道权威不是自然存在的，而是被构建的。但是他却对这种被构建的权威表示尊重，愿意按照权威的指令行事：他的上级批评他的文章，这令他想到这很可能是"位置受到直逼而来的下级的威胁的官僚的反应"，但这种想法并没有给他带来安慰，因为"他对我有权力。我需要他的赞许。我不能假装他不会伤害到我。与他的恨相比，我宁愿要他的爱。违抗不会轻易地在我身上发生"。[①] 他掌握精神分析心理学的知识，被视为权威的《姿势心理学》的作者认为一个人蜷缩或握紧手指是沮丧的符号，虽然他知道这并不正确，最起码不符合自己的情况，但是因为该书的作者是"用权威的声音说话"，所以在和别人谈话时，他"有意识地让双手放松，甚至让它们下垂"来显示自己并不沮丧。意识到了媒介话语强行进入人的意识和自我的压迫性力量，但又没有能力摆脱，正是在这个意义上，道恩是媒介帝国的牺牲品。

与此同时，道恩又是媒介帝国主义事业的直接参与者和帝国历史神话的制造者。他的"越南计划"的报告是官方的"越南人

---

① J. M. Coetzee：Dusklands, Vintage, 1998, p. 5.

的新生活"计划的一部分，其主要目的是运用媒介宣传的力量实
施心理战：

> 在开展心理战方面，我们的目标是破坏敌人的士气。心
> 理战是宣传的反面功能：它的积极作用是创造我们的政治权
> 威是强大的、持久的信心。如果有效地开展，宣传战争会通
> 过缩小敌人的文明基础和兵源，使他的士兵在战争中军心涣
> 散，甚至可能开小差，来击倒敌人，而与此同时，强化我们
> 的人的忠诚。心理战的军事的、政治的潜力因此不会被过分
> 强调。①

道恩认识到征服一个民族，首先是要支配它的文化发展方
向。要做到这一点，就必须"要么从它的文化框架内部引导
它，要么根除它的文化，强加给它一种新的文化结构"。② 由于
在西方的东方学话语中，东方人的个人利益是从属于集体利益
的，所以道恩建议要在美国人和越南人之间建立一种家庭式的
父子关系。要做到这一点，就要通过媒体宣传，尤其是广播节
目。由于越南的主要广播电台使用的都是美国的技术指导，道
恩建议利用这一技术优势，让美国人在广播中发出父亲的声
音，而越南人在广播中则发出儿子的声音，以此来削弱来自越
南的抵抗意志。但是道恩的面前还存在着一个难题：即普遍存
在着的儿子推翻父亲统治，兄弟们共同掌握宇宙秩序的神话。
道恩建议要想赢得心理战，必须颠覆这一神话，建立一个反神
话的新神话，在这一新神话中，父亲的权威是不可挑战的。而

---

① J. M. Coetzee：Dusklands，Vintage，1998，p. 19.

② Ibid. ，p. 20.

在"儿子们拜倒在父亲的权杖之前，父亲不能做一个仁慈的父亲。"① 他必须让儿子们服从于自己的威力。在道恩看来，神话的重建在越南是没有问题的，"唯一的问题是胜利的问题"。道恩的"越南计划"的报告虽然只是在话语层次上的一种建构，但是具有权威性的话语本身就是一种控制的武器，道恩对自己无意识地刺伤他的儿子的过程的描述揭示了这一点，"拿着小刀就像拿着一支铅笔一样，我将它推了进去"。② 所以说，道恩的这份以学术研究的形式呈现的报告，一方面清晰地展现了帝国通过媒介进行神话制造的过程，另一方面也是帝国主义霸权征服行动的一部分。

虽然道恩这个形象是库切的虚构，但他的这份报告的内容却是来自现实的文化语境，大卫·阿特瓦尔经过缜密的比较，提出库切在"越南计划"中所运用的知识，来源于 1968 年出版的《我们能赢得越南战争吗：美国的困境》一书的观点，这本书是胡德森机构（Hudson Institute）对"国家安全和国际秩序"这一课题的系列研究的编辑整理。阿特瓦尔的这一观察是准确的，大多数库切研究者都对此予以了认可，人们普遍认为这本书为主人公道恩的自白提供了话语和认识论的框架。正是与现实文化语境和媒介资源的密切关联，"越南计划"对于现实中的媒介帝国主义具有重要的批判意义。

一方面是产品和牺牲者，另一方面是参与者和制造者，这种双重身份使得道恩的自我发生了分裂，他在努力按照媒介帝国的话语构建自己的同时，又不断地自我质疑、自我否定。对两个自我的存在，道恩是知道的：在介绍完"越南计划"的报告之后，

---

① J. M. Coetzee: Dusklands, Vintage, 1998, p. 26.

② Ibid., p. 42.

道恩表明如果需要，自己会加入美国的部队，成为一名"遵从事业的殉道者"，但他又紧接着说道：

> 如果你被那些拿着武器的人所打动，那么请你观察一下你的内心：一只诚实的眼睛会看到被打动的自我不是你的最好的自我。被打动的自我是背信弃义的。它渴望跪倒在奴隶面前，洗净这些让人避之唯恐不及的人们的伤口。黑暗的自我向羞辱和骚动努力，光明的自我则朝向遵从和秩序。黑暗的自我用怀疑和疑虑使光明的自我生病。我知道。是他的毒药在吞吃我。①

道恩也试图整合起破碎的自我意识，但因为他将对主流话语的遵从和对秩序的维护视作"光明的自我"，而将出自人性的反抗视作受压抑的"黑暗的自我"，他的认识论的根本依旧是在帝国的叙述之中，这注定了他无法实现最终的超越。

"越南计划"的结尾意义深远，"在美国的中心"这一地理空间的定位表明库切笔下的道恩形象是具有全美意义的，道恩的精神分裂仅仅是媒介帝国话语造成的美国国家精神分裂症的一个代表案例。

三 危机时代：晚期帝国的历史叙述

1980 年发表的《等待野蛮人》是库切第一部获得世界声誉的作品，故事发生在帝国的一个边疆小镇，时间是在帝国大厦即将崩溃的前夕，即晚期帝国时代。晚期帝国主义的主要任务由进攻转向了防御，此时的帝国意识简单来说，就是"如何确保政权

---

① J. M. Coetzee：Dusklands，Vintage，1998，p. 27.

的长治久安，避免分崩离析"。① 也就是说怎样才能够不死，怎
样才能够使帝国的时代长久，这种叙述想象了一个永恒的帝国的
存在。为达此目的，帝国必须消灭一切与自己为敌的对立面，或
使他们归顺，以巩固自己的帝国霸权。在这种叙述中，既有一种
天下无敌的霸权意识，同时也有一种不可理解的脆弱性，这两种
自相矛盾的意义纠结在一起，使晚期帝国的历史叙述成为一种矛
盾的结合。这种结合同时也提醒我们"脆弱"这一词语在帝国的
历史和叙述中一度曾变为一种伤害人的能力，因为在帝国的早
期，正是由于对自己的脆弱性和对难以理解的异域空间的恐慌致
使帝国虚构了野蛮人和异教徒的威胁论，并以此为借口进行军事
侵略和殖民征服。晚期帝国时代，这种自我脆弱性的内在恐慌依
旧是建构不败帝国的虚假幻象的主要动力之一，帝国的宏大叙述
背后自始至终隐藏的都是权力的操作。库切在《等待野蛮人》中
所做的，就是以不直接的、隐喻的方式对帝国晚期历史叙述背后
的权力系统进行审查。

　　晚期帝国面临许多问题，亟待解决。帝国最直接的做法是，
虚构一个对立面，通过叙述使之成为一个否定性的存在，衬托出
自己存在的合理性，并通过假想敌的存在激活帝国的活力。这种
帝国策略是《等待野蛮人》的同名诗所要揭示的主题，在小说
《等待野蛮人》中，库切也做了一针见血的总结："一方面，他们
处心积虑地追捕宿敌，到处布下他们的鹰犬；另一方面，则以灾
难滋养着自己的想象：城邦凋敝、民不聊生、饿殍遍野、千里赤
地。"② 帝国试图把自身的危机转嫁到野蛮人身上以解决自身的

---

　　① 　J. M. 库切：《等待野蛮人》，文敏译，浙江文艺出版社 2004 年版，
第 177 页。

　　② 　同上。

问题，因此制造出敌人，但事实却恰恰相反，正如行政长官所说："都是帝国造的孽！帝国造成了这段历史。帝国不让人们以顺天应时的方式过自己的小日子，而偏要制造大起大落的动荡让人们记住它的存在。"[①] 帝国四处寻找敌人，其实敌人就是帝国自身。在文本中我们注意到这样一个事实：所谓野蛮人构成对帝国的威胁、需要剿灭的言论也完全是由帝国自己构建出来的。我们找不到野蛮人来进攻小镇的任何确实的证据，人们只是通过帝国的说法和一些痕迹来进行推测，小镇上流传着各种各样关于野蛮人的传言，可是：

> 在这些动乱中我自己却什么也没见着。私下里我觉得这是每一个朝代必然要发生一次的事儿，必定是这样的，这是关于野蛮人歇斯底里的说法的一个片断罢了。边境地区的妇女们，没有一个不梦到有双黝黑的野蛮人的手从床下伸出来握住她的脚踝；也没有一个男人不被想象中这样的景象吓住：野蛮人跑到他家来闹宴，打碎盘子，放火烧帘子，强奸他的女儿。可我觉得这都是那些过得太安逸的人想象出来的……[②]

但是人们就凭着这种帝国的想象性叙述，把一切邪恶的行为往野蛮人身上推，一位刚刚来到小镇的军官谈到在来的路上，被一群野蛮人跟踪，"我"问道："你肯定它们是野蛮人吗？"他反问道："他们还可能是别的什么人？"[③] 当一群捕鱼人来到镇上，

---

① J. M. 库切：《等待野蛮人》，文敏译，浙江文艺出版社 2004 年版，第 177 页。

② 同上书，第 11 页。

③ 同上书，第 68 页。

虽然人们听不懂他们的语言，却纷纷问道："是不是被野蛮人赶出来的？""于是脸上做出愤恨的表情，在想象中营造着可怕的情形。可是没人问起帝国军队在干什么或是我们的人在河边灌木丛放火的事儿。"① 于是，在野蛮人持续的缺席状态下，在充满裂隙与空白的事件中，在先入为主的定见之下，帝国的文明特征被构建了起来，野蛮人的野蛮特性被固定了下来。这种产生于想象的帝国主义历史叙述当然是虚假的，不客观的，不可信的。但是这种虚假的帝国叙述却能影响甚至生产现实，帝国的特遣部队就是根据这些别有用心的传言发动了对野蛮人的追捕、审讯和清剿行动，破坏了小镇的安宁，扰乱了生活的秩序，"文明的黑暗之花"开放时，显示的暴力令人触目惊心。

　　为了维持帝国的历史叙述，帝国需要运用一系列的策略，乔尔上校作为帝国的代理人，他的行为很大程度上代表了帝国的权力运行方式。在整个小说中，乔尔上校的出现令人印象最深刻的，是他与刑讯室和酷刑折磨的密切关系。乔尔上校作为帝国权力体系的机构，他的行为作为一系列的表征性的符号，具有象征的意义。也就是说，乔尔上校的种种姿态实际上构成了一则"帝国的寓言"，是帝国的"象征性叙事"。刑讯室里施刑者和受刑者的关系最像殖民者和被殖民者的关系，施刑者掌握着权力话语，受刑者在痛苦的折磨下，逐渐被剥夺了自己言说的权利，沦为权力话语可以随意在上面书写的空白文本和帝国意志实现的物质载体。乔尔上校在刑讯过程中实践权力控制的方式，显示了帝国的历史叙述形成和对他者进行书写的过程，这一点，在他与行政长官的谈话中表达得非常清晰：

---

　　① J. M. 库切：《等待野蛮人》，文敏译，浙江文艺出版社 2004 年版，第 165—166 页。

"……你怎么知道人家是不是已经告诉你实话了呢？"

"有某种肯定的声调，"乔尔说，"某种肯定的声调会从说实话的人声音里表露出来。训练和经验教会我们去识别这种声调。"

"说真话的声调！你能从每天的讲话中辨别出这种声调来？你能听出我说的是不是真话？"

"不，你误解了我。我说的只是目前的一种特殊情况，我说的是我正在调查的这件事，我想要找出真相，不得不动用强制性手段。首先，我听到了谎言，你明白——这是事情发生的原因——首先是说谎，然后才是强制手段，再后来，又是说谎，于是再施压，崩溃，再施压，然后才是真话。这就是你得到真相的方式。"

痛就是真相；所有其他的人都值得怀疑。①

很明显，在刑讯过程中，受刑者忍受痛苦的能力有一个极限，也就是说一个临界点，在这一时刻，痛苦会使受刑者的精神全面崩溃，各不相同的声音会被减少到一个共同的声调，就是痛苦的声调，也就是说真相的声调。换句话说，就是通过肉体折磨，受刑者的声音会逐渐消失，只剩下了受损的身体，在这样的情况之下，囚徒就会变成肉体基本需要的奴隶，这时，行刑者想要得到什么便会听到什么。对此，多米尼各总结道："就像殖民者确实破坏了土著的语言，乔尔把所有的变音转变为单一的疼痛/真相的声调，他作为施刑者的作用也有了一个象征的言外之

---

① J. M. 库切：《等待野蛮人》，文敏译，浙江文艺出版社 2004 年版，第 6—7 页。

意，代表了语言帝国主义。"① 对于这种语言的政治工具作用，行政长官在自己遭受毒打之后有了深刻的认识："行刑者对疼痛的程度并不在意，他们要向我证明的是活着的身体意味着什么，一个活着的身体，只有当它完好无损时才有可能产生正义的思维，当这身体的脑袋被掐住，喉咙里被插进管子，灌进一品脱盐水，弄得咳嗽不止，呕不出东西又连遭鞭挞时，它很快就会忘记一切思维而变得一片空白。"② 他者的身体作为一个文本，是帝国霸权可以肆意施虐的场所，是掌握着权力的帝国将自己的话语强行加于他者身上的地方。行刑的过程就像帝国的叙述形成的过程，在这一进程中，野蛮人的语言被剥夺后又被按照帝国的想法重新制造，野蛮人又反过来被这种被制造的语言所创造并因此而受到歧视，行政长官在被吊到树上时，悲鸣不已，行刑者嘲笑道："这是在召唤他的野蛮人朋友。""诸位听到的是野蛮人的语言。"③ 这是一个第二十二条军规式的逻辑怪圈，那些拥有新思维的帝国的新人却乐此不疲，因为在这一过程中，帝国既树起了自己的权威，又塑造了差异，使对他者的折磨和屠杀合理化，所以行刑的过程就是凌驾于一切之上的帝国的叙述形成的过程。

其实，不仅帝国的叙述进程参与了对他者的摧残，而且它所使用的语言符号本身，很大程度上也是权力施暴的同谋者，这一点在另一幕施刑的场景中得到了揭示：一群野蛮人俘虏被押了回来，一根铁丝穿过他们的手掌和脸颊，乔尔上校用炭条在他们的

① Dominid Head：J. M. Coetzee，Cambridge University Press，1997，p. 82.

② J. M. 库切：《等待野蛮人》，文敏译，浙江文艺出版社 2004 年版，第 154—155 页。

③ 同上书，第 162 页。

背上写下"敌人"两字，然后是笞刑，"黑色的炭条褐色的尘土，混合着血和汗水往下流淌"。[①] 在这里，语言符号与棍棒交织在一起，共同完成了对他者的身份书写和历史涂抹。语言符号作为人类进入文明社会的一个标志，一向被视为文明与野蛮的根本差别所在，但在帝国为保证文明社会的长治久安而摧毁野蛮人的过程中，被帝国所利用，成为施行暴力的一个武器，这种文明身后隐藏的野蛮印证了本雅明的"没有一部文明史不同时也是一部野蛮史"的断言。

行政长官与帝国的关系是暧昧的，一方面他是帝国意识的对抗者和他者不幸的同情者，另一方面他又是帝国的不自愿的同谋者。他和语言帝国主义的关系也体现出了这种暧昧性：在和野蛮人姑娘单独相处时，他既没有教给野蛮人姑娘自己的语言，也没有试图学习野蛮人姑娘的语言，两人的交流使用的是一种"权宜的语言"，没有细微差别，所以总是引起误解和不理解，行政长官费尽力气的表达引起的只是野蛮人姑娘的不安。[②] 在送野蛮人姑娘回家的路上，行政长官的随从和野蛮人姑娘"用边境地区五方杂处的语言开着玩笑，她竟没有张口结舌说不出话来。她的表达流利、反应敏捷、出言得体使我感到惊讶不已。……如果一开始我就知道如何使用这种无拘无束的诨话跟她开玩笑，我们之间可能会有更多的温情。我就像个傻瓜一样，没有给她欢快而只是带给她沉郁的压抑"。[③] 虽然遗憾，但是行政长官并没有加入谈

<hr />

① J. M. 库切：《等待野蛮人》，文敏译，浙江文艺出版社 2004 年版，第 142 页。

② J. M. Coetzee：Waiting for the Barbarians, Penguin Books, 1982, p. 40.

③ J. M. 库切：《等待野蛮人》，文敏译，浙江文艺出版社 2004 年版，第 86 页。

话的人群，而是转身睡去，以后也没见他有学习这种语言的迹象，这表明虽然意识到了问题所在，行政长官依旧不能放弃他先天拥有的帝国语言。

对于自己不自觉地牵连进帝国的压迫体系，行政长官有着清醒的认识，这突出地表现在他对与野蛮人姑娘匪夷所思的性关系的反思上：其实行政长官一开始就意识到自己对野蛮人姑娘的好奇"跟那些折磨她的人之间没有多大区别"[①]，都是对如何进入他者的内核，获得他者的实质的探求，"我脱光他的衣服、擦洗她、抚摸她、睡在她的身边——但这跟把她绑到椅子上打她没有什么两样，也许那正是亲密的意思"。[②]《等待野蛮人》中的性的主题，正如多米尼各所说："不是被用来探索某种理想的肉体结合的基础。它的首要的含义与更广阔的控制和话语的事件相关，与不断地穿透（客体）的自信的陈述语气的男性欲望相关，对这种男性欲望，行政长官正在学习超越。"[③] 野蛮人姑娘的身体，与性欲望的对象符号相比，更像是一个文本，行政长官采用与乔尔上校不同的方法对之进行解读。行政长官对野蛮人姑娘身体的触摸，并不是为了获得感官欲望的满足，而是为了获得她身上携带着的历史痕迹，他对她的身体和伤痕的变态似的探寻，"就像一个蹩脚的导师，拿着'产婆术'的钳子挖空心思地用真理来充实她"。[④] 行政长官对野蛮人姑娘的解读，实质还是想用自己的

---

① J. M. 库切：《等待野蛮人》，文敏译，浙江文艺出版社 2004 年版，第 37 页。

② 同上书，第 59 页。

③ Dominid Head：J. M. Coetzee，：Cambridge University Press，1997，p. 82.

④ J. M. 库切：《等待野蛮人》，文敏译，浙江文艺出版社 2004 年版，第 55 页。

知识赋予野蛮人姑娘一种自身之外的历史和意义，然而野蛮人姑娘却是阿特瓦尔所说的罗兰·巴特意义上的"可写的文本"①，她并没有将自己完全交给行政长官的认知系统，没有证实行政长官试图在她身上寻找的唯一的意义，没有允诺任何通向自己的实质存在的通道，因而保持着不可解读性或多种解读的可能。行政长官努力拼凑记忆的碎片，以期在想象中构建出遭受拷打以前（被帝国强行刻写以前）的野蛮人姑娘的形象，但是他穷尽一切想象，在他面前呈现的，依旧是他第一印象中的那个跪地乞讨的女孩，他者破损的形象在行政长官的意义体系中难以修复，行政长官穿透客体的男性欲望遭遇了挫折。在行政长官的解读过程中，虽然无言，但野蛮人姑娘依旧保持着自己实质的全部丰饶，向读者敞开。总之，行政长官同乔尔上校一样，也是身处帝国的书写和话语体系之中，不同的是，行政长官对自己参与的话语压迫有着清醒的自我认识，并不断地进行自我剖析，正是通过他的自我剖析，作家库切才得以对帝国话语的结构及其操作过程进行解码，也正是这种自我意识，才为行政长官的最终的超越奠定下了基础。

行政长官对帝国事业的参与，不仅表现在他与野蛮人姑娘的性关系上，而且还表现在他的法律实施者和捍卫者的身份上。法律作为文明社会的一个必不可少的表征，同语言和书写符号一样，也是帝国叙述制造历史的重要组成部分。在乔尔上校到来之前。行政长官就是凭借着法律在维持着边疆小镇的秩序，为帝国的统治服务。他反对的是乔尔使用的暴力，而不是乔尔所捍卫的帝国本身，他的主张是按法律程序办事。在他探访那个被审讯的

---

① 参见 David Attwell：J. M. Coetzee：South Africa and the Politics of Writing，University of California Press，1993，p. 79.

小男孩时，他告诉孩子一定要把知道的东西全部告诉审讯者，否则就会挨打，这时行政长官感觉到"自己的行为很像是一个母亲在安慰被父亲暴怒地扁过一顿的孩子。因为有一个念头一直挥之不去——审讯带着两副面具，有两个声音，一个严厉，一个诱导"。① 行政长官利用法律扮演的就是诱导者的角色，与乔尔上校一样，同处于权威的位置，对他者实施压迫。所以，行政长官说自己是"帝国的一个谎言——帝国处于宽松时期的谎言；而他（乔尔）却是真相——帝国在凛冽的寒风吹起时表露的一个真相。我们正好是帝国规则的正反两面"。② 归根结底，帝国的法律是为了维护帝国的利益。行政长官制定的不允许流浪的行政条例，其实是为了将野蛮人降为奴仆或将他们赶出城镇，他就是以此为借口将野蛮人姑娘留在了自己的床上；他按照法律制定的行政条例允许边境贸易，但不允许货币交换，理由是"我不想看见边境上出现一个到处是寄生者的城镇，成天游荡着酗酒成性的乞丐和无业游民"。这一条例蕴含的先在观念是：野蛮人是愚蠢的，与文明的接触容易使他们堕落成寄生虫。达到的效果是让野蛮人锁闭在野蛮状态，构不成对文明社会的威胁。对于以法律为工具的帝国叙述，随着行政长官亲身经历的折磨，他的认识越来越清晰，他意识到了法律也只不过是帝国获得权力的一种方式，抽象的正义和公正已经被帝国所歪曲，只为获得它所欲望的结果。在帝国的事业里，法律所扮演的往往是"任由人们蒙受不公而置之不理"的角色。这种认识在行政长官站出来大声制止乔尔上校对野蛮人的暴行时达到了高潮：

---

①　J. M. 库切：《等待野蛮人》，文敏译，浙江文艺出版社 2004 年版，第 8—9 页。

②　同上书，第 180 页。

　　说到底我除了想劝诫人们用文明的举止去对待被俘的敌
人还能做什么？除了反对用那种"新思维"去戕害那些跪着
的人（迷惘和耻辱已在他们自己的眼中）还能反对什么？我
敢在大庭广众之下为那些袒身裸背的野蛮人呼唤正义吗？正
义：这个词一旦脱口而出那么其终结将在何端？大声喊出
"不"更容易些；引颈受戮和做烈士更容易些；设法劝阻暴
行比为野蛮人而捍卫正义更容易些。然而，这里边的是是非
非理得出什么结果呢？难道我们会放下武器，向那些被我们
掠夺了土地的人们打开城门吗？①

　　行政长官知道自己肯定不会打开城门，将土地还给那些被掠
夺者，因为他已深陷帝国其中，无力实现也没有资格奢谈正义。
行政长官的自我质疑过程实际上就是对法律和书写符号与帝国政
治的同谋关系的解码过程。

　　正如乔尔上校眼睛上的两个圆圆的小玻璃片所暗示的，帝国
对他者的观看采用的是一种单向透视角度，即帝国能捕捉野蛮人
的一举一动，却不会被野蛮人所观察。在根本上，帝国中心之所
以不愿让他者看到自己，除了保持自己的权威之外，还有另一层
原因：即帝国对自我黑暗面的恐惧和不安。出于这种不安，帝国
需要他者承认自己，帝国对他者强行赋予的特性也正是内在于自
身的另一面，帝国对他者的肉体折磨，正是出于对政权不稳定性
的恐慌。所以帝国的单向透视角度，一方面是帝国力量的来源，
另一方面又恰恰暴露了帝国的脆弱和不自信。行政长官很快意识

---

　　① J. M. 库切：《等待野蛮人》，文敏译，浙江文艺出版社 2004 年版，
第 146 页。

到了诱使自己进入对野蛮人姑娘的"意义与和谐一致的探究中去的"① 是自己。在追问怎样才能使野蛮人姑娘服从自己的意义体系时,"随着交替出现的恐惧心理",行政长官的面前出现了一个"戴着面具的形象","面具上有两个呆板的昆虫的眼睛,从那里面反射出来的并非双向的凝视,只是我自己的双重影像在自我对视"。② 行政长官的幻觉告诉我们:帝国对他者的建构实际上是自我的投影,敌人不是被制造成他者的野蛮人,而是帝国自身,帝国自身的问题需要从自己的内部来解决,所以行政长官给逃跑的乔尔上校的一个教训就是:"罪恶潜伏在我们身上,我们必须自己来担当。"③

总之,库切在《等待野蛮人》中传达的信息是:帝国的历史叙述是帝国别有用心地站在单向的透视视角上运用多种技术、策略建构权威的过程,语言、书写符号、法律等都参与其中。通过对他者的强行书写,通过为他者塑造的否定性形象,帝国的历史获得了自我确证。然而这样获得的权威毕竟是被制造的,并不稳固,当帝国的历史权威赖以获得的野蛮人消失时,帝国便会无所适从,不胜自身问题的压力,而陷入崩溃,这就是晚期帝国的命运。无疑,《等待野蛮人》的主旨是颠覆帝国历史的宏大叙述,为了做到这一点,库切运用了多种叙述策略。

首先,借助于故事环境的设置。《等待野蛮人》中的故事空间是一个混杂的空间,具有模糊性和不稳定性的特征。帝国的安全部队所保卫的边境线从来不像它所宣称的那样清晰和稳固,

---

① J. M. 库切:《等待野蛮人》,文敏译,浙江文艺出版社 2004 年版,第 60 页。

② 同上。

③ 同上书,第 194 页。

《等待野蛮人》中所描写的边疆体现出的不是帝国用于巩固自己的话语霸权的二分法则，而是一个各种异质的历史力量在其间共生的混杂空间。对此不稳定性，行政长官反复思考道："地图上帝国的边境线会愈来愈模糊直到最后有幸被我们忘记。"① 库切自己曾经说过："《等待野蛮人》中的挑战不是描写或表现一个不熟悉的风景，而是建构一个风景，一个我从来没有见过也不可能存在的风景，建构它，甚至可能是伪造它。"② 《等待野蛮人》中描写的地域是自己从没有到过的地方，其中的风景完全出自想象的虚构：小镇往东几百里是帝国的首都，自从行政长官 20 年前离开后，已经落到了帝国的"新人"手中；小镇和首都之间，是一片巨大的贫瘠的土地，对这片区域，帝国已经进行了兼并但几乎不能说出它的领域范围；小镇的西北方，"是河流进入湖泊之处"，走过湖区、沼泽地和盐碱地，穿过沙漠，就进入了据说是野蛮人在那儿漫游的山谷地带；"正对着小镇两英里处，远处平展的沙地那儿延伸过来的沙土堆成了一串小丘"③，小丘的地下埋着大量的史前时代（帝国之前的时代）的废墟遗址；在河流沿岸和沼泽地带，打鱼人和捕猎者，即河边的土著三三两两地定居在那里，这是一些共有的地方。小镇周围的地形表现为一种异序空间的纷然杂陈，地球上恐怕无法找出这样的一个地方。这种充满矛盾和紊乱的混杂性空间虽不现实，却是向帝国历史叙述发起挑战的理想场所，因为它允许空间插入与它相关联的其他空间，

① J. M. 库切：《等待野蛮人》，文敏译，浙江文艺出版社 2004 年版，第 180 页。

② J. M. Coetzee：Voice and Trajectory：An Interview with J. M. Coetzee, by Joanna Scott，Saratoga Springs：Spring (1997)，pp. 82—102.

③ J. M. 库切：《等待野蛮人》，文敏译，浙江文艺出版社 2004 年版，第 18 页。

允许野蛮与文明的交替和并存，允许在帝国历史之外从不为人所知的其他历史对帝国叙述的渗透，允许野蛮人的从没有被说出的沉默闯入帝国的叙述，在碰撞之中，动摇帝国历史叙述的根基。也就是说，《等待野蛮人》中所设置的边疆小镇的环境，是一种文本的策略，用意在于暴露帝国历史叙述中所存在的空洞和缝隙，以达到消解和颠覆的目的。

其次是文本的"反寓言的寓言"形式。寓言既是一种文学类型，也是西方文学理论和文学批评中的一个重要研究范畴。寓言（allegory）是由希腊文"allos"和"agoreuein"结合而成的，"allos"指"其他"、"另外"（other），"agoreuein"指"言说"（speaking），二者合在一起就是"另外一种言说"。从文体角度上来讲，寓言是西方文学的早期时代产生的一种文学形式，是一种具有言外之意的叙述话语模式，而"具有寓言性的文学作品不完全等同于传统寓言，它们以文本内的叙事关系寓指文本外的叙事关系，其语言符号具有丰富的想象性、象征性和深刻的寓意"。[①] 现代语言学的发展使在 19 世纪开始受到冷落的寓言再次受到重视，现代语言学认为能指和所指之间并不是一种一一对应的关系，而是一种断裂的关系，所以寓言这种形式具有和符号体系一样的功能，是一种可以"展现人类符号体系复杂性的叙事方式和思维方式"。[②] 在此认识前提之下，像保罗·德曼、德勒兹、加塔利等解构主义者都主张一种对文学作品的寓言式阅读。詹姆逊则在他的论文《处于跨国资本主义时代中的第三世界文学》中，提出了"所有第三世界的文本均带有寓言性和特殊性：我们

---

　① 罗良清：《西方寓言理论的发展轨迹》，《齐鲁学刊》2006 年第 4 期。

　② 同上。

应该把这些文本当作民族寓言来阅读"①的观点。表面上看来，詹姆逊的这一论点有强调第一世界和第三世界的文学形式对立的嫌疑，但实际上，詹姆逊只是在强调一种相同中的不同，他认为第一世界文学中也普遍存在着寓言结构，只不过"它是在我们的潜意识里，必须被诠释机制来解码"，而"第三世界民族的寓言是有意识与公开的"。②姑且不论詹姆逊的这一辨析有多大的真理性，有一点是明显的：即詹姆逊强调第一世界和第三世界的文学都需要根据所处世界的情况来进行"一整套社会和历史的批判"，应该说这一观点是颇具启发意义的。

库切在《等待野蛮人》中所做的，就是以帝国的叙事为文本对象，进行一种寓言式阅读，对叙述背后隐藏的意识形态和权力运作进行层层解码，其目的是为了颠覆帝国的寓言。在"反寓言"的同时，《等待野蛮人》的叙述自身也构成了一则寓言：一方面，虽然它的背景模糊，没有明确的所指，但叙述还是很容易让人联想起南非种族隔离时期当权者对人权的肆意践踏和被压迫者的反抗。另一方面，《等待野蛮人》还隐喻着对世界范围存在的霸权的对抗，尤其是对当今世界唯一的超级大国——美国形成的新的帝国主义思维的对抗。冷战结束以后，美国越来越以"世界新秩序的制造者和捍卫者"自居，以人权为借口对各国政治的干预，跨国公司对世界经济的渗透和垄断，对中东石油的控制，"9·11"事件之后打着反恐的旗号对阿富汗基地组织和伊拉克的军事打击，在也门、格鲁吉亚、菲律宾等地以反恐训练的名义的驻军……在世界各地的重要政治事件中，都闪现着美国繁忙的身

---

① 詹明信：《晚期资本主义的文化逻辑》，张旭东编，陈清侨等译，三联书店1997年版，第523页。

② 同上书，第536页。

影，他们的军事、经济、外交政策和行动共同形成了一个新帝国的历史叙述：我们美国需要对那些不仅反对我们的权力，而且反对我们体现的普遍的人类价值的流氓国家或恐怖主义分子保持警惕，必要时，将他们消灭。这与库切在《等待野蛮人》中对帝国的历史叙述的分析如出一辙，所以《等待野蛮人》的喻指具有迫切的现实指向。

第三，借助反讽的艺术手法。《等待野蛮人》经常会通过一些细节的设置让帝国的叙述形成自我反讽，因而暗中消解帝国历史叙述的力量。乔尔上校押解来的第一批俘虏，实际上是一些河边的捕鱼人，他们"对任何人都害怕，总是躲藏在芦苇丛里"。[①]乔尔上校之所以逮捕他们，一是因为他们看见骑马的人来了，便躲了起来，二是因为没有人能听懂他们的语言。帝国建立自己的权威的第一次行动竟是建立在帝国无知无能的基础之上，其可信性和稳定性可想而知。在特遣部队逃离小镇时，这种反讽声调再一次得到加强，一个士兵告诉行政长官追击野蛮人的军事行动失败的原因，"我们被困在山里挨冻！我们在沙漠里饿得要死！为什么没人告诉我们情况会这样？我们没挨揍，他们让我们走进沙漠后自己就消失了！"[②]从这番叙述中明显可见，真实的情况并不是野蛮人击败了帝国军队，而是帝国自身的无能击败了自身。而在作品的结尾，反讽的意味更是达到高潮：帝国放弃了自己的前哨基地，大多数居民往首都方向逃离，小镇陷入风雨飘摇之中，以保卫帝国的安全开始的军事行动最终以帝国大厦的崩溃而结束。

---

① 　J. M. 库切：《等待野蛮人》，文敏译，浙江文艺出版社 2004 年版，第 24 页。

② 　同上书，第 195 页。

总之，库切在《黄昏的大地》、《等待野蛮人》等作品中所做的，就是通过对帝国历史叙述权威形成过程的解剖和展示，揭示霸权话语的形成机制，最终的目的是昭告天下：历史的权威是被制造的，因而可以质疑，也可以被推翻。萨义德在《东方学》中通过对西方学界的东方主义观念形成过程的分析，提出："权威既不神秘也非自然形成。它被人为构成，被辐射，被传播；它有工具性，有说服力；它有地位，它确立趣味和价值的标准；它实际上与它奉为真理的某些观念，与它所形成、传递和再生的传统、感知和判断无法区分。最主要的是，权威能够，实际上也必须加以分析。"[①] 阿诺德也说过："没有不动摇的信条，没有可信的教条证明不可怀疑，也没有什么公认的传统不受到消亡的威胁"，"我什么都不是而且很可能永远都不是什么"。[②] 可以说，库切对帝国历史叙述的思考和解析正是对文化界挑战历史权威的召唤的一种文学回应。

第三节　历史的责任和转型期的道德重建

在南非种族隔离和后种族隔离的文化语境之中，历史的意识形态性质更为凸显，历史作为一种权力形式，与政治话语的关联也更为密切，所以对历史话语的检查实际上就是对政治和体制的审视。库切对传统历史观权威的全面挑战，对历史在小说中怎样

①　爱德华·W. 萨义德：《东方学》，王宇根译，三联书店 1999 年版，第 26 页。

②　J. 希利斯·米勒：《重申解构主义》，郭英剑等译，中国社会科学出版社 1998 年版，第 66 页。

被想象的调查，是为了寻找一个能够调适文化转型时期南非政治生活中依旧冲突激烈的黑白文化立场的新的道德立足点，以重建的道德去修复为种族隔离历史所破坏的种族关系，并使角色颠倒了的南非白人能够走出文化的困境，面向未来的南非生活。这些问题的探讨是紧紧围绕着人在历史中的责任和位置、人如何摆脱历史的耻辱、历史罪恶的补偿等问题的思索而展开的。

南非血腥的殖民历史使得暴力成为人们的日常生活经验。暴力不仅对南非人的生命安全带来威胁，而且严重损害了人们的心灵。对此，戈迪默总结道：

> 就像有些人被白色权力和黑色自由之间的斗争弄得身体残疾一样，我们南非的所有人在某种程度上都遭受到了心理上的，行为上的一些损伤。不管我们是否知道，也不管我们是对那些在黑人身上发生的事情闭上眼睛、关上电控大门的白人，还是那些被运送、被像垃圾一样倾倒在政府希望的地方的黑人们，他们被催泪弹驱散，被射击，被拘留，被迫流亡，或者当没有其他选择时，留下来参加解放队伍。暴力已经变成了南非的生活方式。①

这种暴力的影响不会随着种族隔离体制的废除而瞬间消失，暴力的遗产依旧会在未来很长的时间内存在，并继续影响着人们之间的关系。

---

① 　Diala, Isidore: "Nadine Goedimer, J. M. Coetzee, and Andre Brink: guilt, Expiation, and the Reconciliation Process in Post-apartheid South Africa", Journal of Modern Literature, Winter (2001/2002), pp. 50—68.

一 历史的耻辱和个人的责任

那么，谁应该对这种暴力的历史负责？种族隔离体制肯定是根本所在，而推行种族歧视政策的白人殖民者更是直接的罪魁祸首，那么，南非的普通白人和欧洲殖民者的后代们对这样的暴力历史应该承担什么样的责任？与生俱来的历史位置使白人们无法让自己与祖先酿造的历史罪恶彻底摆脱干系，因为从出生的那一刻起，他们就已经牵连进历史的暴力之中。库切认为，对暴力视而不见，或不采取任何行动制止，或没能有效地制止，或享受种族歧视暴力为白人创造的优越的政治身份和丰厚的物质财富，这些都同直接参与暴力的实施并没有什么本质的区别，南非所有的白人都应该对历史的罪恶负责。所以，库切说："一个南非白人的身份是令人难以忍受的。不是因为犯罪的负担……而是因为意识的负担。"① 历史的罪恶令南非的白人不堪其负，他们的呼吸不能顺畅，他们的心灵不能自由，他们的言说缺乏可靠的道德立足点，他们的价值准绳也充满了悖论，生存因背负的十字架而变得格外沉重，道德的耻辱成为时代的生活方式。

在《铁器时代》中，令柯伦太太痛苦的，不仅仅是折磨她肉体的癌症，更是长期折磨她精神的历史耻辱感，她的癌症也不仅是身体意义的疾病，更是长期以来意识的负担所造成的精神病变的表征。柯伦太太告诉维库埃尔："我得了癌症，因为累计了太多羞耻，我一生都在忍受这些耻辱。这就是癌症的起因：由于自

---

① J. M. Coetzee: Doubling the Point: Essays and Interviews, Harvard University Press, 1992, p. 112.

我厌恶，身体变出恶疾，开始大啖自己。"① 生活在种族隔离时代里，被牵连进去的耻辱使得柯伦太太感到"这是什么时代，作个好人竟然还是不够的！"② 因为她的同胞的所作所为已经使她无法摆脱耻辱的印痕。她为警察无故袭击两个黑人少年的事件而去警察局投诉，然而她的投诉却以她未受到影响而被驳回，她愤怒地指责接待她的警察："我不知道你对你的制服是否感到自豪……但是你在街上的同事，正在让这件制服蒙受耻辱。他们也让我蒙受耻辱。我觉得羞愧。不是为了他们：为了我自己。你不让我控告他们，因为你说我没有受到影响。可是我受到了影响，非常直接的影响。"③ 种族的历史遗产馈赠给它的后代的，似乎仅仅剩下了道德的耻辱感觉，这种感觉最终使柯伦太太觉得自己没有权利谴责黑人"反暴力"的暴力，没有权利对身边发生的事件进行道德的评判。

《等待野蛮人》以隐喻的方式指向南非的文化语境。行政长官在乔尔上校等人到来之前，就意识到自己是"由别人的劳动供养着，但又缺乏那种文明恶习来充实闲暇时光的人"。④ 因而经常陷入忧郁和空虚之中。自从他被受拷打的野蛮人痛苦的呼喊引向军营的谷仓以后，帝国的罪恶便深深地咬啮着他的心，令他蒙羞。因为"如果任由人们蒙受不公而置之不理……那么一切见证者都将为此而蒙受羞耻"。⑤ 这种道德的羞耻使他诅咒帝国的历

---

① 柯慈：《铁器时代》，汪芸译，台北天下远见出版股份有限公司 2001 年版，第 215 页。

② 同上书，第 246 页。

③ 同上书，第 123 页。

④ J. M. 库切：《等待野蛮人》，文敏译，浙江文艺出版社 2004 年版，第 23 页。

⑤ 同上书，第 185 页。

史，指责帝国的暴行，他之所以送野蛮人姑娘回自己的部落，也是出自一种为种族歧视的历史赎罪的意识。

　　与其他的作品不同，《耻》的背景是后种族隔离时代的南非，库切在这部作品中关注的是新的时代的道德之耻。耻辱在这部小说里包含了多个层面：张冲先生指出，耻辱首先是指卢里滥用教师的权力诱奸学生而被开除教籍的道德之耻，其次是露西被强暴的个人之耻，第三是白人身份巨变后无法保持生存尊严的历史之耻。然而，这些耻辱都与种族歧视的历史罪恶休戚相关。卢里对师生关系、长幼关系的僭越在别的地方、别的时代可能不至于引起那么多的关注和愤恨，然而在现在的南非格外具有一种历史的权力压迫的意味，所以，露西将卢里称作"替罪羊"，"出于安全考虑，你让人撵走了。你的同事们可以重新呼吸舒畅，而替罪羊却在荒野里游荡"。[①]卢里个人的道德之耻中已经蕴含了种族的集体之耻。其实，露西又何尝不是一只"替罪羊"，强奸事件中，最令露西感到震惊的，是三个黑人不是在发泄情欲，而是在喷发仇恨，这种仇恨不是针对个人的私恨，而是整个种族的历史仇恨的群体宣泄。私人生活中发生的事件与公共的情绪密切相关。

　　历史的罪恶及其附随的道德羞耻感在白人的社团中已经成了一种文化的氛围，甚至就在他们所呼吸的空气之中，就能嗅出罪恶和耻辱的味道。不仅成年人受其影响，就连孩子也为其所毒害，不能享受纯真烂漫、无忧无虑的童年。《男孩》中的库切在10岁左右就多次见证暴力，承担种族歧视和严格的社会等级制的后果，"对于他正被暴露给的东西来说，他太小、太孩子气、

---

　　① J. M. 库切：《耻》，张冲、郭整风译，译林出版社 2002 年版，第102 页。

也太脆弱了"。孩子的公正天性使他知道周围"正在发生的事是错误的……不应该允许它们发生"。① 然而白人主人对黑人童仆的毒打、农场上的非洲佃农见到枪时的恐惧、等待被屠杀和阉割的动物们惊恐的眼睛、黑人用过的杯子必须被摔碎的习俗、对非洲人不能使用"wise"一词的社会成见、学校里因种族歧视而爆发的一次次暴力事件……这一幕幕的场景都在他身边真实地发生着，使他经常陷入莫名的忧虑、恐慌和愤恨的情绪之中，他不敢自由地宣称自己的爱憎，不敢承认自己对于宗教的态度，对于耻辱和荣誉过度的敏感……他也像其他的孩子们一样骑自行车、看书、打板球、在农场上漫游并为农场的生活而兴奋不已，但是来自暴力和种族歧视的意识的负担总是不能让他纵情地沉浸在童年游戏的快乐之中，明朗的童年情趣中总是伴随着一种被损坏的抑郁。

历史的罪恶如此沉重，由个人来承担是否公正？个人能否逃脱历史？身心俱疲的柯伦太太不由质问："我为什么要承受这份谴责？人们为什么期待我超越这个时代？是我的作为让这个时代变得如此令人羞耻吗？为什么要把它留给我，这个又老、又病、痛苦不堪的人，要我把自己拉出来，在没有人帮忙的情况下，爬出耻辱的深坑？"② 生活在种族隔离历史中的柯伦太太试图摆脱历史，关闭自己的耳朵和眼睛，沉浸在自己的日常里，但她很快发现，"耽溺在平常里"的自己"失去了羞耻心，变得无耻，像一个小孩。无耻的可耻：这才是我无法忘记的东西，这才是我事

---

① J. M. Coetzee: Boyhood: Scenes from Provincial Life, Penguin Books, 1997, p. 139.

② 柯慈:《铁器时代》，汪芸译，台北天下远见出版股份有限公司2001年版，第172页。

后无法忍受的东西"。[①] 忘掉历史的罪恶是一种道德的无耻，是一种比羞耻更为彻底的道德沦落。行政长官也因不堪意识的重负发出了和柯伦太太同样的质问和生活在历史之外的愿望："我要生活在历史之外。我不想生活在帝国强加于它臣民的历史中（甚至做帝国遗民也不愿意）。我也从来不希望野蛮人有一段帝国涂抹在他们身上的历史。我怎么可能相信由此而来的羞耻要我来承受呢？"[②] 行政长官本想置身于发生在周围的事件之外，放纵自己沉浸于忧郁之中，等待平静的退休生活的到来，但历史不允许他的臣民逃脱，一次又一次地把行政长官拉入历史漩涡的中心。柯伦太太和行政长官的经历似乎在告诉人们，历史是无法回避的，人们必须承担起历史罪恶的责任。

南非的白人究竟如何才能承担起历史的责任？才能"爬出耻辱的深坑"？很明显，库切认为，道德的羞耻感正是承担历史责任的第一步，因为这表明历史的罪恶并没有被忘却，正是因为对罪恶的认识才为改变历史的形态提供了动力，才为最终摆脱羞耻感、获得道德的新生预设了前提。

二 补偿、和解和转型期的道德重建

在库切看来，种族歧视的历史暴力所造成的伤害，不仅体现在非洲人的生命、尊严、财产受到了严重威胁、剥夺和侵犯，也不仅表现在白人的道德感受到了损坏，而且还表现在整个人性的道德原则出现了难以修复的崩塌，这种损失是更为巨大的。

---

① 柯慈：《铁器时代》，汪芸译，台北天下远见出版股份有限公司2001年版，第175页。

② J. M. 库切：《等待野蛮人》，文敏译，浙江文艺出版社2004年版，第205页。

在多部作品中，都表现出了库切对暴力历史中的人性的失望。《等待野蛮人》中对野蛮人俘虏野蛮地进行殴打的，不仅有乔尔上校和他的手下，而且有小镇的居民们。人们围成一圈看热闹，他们带着好奇之极的神情，有的人甚至带着微笑，"像是全身只有眼睛还活动着在那里享受着新奇难得的视觉大餐"①。面对他人的痛苦，人们不仅无动于衷，而且自身也涌动起暴力的欲望。一位美丽的少女被怂恿着"勇敢地"用警棍殴打野蛮人之后，人们干脆竟相争夺警棍，轮流对野蛮人行刑，施刑的场面混乱到了难以控制的地步；后来在行政长官被吊在树上时，我们在包括一群孩子在内的看客的脸上依旧发现不了任何同情的成分，只有看热闹的打趣。《耻》中的抢劫者出自一种集体的种族仇恨，不仅掠夺财物，强奸女性，在卢里身上点火，而且连笼子里的狗们也不放过，他们走后，留下的是一片血腥、混乱和疯狂的仇恨的印象。《铁器时代》中铁块一般冷漠的黑人少年肆意殴打流浪汉维库艾尔；为了得到金牙卖钱，三个不到十岁的孩子冷酷地将木棍伸到露宿在天桥底下、奄奄一息的柯伦太太的口中；街头一位妇女身上着火，人们不仅不帮她将火扑灭，反倒往她身上浇汽油……这一幕幕的场景让人触目惊心，难以忍受。在这样的人性的彻底沉沦之下，道德的评判标准丧失殆尽。正如柯伦太太所说："因为在这个国家里，慈善精神已经灭亡了。因为那些接受施舍的人蔑视施舍，那些付出的人，是用一颗绝望的心在付出。当慈善不是由一颗心流向另一颗心，这么做有什么意义？"② 在

---

① J. M. 库切：《等待野蛮人》，文敏译，浙江文艺出版社 2004 年版，第 143 页。

② 柯慈：《铁器时代》，汪芸译，台北天下远见出版股份有限公司 2001 年版，第 30 页。

道德的缺失之下，暴行如何约束？苦难如何表现？和解如何达致？对于这些问题，库切在阿特瓦尔的访谈中，进行了更为清楚和集中的表述："我相信在一个人们不共有关于什么是公正的，什么是不公正的合意的地方，任何形式的持久的共同体都不能够存在。换句话说，共同体在一个共同的公正的意识和接受上有它的基础。"① 也就是说，由于稳定的共同体有赖于公认的道德基础，道德原则的崩塌便意味着共同体的解散。

这样，社会裂缝的修复和弥合不是简单地用一种社会体制取代另一种社会体制所能解决的，关键的问题是一种公认的道德原则和公正意识的重新确立。在《进入黑暗的房间》这篇论文中，库切分析了戈迪默的名作《伯格的女儿》中的一幕场景：女主人公罗萨·伯格途经郊区的黑人聚居区时，看到一个喝醉酒的黑人正在用木棍毒打拉车的驴子，对于罗萨的瞬间反应，库切分析道：

> 她可以制止这一暴行，将自己的权威强加在这个赶驴车的人身上，甚至使他被逮捕和被起诉。但是这个人——这个"黑色的，贫穷的，被野蛮化的人"——知道在野蛮的生存——就像别人野蛮地对待自己那样野蛮地对待他者——之外，怎样生活吗？另一方面，她可以开着车从旁边经过，让暴行继续。但是之后，她就不得不忍受这样一个怀疑：她之所以置身暴行之外，是出自一种让自己被视为"那些与人相比，更关注动物的白人中的一员"的自我关注的不情愿。

---

① J. M. Coetzee：Doubling the Point：Essays and Interviews，Harvard University Press，1992，p. 340.

在此两难的道德夹缝中，罗萨选择了离开南非，但是后来她又回来了，准备加入她的祖国的苦难，等待解放时刻的来临，库切评论道：

> （这种等待）没有错误的乐观主义，无论是就罗萨来说还是就戈迪默来说。革命既不会使残忍和苦难结束，甚至可能也不会使折磨结束。罗萨忍受和正在等待的是一个时刻：在这一时刻里，人性通过社会的脸得以恢复，所有的人类行为，包括鞭打动物的行为将返回到人类道德判断的范围。在这样一个时刻里，作者、权威对折磨场景的凝视和权威的判断，才会再次具有意义。①

这一时刻也是库切所期待的，在这里，库切的思考显示出了后种族隔离时代——这一南非的文化转型时期——重建新的合意的道德原则的必要性和合乎需要性。然而库切似乎并不以提供一种新的道德原则的内容的清单为己任，而是着重于思考在南非的现实环境中，新的道原则的重建所需要的条件和可能性的问题。

要重新建立社会的道德原则，让大家拥有共同的公正意识，首要的问题就是实现社会的和解，对当代南非来说，就是如何正视过去、面对现实、构造未来，避免历史的暴力循环。库切在他于后种族隔离时代创作的重要作品《耻》中，对这一问题进行了冷峻的探讨。

1996 年 4 月，南非成立了"真相与和解委员会"，该委员会的主要任务是收集、调查和公布 1960 年至 1994 年之间发生的政

---

① 参见 J. M. Coetzee：Doubling the Point：Essays and Interviews，Harvard University Press，1992，pp. 367—368.

治暴力事件和行为；听取暴行参与者、策划者的陈述，对主动陈述暴行者予以赦免；对暴行受害者予以补偿和帮助。目的是为了防止国家走向分裂，避免种族间的暴力冲突。这个委员会的工作取得了一定的成绩，许多疑案水落石出，暴行公之于世。[①] 然而关于"真相与和解委员会"对于南非民主化进程的实际影响，是一个引人争议的话题。在《耻》中有一个听证和一个忏悔的情节，通过这两个情节的描述，可以看出库切对委员会的工作的实际作用是持质疑态度的。在为诱奸事件举办的听证会上，卢里之所以拒绝调查委员会提出的发表声明、公开承认错误的要求，一方面是为了捍卫他所信奉的拜伦式的浪漫主义原则和个人主义信念，另一方面是因为他意识到委员会要的只是声明的内容，而不管它是否出自真心，后来委员会主席在电话中，直接告诉卢里："评判标准不是你是否有诚意。正如我说的，那是你自己的良心问题。我们的评判标准是你是否打算当众承认自己的过失，并采取步骤加以弥补。"[②] 忏悔的话不仅别人难以判断其诚意，而且其真实性甚至连自己都无法确定，卢里跑到梅拉尼的父母家里，想要说出自己的心里话，但又不确定自己心里想的是什么，他跪倒在梅拉尼的妈妈和妹妹的脚下，以示忏悔，但心中却又一次涌动起"情欲的激流"。在这样无法判断真实性的陈述之下，悔罪行为能够产生什么样的效果？能够真正触及人的心灵吗？能促成道德的改善和社会的和解吗？很明显，在库切看来，宏大的暴露和赦免行动是难以触及当前南非社会所需要的道德核心的，因而

---

① 参见潘兴明、李忠《南非：在黑白文化的撞击中》，四川人民出版社 2000 年版，第 238—240 页。

② J. M. 库切：《耻》，张冲、郭整风译，译林出版社 2002 年版，第64 页。

不能从根本上解决南非的现实问题。

　　然而，对于暴行的忏悔、暴露和赦免的质疑并不代表着库切否认对历史罪恶进行补偿的可能，关键的问题在于对历史和现实采取一种什么样的态度。卢里和她的女儿露西在这方面代表了两种态度：卢里虽然接受了自己身份的沦落现实，但他的头脑里总是存在的西方人的精英意识使他将现实的处境当作一种耻辱。他坚守过去生活的习惯和价值，为它们的腐蚀和破损而遗憾。他虽然也接受露西的建议，去给佩特鲁斯帮忙，去到贝夫·肖的诊所帮忙，但总是有一种沦落的耻辱感和尊严受到伤害的愤世嫉俗的情绪。他虽然也承认历史罪恶的存在，但他却不认为个人必须忍受苦难和尊严的丧失去对历史进行补偿。与卢里相比，露西更为脚踏实地，正如她自己所说，她"做事不是按抽象概念来的"，而是着眼于迈开朝向不同于以往的现实秩序的脚步。她关心的是寻求一个能够在新的南非生活下去的方式，她把现实生活中遭受的耻辱和损失看作自己在南非生活下去必须付出的代价，把融入他者看作走向未来的必要方式。

　　父女俩人观念上的矛盾在强奸事件上得以最集中地表现：强奸事件发生后，卢里为女儿和他的家族的尊严受辱愤恨不已，从西方的公正观念出发，他坚决要求露西将强奸事件上报警察局，让罪犯得到应有的惩罚。这种态度表面上合情合理，但在当前的南非却解决不了任何现实问题。由于失业、贫困、种族仇恨、帮派争斗和党派内的冲突，后种族隔离时代的南非治安局势非常严峻，谋杀、抢劫、暴力袭击、强奸等重大犯罪事件频发，"人员缺少的、资金不足的、士气低落的警察力量"① 难以控制这些暴

---

① J. M. Coetzee："Against the South African Grain."，New York Review of Books 23 Sept (1999)，pp. 51—53.

力犯罪，南非警察的破案率极低，"只有16％的作案人被捕。许多犯罪嫌疑人从拘押场所逃走。在审判时，证人不愿出庭作证，因为政府无法为他们提供必要的保护。所以许多犯罪嫌疑人无法定罪"。[①] 在这样的治安情况下，人们是不可能指望警察的保护的。卢里的投诉不仅很可能于事无补，而且很可能给露西带来更大的祸端。下次三个黑人再来时，就不会是仅仅满足于强奸那么简单了。作为整个事件中受到最严重伤害的受害者露西，之所以不愿意向警察局报告强奸事件，一方面是出于现实的考虑，另一方面是因为她从强奸者喷射出的仇恨中感到，强奸事件或许是她在南非生活下去必须付出的代价，"他们觉得自己是来讨债的，收税的。如果我不付出，为什么要我在这里生活？"[②] 后来的情节发展表明，整个抢劫和强奸事件很可能是佩特鲁斯的策划，最起码是在他的默许下进行的，其目的是告诉露西：没有他的保护，露西是没法获得安全的。露西对此心知肚明，但她还是接受了佩特鲁斯的建议，做他的第三个妻子或情妇，将土地转让给他，换取佩特鲁斯的保护。这的确是一种耻辱，但正如露西所说："这也许是新的起点。……从起点开始。从一无所有开始。不是从'一无所有，但是……'开始，而是真正的一无所有。没有办法，没有武器，没有财产，没有权利，没有尊严。"[③] 露西的极尽屈从的姿态实际上是彻底放弃"主人"的地位和尊严，让自己同化为他者来获得在未来南非的生存空间。露西的经历和选

---

① 潘兴明、李忠：《南非：在黑白文化的撞击中》，四川人民出版社2000年版，第237页。

② J. M. 库切：《耻》，张冲、郭整风译，译林出版社2002年版，第177页。

③ 同上书，第228页。

择表明，在当代南非，实现"和解的可能性不在于我们移情入他者的能力，而在于一个悲惨的经历，在这种经历中，一个人经历了主体性的根本的丧失，一种与成为他者的经历近似的经历"。[①]通过对白人农场主的尊严和对农场所有权的放弃，露西可以被非洲人所承认，拥有非洲人的权利，和他们共享南非的土地。这种屈从实际上使她迈开了朝向挣脱耻辱、罪恶和惩罚的未来的南非的生活之路。正是在这一个意义上，佩特鲁斯认为"她是个向前看的女人，而不是向后看"。[②] 在做出了以损失作为补偿获得和解的选择之后，露西明显摆脱了长久以来纠缠着她的痛苦，获得了安宁，准备去做一个好母亲。最后，卢里似乎也理解了露西的选择。他不请自至地到农场去看望女儿，露西正在花园里劳动，卢里的感觉是"她女儿越来越像个农夫了"，此时的露西似乎与她耕作的土地已经融合为一体，成为南非土地上的一个坚实的存在。从来不能领略南非的乡村之美的卢里，突然之间从这幅静谧的午后、蜂群忙碌的花丛中刚刚怀孕的女儿劳动的画面中获得了"美感"，在女儿的脸上捕捉到了久已不见的健康神色。卢里意识到只有当承认来访的客人身份而不是父亲和主人的身份时，自己才可能会获得一个"新的基点，新的起点"。[③]

在阿特瓦尔的一次访谈中，库切说："南非的白人在各种不同的程度上，积极地或消极地，参与了反对非洲的大胆的、计划周密的犯罪。……他们有道德的权威能够从那个标签中撤出身

---

① Sam Durrant：Postcolonial Narrative and the Work of Mourning：J. M. Coetzee, Wilson Harris, and Toni Morrison, State University of New York Press, 2004, p. 27.

② J. M. 库切：《耻》，张冲、郭整风译，译林出版社 2002 年版，第153 页。

③ 同上书，第 242 页。

来，还需要很长的一段时间。"①《耻》中的露西形象似乎在告诉人们：通过以现实的损失作为代价，历史的罪恶还是有可能获得补偿的；通过放弃主人的地位和特权，经历与他者类似的经历或让自己同化为他者，种族的和解是可能实现的，社会秩序所依赖的新的合意的道德原则也是可以建立起来的。问题是"很长的一段时间"到底是多长，是不远的将来，还是遥遥无期的未来？对于时间的预期，库切似乎并不乐观。露西以放弃所有的财产和尊严换来在南非生活下去的未来，依然充满了许多未知数：她虽然想做一个好母亲，但她腹中的胎儿出自仇恨的种子，她会爱上他吗？由于三个强奸者中有一个弱智，孩子能够健康吗？生命的延续能够继续下去吗？除了安宁，在这样的生活中露西还能获得什么？卢里让自己沉浸于贝夫·肖的诊所里，以无痛楚的死亡和捍卫尸体的尊严的方式去"帮助"那些被人抛弃的狗，虽然某种意义上显示了曾经被非人性社会所压抑了的人性的复归，但他最后的姿态——对他与之产生了感情的那只狗的放弃——却又让人实实在在地感受到了某种现实生存的绝望。或许我们可以把库切对南非未来的态度概括为"悲观的乐观主义"。库切虽然肯定了种族和解、新的道德原则重建起来的可能性，但在他的心中依旧存在着许多惶惑和不安。

---

① J. M. Coetzee：Doubling the Point：Essays and Interviews，Harvard University Press，1992，pp. 342—343.

第四章

反话语的文学实践

对于前殖民地的人来说，非殖民化并非是简单地赶走殖民者、恢复民族主权所可以实现的，武力的殖民结束以后，殖民地人民面临着更难解决的文化殖民的问题。殖民者在实施自己的殖民事业时，一方面使用强权的武力压制，另一方面通过学术、媒介宣传、艺术作品等形式，搬弄一系列的技术和手段，形成一整套完整的话语体系，将殖民地人民纳入其话语生产和运行的机制，不仅使殖民地人民他者化，而且使殖民地人民自己赞同这种他者化，西方人的优越和东方的劣等存在等话语结构已经深深地渗透到了人们的意识深处。要达到真正的解殖民，必须去除掉欧洲话语所强加给东方的文化符码，解构这些文化符码背后作为支撑的殖民话语体系，因此，反话语的努力便成为阐发边缘化群体欲求的一种手段和后殖民文化理论和后殖民作家写作的重要解殖民策略。

在后殖民文化理论中，我们经常见到"殖民话语"或"殖民主义话语"等术语，这里的"话语"不是修辞或语义层面的意义，而主要是就文化层面而言，隐含了丰富的权力内容。后殖民理论家主要是通过对殖民话语的分析和解剖来实现对殖民主义的批判的，在这方面，首功应归于萨义德。萨义德在《东方学》中突出了对殖民话语的审视，他认为："作为一种社会建构，话语所建构的现实不仅服务于他所代表的客体，而且服务于他所赖以存在的社会主体。因此，殖民话语是组成殖民关系内社会存在和社会再生产的复杂的符号和实践。"①他的《东方学》就是通过剖析东方学家在表述东方时所世代传承的机制、策略和话语再生产所形成的文化符码，即通过对殖民话语的分析来揭示出这样一个事实：东方学中的东方人形象是被制造的，是西方人的文化构想物，是被歪曲的形象，东方学则是"西方对东方的一种投射和统治东方的一种愿望"②，是一种权力支配下的人为的话语实践。萨义德对殖民话语的实践分析意义是十分重大的，正如一位学者所说："可以毫不夸张地说，萨义德的《东方主义》（即《东方学》）（出版于 1978 年）独立开辟了一个新的学术领域：殖民话语，也可以称之为殖民话语理论或殖民话语分析的领域。"③

萨义德的话语理论和对殖民话语实践的分析的知识渊源是福柯的权力话语理论。福柯在《知识考古学》、《规训与惩罚》等著作中强调的话语理论极力突出权力、知识和话语的三角关系：在福柯看来，"所有门类的知识的发展都与权力的实施密不可分"。④"权力和知识是直接相互连带的，不相应地建构一

---

① 爱德华·W. 萨义德：《东方学》，王宇根译，三联书店 1999 年版，第 7 页。

② 同上书，第 124 页。

③ 罗钢：《关于殖民话语和后殖民理论的若干问题》，《文艺研究》1997 年第 3 期。

④ 福柯：《权力的眼睛》，严峰译，上海人民出版社 1997 年版，第 31 页。

种知识领域就不可能有权力关系，不同时预设和建构权力关系也不会有任何知识。"[①] 权力和知识的关系是密不可分，交互作用的，拥有权力就意味着可以操控知识话语，使其为自己所用，反过来，拥有知识又可以证明权力关系并使其合法化。福柯在赋予知识以权力特征之后，又进而强调这二者与话语的联系，他认为，"权力和知识在话语中是相互联结的"。[②] 具有权力特征的知识实际上体现为话语。由于"权力"暗中压制，话语名为表意系统，往往却变成"强加于事物的暴力"。所以话语既是权力的产物，而在其运行过程中又不断地发挥着权力的作用。这样，福柯就将权力、知识、话语这三者置于一个统一的权力体系网络之中。正是从这一基本的认识出发，福柯对疯癫、犯罪、性等进行知识考古，追踪这些人文学科知识话语的形成过程，挖掘被遮盖了的少数人群体话语的存在，通过知识话语的不连续性和断裂来揭示知识并不是对客观实在的真实反映，而是权力运作的结果。也正是在这一点上，福柯为萨义德的理论提供了理论支柱，对此，萨义德坦然相承："我发现，米歇米·福柯在其《知识考古学》和《规约与惩罚》（即《规训与惩罚》）中所描述的话语观念对我们确认东方学的身份很有用。我的意思是，如果不将东方学作为一种话语来考察的话，我们就不可能很好地理解这一具有庞大体系的学科。"[③] 正是在继承了福柯的话语理论的基础上，萨义德对"东方主义"

---

① 福柯：《规训与惩罚》，刘北成、杨远婴译，三联书店 1999 年版，第 29 页。

② 转引自王家传《赛义德和后殖民理论对福柯和德里达的借鉴》，《厦门大学学报》2001 年第 1 期。

③ 爱德华·W. 萨义德：《东方学》，王宇根译，三联书店 1999 年版，第 4 页。

进行了知识考古，得出东方学是"西方用以控制、重建和君临东方的一种方式"①的结论。

在萨义德的拆解之下，"东方学"的霸权话语特征突现了出来，萨义德所要做的，就是要进行一场话语的革命，对殖民的霸权话语进行话语的抵抗，即"思想意识的反抗"，或者说是文化反抗，以期实现建立在话语平等的基础上的东西方之间的交流，这也是萨义德的《东方学》和《文化与帝国主义》等著作所起到的实际的号召效果。在以萨义德为首的后殖民文化理论家们的大力倡导和实践操作的范例影响下，对殖民话语的文化反抗，即反话语的实践，便成为获得独立以后的前殖民地社会的人们主要的非殖民化策略和后殖民话语的根本特征。

后殖民文化理论中的反话语，顾名思义，就是对殖民话语的反抗，是一种"制造麻烦的技巧"，它直接挑战的是殖民话语，反抗性和挑战性就成为反话语的最重要的特征。反话语实践的目的，就是要通过质疑殖民话语，"审查欧洲话语在对世界上许多其他地方的殖民统治中所强加和维持的文化符码"，②去颠覆欧洲霸权话语并与其争夺话语权，因此，颠覆性成为反话语的第二个重要特征。反话语的第三个特征是协调性。由于第三世界的国家无法再重新恢复前殖民时代的文化的纯洁性，后殖民文化已经不可避免地具有混杂性的特征，所以海伦·蒂芬强调："非殖民化只是一个过程，不是终点，它求助于一种持续的辩证法，以协调霸权中心体制和在外围对这些体制进行的颠覆，以协调欧陆及

---

① 爱德华·W. 萨义德：《东方学》，王宇根译，三联书店 1999 年版，第 4 页。

② 海伦·蒂芬：《后殖民主义文学与反话语》，见罗钢、刘象愚主编《后殖民文化理论》，中国社会科学出版社 1999 年版，第 313 页。

英国话语和对这些话语的后殖民的消解/掩盖。"① 在海伦·蒂芬看来，对非殖民化运动来说，最有利的位置是介于两个世界之间的中间位置，这是一个交流的场所，在这个位置上，通过对两个世界的协商、调适打破文化间的障碍，达到既可以削弱霸权意识，又可以避免以另一种话语取代主导话语的狭隘民族主义，绕开西方的二元对立的认识论陷阱，进而实现平等的对话交流以创造出新的文化的目的。反话语的第四个特征是其广泛性。反话语作为一种文化对抗，它所使用的和进行挑战的文本都非常宽泛，正如姜飞在其著作《跨文化传播的后殖民语境》中所说，这些文本包括"人类学的、历史学的、文学的或是殖民背景下一切合法的起作用的文本"。② 反话语的实践既包括萨义德所强调的对西方文本的对位式阅读实践，即将帝国主义的和它的对抗同时考虑在内，又包括非殖民化的政治运动，同时还包括文学艺术创作中的反话语策略。

从一定意义上，正如海伦·蒂芬所说，后殖民的写作背后的动力都是反话语，那么，后殖民作家在文学实践中，如何才能实施有效的反话语，从欧洲人那里争夺回话语权呢？萨义德在《文化与帝国主义》中提到了几种方法：第一，"重新发现与恢复土著曾经拥有过，而被帝国主义的一些措施所压抑的东西"③，包括重新命名自己的山水、寻找殖民地的地理属性和抒发自己的文化经验等。第二，重写宗主国经典，"以发现不同于以往那依附、

---

① 海伦·蒂芬：《后殖民主义文学与反话语》，见罗钢、刘象愚主编《后殖民文化理论》，中国社会科学出版社 1999 年版，第 313 页。

② 姜飞：《跨文化传播中的后殖民语境》，中国人民大学出版社 2005 年版，第 298 页。

③ 爱德华·W. 萨义德：《文化与帝国主义》，李琨译，三联书店 2003 年版，第 298 页。

派生属性的一个完整属性的基础"①。第三，"有意识地进入欧洲与西方的话语结构，和它打成一片，改变它，使它承认边缘化了的、受压制的、或被遗忘了的历史"。② 即对主导话语进行挪用和颠覆，萨义德将此工作称为"驶入的航行"。第四，发展独立的文化以抗拒西方。第五，挑战欧洲文化中对普遍性的向往等等。海伦·蒂芬在她的论文《后殖民主义文学与反话语》中，以萨义德的理论为重要基础，又突出强调了后殖民文学实施反话语策略时所需要的重要的"场"，如非洲的魔幻现实主义、变化了的非洲的传奇小说、寓言、语言和文本性自身等等，在后殖民文学中，这些因素经常交织出现，形成复杂的话语场。后殖民作家通过发展这些文本策略，演示殖民话语的形成过程，侵蚀主导话语的基础，最终达到颠覆欧洲文化权威的目的。

后殖民理论家们所论述的反话语文学实践主要是以殖民社会和后殖民社会的本土作家和移居西方的移民作家为范例，徐贲说过："尽管身处西方的非西方人和第三世界社会中的人们同有第三世界的背景，但却因为具体社会特定的压迫性结构各异而具有不同的压迫紧迫感和对抗策略。"③ 作为非洲的欧洲移民，第三世界中的第一世界公民，库切的情况要更为复杂，库切的紧迫感和对抗策略又自有一番不同。因为库切所反抗的殖民话语和欧洲话语是属于他的祖先的话语，对于他反抗的话语，他自己也不可避免地牵连其中，在实施反话语的文本策略时，库切又随时都有

---

① 爱德华·W. 萨义德：《文化与帝国主义》，李琨译，三联书店 2003 年版，第 257 页。

② 同上书，第 308 页。

③ 徐贲：《走向后现代与后殖民》，中国社会科学出版社 1996 年版，第 186 页。

清醒的自我意识，然而这种自我意识并没有造成反话语效果的抵消，通过不断的自我质疑、自我发掘和谴责，达到的是对西方文化权威性的挑战，所以，库切的小说模式同时又是一种"抗议强迫的共谋的模式"。[①] 库切在文本中进行的反话语实践直接指向殖民话语及其生产和再生产过程，通过多种形式的文本策略解构来自帝国权威的传统假设：神话、意识形态和历史观等，通过对西方叙述模式和文学标准的不断的自我发掘、谴责和质疑，挑战西方的文化权威性，甚至摧毁作为文本生产者的作者的权威，直至展示现代社会体系作为一个权力系统对个人的压迫和剥夺，在解剖殖民话语及其代理机构的过程中，又不时地带入反抗之声。库切的反话语文学实践不像本土作家那样与现实政治直接相关，但是却从话语的深度上削弱了欧洲的霸权话语，对于后殖民社会的文化抵抗来说，是具有重要价值的。

然而，后殖民文化理论中的反话语实践并不仅仅是一种解构，它还暗含着一种建构的努力，是在拆解中建构，即通过殖民话语的颠覆来建构一种消除了权力压迫之后的新的文化构图和文化属性。然而库切的作品往往在拆除了西方意识形成的话语大厦之后，却又不知话语将会流向何方，缺乏一种建构。主要的原因还是在于库切的尴尬的历史位置，作为欧洲文化的叛逆，他却并不拥有非洲的历史和非洲人的文化体验，某些事情是他永远无法进入的，所以无法倾听也无法言说非洲人的自我表述，无法在他的表述里形成新的文化。这是库切的无奈，也是他的无力，库切对此深为苦恼，这令我们又想起了那位柏拉图的洞穴里戴着锁链

---

① Sam Durrant: Postcolonial Narrative and the work of Mourning: J. M. Coetzee, Wilson Harris, and Toni Morrison, State University of New York Press, 2004, p. 19.

的囚徒，虽然他想摆脱锁链，寻求真实，然而真实又是永远不可得到的。这种无奈甚至动摇了库切的文学信念，使他对写作本身产生了怀疑，恰如他笔下的陀思妥耶夫斯基，认识到写作是对包括自己在内的所有人的背叛，也恰如被阻在卡夫卡式的大门口的伊丽莎白·科斯塔洛，清醒地知道自己永远也不可能过关，因为她将文学视为通向真理之途，然而那儿却并非真理所在，她永远也进入不了那扇曾经向她敞开过一道缝的大门；还恰如《福》的名字所蕴含的，文本的作者对于故事经历者和读者来说，就是"敌人"。总之，在消解了殖民话语的权威之后，在建构新的文化话语方面，库切明显显得无力和悲观。

第一节　经典的反话语：《福》对《鲁滨逊漂流记》的后殖民重写

英文中的经典（canon）一词，最初来源于希腊词"kanon"，是指用来进行测量的芦苇或杆子，后来生发出了作为规则和法律的意义。所谓文学经典，荷兰学者佛克马和蚁布思认为，是"精选出来的一些著名作品，很有价值，用于教育，而且起到了为文学批评提供参照系的作用"。① 这个定义指出了经典的特征，但并没有将经典的形成过程的考察容纳其中。文学经典的形成过程，也有一个惯用的术语，即"经典化"（canonized），它是指"那些文学形式和作品，被一种文化的主流圈子接受而合法化，并且其引人瞩目的作品，被此共同体保存为历史传统的一

---

① 佛克马等：《文学研究与文化参与》，俞国强译，北京大学出版社1996年版，第50页。

部分"。① 经典化的过程，不仅是一个美学标准进行选择的过程，而且也是一个社会的和历史的选择进程，在其中，渗透着来自各个方面的知识和权力的交锋，因此，经典化的过程也是一个权力运行的过程，它的身上势必携带着将其确定、巩固和推广为经典的某个民族的某个历史时期的主流意识形态。由于经典是社会和阅读群体集体选择的结果，所以经典是被形成的，因而具有开放性和可变更性，随着历史的变迁和文化环境的改变，经典的秩序势必会经受新的调整，有些被添加，有些被删除，有些被重新阐释。由于经典的形成与文化环境的密切关联，所以有学者指出，"经典的一个功能之一就是提供解决问题的模式，历史意识的每一次变化，将引发出新的问题和答案，因而也就会引出新的经典"。② 边缘文化主张建构新的经典秩序或重新阐释经典，一方面是为了使自己的文化合法化，另一方面也是与中心权威对抗的一种策略。

　　萨义德在《东方学》中通过对西方的东方主义话语结构和形成机制的研究，提出"有理由认为，每一个欧洲人，不管他会对东方发表什么看法，最终都几乎是一个种族主义者，一个帝国主义者，一个彻头彻尾的民族中心主义者"。③ 而在《文化与帝国主义》中，萨义德则以对大批欧洲经典文学作品，特别是对 19 世纪小说文本的话语剖析，从文学的角度充分论证了这一个观点。的确，即使可能不是全部的，但也是众多的欧洲经典文本在

---

① 转引自托托西《文学研究的合法化》，北京大学出版社 1997 年版，第 43 页。

② 佛克马等：《文学研究与文化参与》，俞国强译，北京大学出版社 1996 年版，第 49 页。

③ 爱德华·W. 萨义德：《东方学》，王宇根译，三联书店 1999 年版，第 260 页。

殖民化过程中显示了话语的功能，他们在西方将东方的弱势转变成差异并进行贬低的霸权话语形成过程中，难脱干系。所以，经典的反话语就成为一个重要的后殖民反话语场。后殖民文化理论家们面对经典问题，最经常问及的问题是"谁的经典"和"谁的经典标准"在发言的问题，后殖民作家充分利用"文本性自身在后殖民世界中的话语功能"①，在自己的作品中，通过挪用、借用宗主国的叙述（包括欧洲经典文本中的人物、情节和基本前提），去以不同的方式重读现实，也就是拉什迪所谓的"逆写帝国"，或对经典形成过程进行细致的、形象化的展示，运用反话语策略进行分析，最终达到颠覆这些经典文本及生产了这些经典文本的文化霸权的结果。

发表于 1986 年的《福》是 J. M. 库切的第五部小说，也是他的作品中关系最为错综复杂的作品。在这部迷宫似的作品中，库切对西方文本化帝国的奠基之作《鲁滨逊漂流记》进行了后殖民的重写，是一部典型的"经典的反话语"文本。在对《鲁滨逊漂流记》的颠覆中，库切探讨了文本与帝国、边缘与中心、自我与他者、叙述模式与政治压迫、语言与存在等多重关系。在多重关系的交织之下，《福》生产出了多重意义的符码，文本的阐释空间在关系的张力之中，被无限扩大了。

一 帝国探险英雄神话的解构

众所周知，《鲁滨逊漂流记》作为西方文学中的经典之作，在西方文化帝国神话的构建过程中，发挥了巨大的作用，萨义德对此分析道："的确，鲁滨逊使一种海外扩张的思想得以明

---

① 海伦·蒂芬：《后殖民主义文学与反话语》，见罗钢、刘象愚主编《后殖民文化理论》，中国社会科学出版社 1999 年版，第 318 页。

晰，——叙事的风格与形式都与 16 世纪到 17 世纪的探险旅行这种奠定大殖民帝国基础的东西，有直接的联系。"①《鲁滨逊漂流记》通篇采用鲁滨逊自我讲述历险经历的叙述模式，在这种模式中，作为他者代表的星期五只是一个被关照的客体存在，没有主体性，他者在《鲁滨逊漂流记》中，是没有声音的；鲁滨逊用枪和《圣经》让星期五臣服于自己的行为是西方帝国殖民行径和殖民策略的表征；鲁滨逊对"处女岛"的开发明显代表了帝国文化的扩张意愿，当他遇救脱险后又俨然以总督的姿态来巡视他的领地时，他更是彻底患上了帝国主义的健忘症，"这种健忘症决意对过去的所有权一笔勾销"②，"处女岛"的历史要从鲁滨逊登上海岛的那一刻算起，以前的历史被人为地想当然地割掉了；在这样的叙述之下，大英帝国的探险英雄神话便难以回避地形成了。《鲁滨逊漂流记》及其之后的大量的英国人的冒险故事都"以梦想形式赋予英国力量、意志，以便使英国人走出国门，探寻世界、征服世界和统治世界"。③ 他们以文本的形式表达和激发了帝国的殖民欲望，成为帝国殖民意识形态构塑的重要组成部分。

　　库切一直尊重他者，关注弱势群体，出于这种尊重和关注，他一直试图通过作品让被消了音的他者获得言说的权利，通过西方话语霸权对人际关系的扭曲过程和途径的揭示来达到颠覆殖民帝国神话的目的。从这个意义上讲，库切的作品实质上一直在与

---

　　① 　爱德华·W. 赛义德：《赛义德自选集》，谢小波等译，中国社会科学出版社 1999 年版，第 229 页。

　　② 　戴安娜·布莱顿、海伦·蒂芬：《西印度群岛文学与澳大利亚文学比较》，见巴特·穆尔-吉尔伯特等编撰《后殖民批评》，杨乃乔、毛荣运、刘须明译，北京大学出版社 2001 年版，第 295 页。

　　③ 　转引自塞昌槐《西方小说与文化帝国》，武汉大学出版社 2004 年版，第 97 页。

《鲁滨逊漂流记》进行文本间的对话，而《福》更是一次真正的改写，用阿敦尼·瑞彻（Adrienne Rich）的话来说，这是"一次回溯的行动，一次用新鲜的眼睛回溯的行动，一次从一个新的批评的方向进入旧文本的行动"。[①] 的确，《福》的创作并非简单地回归经典，而是将《鲁滨逊漂流记》这一殖民主义的典型文本放在南非独特的后殖民语境之中进行审视，对此海伦·蒂芬评论道："《福》是关于欧洲符码建构他者的叙述，但也关注这种符码在后殖民移民殖民地的存在和延续。"[②] 在这种关注之中，库切生发出了宗主国中心权威、殖民地的移民殖民者和土著居民之间的特殊而隐秘的关系。

在情节和人物设置上，《福》是对《鲁滨逊漂流记》的模仿，然而这种模仿是反讽性的，用意在于颠覆。鲁滨逊的处女岛土地肥沃，物产丰富，再加上鲁滨逊从沉船上凑巧发现的种子、枪和《圣经》，这些可以满足鲁滨逊生存和扩张欲望的任何需求。那里没有蚊虫的叮咬、野兽的侵袭，除了不时出现的野人之外，并无其他威胁，这更为鲁滨逊在小岛上建立海外帝国提供了充分的条件，而鲁滨逊对于野人吃人习俗的叙述为他对星期五的文明化的征服奠定了意识形态合法性的基础。在《福》中，正如汉考·博来森（Hanjo Beressen）指出的，库切侵犯、解构了"克鲁索岛屿的经济乌托邦"，海岛的"形而上的合法性"被库切剥去了。[③]

---

① Susan Vanzanten Gallagher, A Story of South Africa: J. M. Coetzee's Fiction in Context, Harvard University Press, 1991, p. 186.

② 海伦·蒂芬：《后殖民主义文学与反话语》，见罗钢、刘象愚主编《后殖民文化理论》，中国社会科学出版社 1999 年版，第 327 页下注。

③ 转引自 Susan Vanzanten Gallagher, A Story of South Africa: J. M. Coetzee's Fiction in Context, Harvard University Press, 1991, p. 173。

《福》中的海岛土地贫瘠，没有柔软的沙滩，没有能滋润沉船遇难者焦渴的喉咙的小河，没有甘美的水果等着去采摘，而是另外的一块地方，"一座平顶的巨大的岩石山，突兀地从海中升起，只有一边点缀着从来也不会开花和遮蔽它们的叶子的灌木丛，毫无生气。海岛的外面，生长着棕色的海草，被海浪冲到海岛上来，散发着有毒的恶臭，供养着数量巨大的水蚤群……"① 由于环境恶劣，又没有种子，克鲁索们每日的饮食不外乎鱼和野莴苣，单调乏味。在那儿，虽然克鲁索一再警告苏珊·巴顿要小心野人，但是苏珊·巴顿却没有发现野人的任何踪迹，唯一的暴力显现是土著星期五被割掉了的舌头。

笛福的鲁滨逊充满言说的欲望，他不仅是整个叙述的主人，而且从来到海岛的那一刻起，他就用笔和墨水纪录他在海岛上的每一天，让自己的历史刻写在异域的土地上。这种行为明显将殖民书写和帝国的版图扩张连接在一起。为了揭示帝国运用书写符号对殖民地历史的强占，库切则让他的克鲁索变得沉默，他没有可以书写的墨水，没有诉说的欲望，也没有纪录历史的行为，苏珊·巴顿对他的历史的探寻得到的答案不仅稀少，而且充满不确定的因素；笛福的鲁滨逊 28 年以来一直为获救而积极地行动，他的永不放弃和不断进取的精神使他具有某种英雄气概和主人气质，他对荒岛的占有体现了必然性的伦理。鲁滨逊体现的精神被视为欧洲文明人精神的一个象征，从而也为欧洲的殖民征服提供了合理化的精神基础。为了颠覆这一基础，库切让自己的克鲁索因多年与世隔绝的生活而失去了获救的欲望，他的精神沉浸在了海岛这一狭小的王国里；笛福的鲁滨逊高涨的工作热情为他创造了丰厚的物质财富，笛福因而成为西方资产阶级工作伦理的典型

---

① J. M. Coetzee: Foe, Penguin Books, 1987, p. 7.

体现者。此后那些模仿《鲁滨逊漂流记》的英雄探险故事的主人公大多像鲁滨逊一样，"勤勤恳恳地工作，把所有的时间都用到了建筑、绘图和探险开发上"。[①] 这种工作伦理暗含了一种工作能使人改良向上的看法，而这种观念经过反复灌输又"造就了勤劳的殖民官员和他们的对立面——堕落懒惰的本土人的形象，而这种殖民主义的形象刻画反过来又强化了上述观点"。[②] 也就是说通过对资产阶级工作伦理的强调，欧洲的经典文本突出了宗主国和殖民地的差异，并将这种差异进一步本质化。在《福》中，库切的矛头也指向了这种资产阶级的工作伦理。库切的克鲁索也在终日忙碌，他的工作是率领星期五将石头从地里搬走，然后再用它们围筑起一块块台地，但克鲁索并无种子可种，在他看来，"开垦是为了那些在我们之后来到这里的，有幸带着种子的人们准备的，我仅仅是在为他们清理土地，清理土地和堆石头，虽然这远远不够，但总比无所事事地空坐要好得多"。[③] 这种工作伦理在叙述者苏珊·巴顿看来，缺少有价值的目标，既荒谬又徒劳。这明显是对欧洲资产阶级工作伦理的削弱；笛福的鲁滨逊获救回到英国后春风得意，不仅重获失去的一切，而且还得到了一个海岛，这既是对鲁滨逊体现的欧洲精神的奖励，也是欧洲优越性能够战胜一切异己力量的又一次证明，物质性的收获同时又鼓舞了欧洲人殖民探险的欲望。而库切的克鲁索却从内心里拒绝获救，因为他不知自己离开海岛将往何方，"被救出的克鲁索对世界来说，会是一种深深的失望；一个在海岛上的克鲁索的观念和在异

---

① 博埃默：《殖民与后殖民文学》，盛宁译，牛津大学出版社 1998 年版，第 43 页。

② 同上书，第 42 页。

③ J. M. Coetzee：Foe，Penguin Books，1987，p. 33.

己的英格兰里的紧闭双唇、闷闷不乐的真实的克鲁索相比，会更好一些"。[1] 所以库切安排克鲁索在被迫离开海岛的路上死去。

在《鲁滨逊漂流记》中，鲁滨逊和星期五的关系是拯救者与被拯救者，驯化者与被驯化者、主人与仆人的关系。救了星期五之后，鲁滨逊给星期五命名，教他学英语（教的第一个单词是"主人"），向他传授圣经，鲁滨逊把教给星期五的每一件事情当作自己的义务，能够让星期五更有用、更灵活，对人更有帮助成为鲁滨逊后期海岛生活的一个重要目标。就这样，自有了第一个属民之后，鲁滨逊便在海岛上建立起了一个父权制帝国。这种父权制帝国主义是在自由、仁慈的神话遮掩之下的。在《福》中，鲁滨逊对星期五的教导的剥夺实质被暴露了出来：星期五被发现之前就已经被割掉了舌头，这是星期五被完全剥夺言说权利的表征，虽然克鲁索不一定是这种暴行的直接责任者，但作为星期五的主人，在话语的层次上克鲁索是剥夺行为的参与者。日常生活里，他很少和星期五说话，教给星期五的语言只是生活和劳动中吩咐星期五时所必需的像"拿"、"挖"这样的几个词汇，此外别无其他。这种安排的实用性和残忍性昭然若揭。

总之，《福》提供的是流落荒岛的早期殖民探险故事的另一个版本，他对前文本《鲁滨逊漂流记》的重写是一种破坏性的重写，通过这种重写，通过对文本化帝国话语前提的消解，《鲁滨逊漂流记》建立起来的探险英雄的神话被解构了。

二　女性叙述者的抗争

其实，《福》对《鲁滨逊漂流记》的重写最主要的还是体现在叙述视角的重大转换上。《鲁滨逊漂流记》通篇采用的是鲁滨

---

[1]　J. M. Coetzee：Foe, Penguin Books, 1987, p. 35.

逊的自我叙述，鲁滨逊不仅是殖民者，而且是男性，总之，《鲁滨逊漂流记》所代表的是来自权力中心的自我表述。在这样的叙述里，他者仅仅呈现为对象，没有主体性。这样的叙述无疑有助于帝国和男性话语霸权的形成，而在殖民话语里，这二者本身就是合而为一的，因为帝国、西方通常都被表述为是男性的。然而从后殖民的视角去看，由于遮盖了女性和土著这些他者的存在，《鲁滨逊漂流记》的叙述就不能表现历史的真相。《福》所要做的，就是对这种遮盖进行揭示，对被迫沉默的历史言说。而要做到这一点，就必须从叙述模式上进行改变，"避开从一个权力和权威的位置"言说，库切曾经问莫费特（Morphet）："一个人怎么能从一个权力的位置质疑权力？""他必须从对抗者的位置质疑权力，也就是说，从弱者的位置。"[①] 从这种认识出发，库切在《福》中采用了被笛福删除在文本之外的女性视角重新讲述乘船遇难的故事，从女性的边缘视角重新考察叙述模式与政治压迫的关系。鲍尔·坎特对此评论道："我们从《福》中所得到的，不是说有许多讲故事的方式，而是笛福讲这个特殊故事的方式错了，他忽略了叙述中的女性和黑人的视野，他歪曲了现实。"[②]

苏珊是一位英国妇女，为了寻找被诱拐的女儿来到了"新世界"，在寻找女儿毫无结果的情况下返回英国，在归航途中，遭遇船员叛变，她和船长（她的情人）的尸体被放在皮筏子上，漂流到了克鲁索和星期五所在的海岛上，和他们共同生活了一年，后来遇救脱险，克鲁索死于返回陆地的途中之后，她成了星期五

---

① J. M. Coetzee："Two Interviews with J. M. Coetzee 1983 and 1987"，by Tony Morphet，Triquarterly，62（1987），pp. 454—464.

② Cantor，Paul A："Happy Days in the Veldt：Beckett and Coetzee's In the Heart of the Country"，South Atlantic Quarterly，93（1994）.

新的保护人。获救之后，苏珊决心将自己的这番经历编写成书，告诉世人，因为以前未曾有过关于女性乘船遇难者的作品。然而由于缺乏写作技巧，她找到作家福（即笛福），将自己的故事叙述给他听，希望他能将自己的经历如实写出来。笛福（Defoe）的名字原本就叫做"福"（Foe），到 1695 年他在自己的名字前加了一个前缀"De"（贵族出身的标志），就变成了 Defoe，所以"福"明显就是指笛福。Foe 在英语里又有"敌人"、"反对者"的意思，所以"Foe"这个名字也隐含着福与苏珊、星期五的对立，因而，《福》这部作品又引进了作者与故事叙述者和故事中的人物的关系问题。

像生活在男权社会中的其他女性们一样，苏珊受到了来自性别歧视的压抑，在海岛上，她被克鲁索视为同星期五一样的属民，克鲁索告诫苏珊不要离开自己的"城堡"，因为"无尾猿对一位妇女不会像对他和星期五那样地警惕"，言外之意是女性更容易受到无尾猿的攻击，这令苏珊不由想到："难道女性，对于无尾猿来说，是一个和男性不同的品种吗？"[1] 当苏珊后来回想自己在海岛上的经历时，她感到自己看起来"仅仅是一个来过了的、见证了的、渴望走开的存在：一个没有实质的存在，一个在克鲁索真实的身体旁边的幽灵"。[2] 她对此感到愤愤不平，"然而我也有一个如同克鲁索一样的身体，我吃喝，我睡觉，我醒来，我渴望，海岛是克鲁索的……但我也住在那儿……"[3] 苏珊决心找回自己失去的实质，然而她的实际处境就像伍尔夫在《一间自己的房间》中所揭示的，居无定所，没有远离一切干扰的舒适的

---

① J. M. Coetzee: Foe, Penguin Books, 1987, p. 15.

② Ibid. , p. 51.

③ Ibid.

椅子，没有可以向外凝视的窗户，由于缺乏训练，她没有写作的技巧，所以尽管她拥有真实，却无法做自己故事的作者，只好求助于福，希望通过他为自己写的故事找回失去的实质。苏珊的经历和她的抗争明显指向支撑这种对女性的不公正的压迫和剥夺的男性话语基础，因而具有了弱势群体向权力中心讨回发言权的转喻意义。

苏珊渴望根据自己的欲望自由地言说自己的故事，重获自己失去的实质，而福却总是在肆意改编她的故事，在和福进行了一番抗争之后，苏珊不由产生自我怀疑，"但是现在我充满怀疑，除了怀疑什么也没有为我留下，我是怀疑自身，谁在说我？难道我也是一个幽灵？"[①] 谁在言说决定着谁掌握话语，也就决定着谁握有权力实施压迫，并对他者进行合乎自己利益的歪曲和变形。感到了权力压迫的苏珊向福指出他的虚构的实质："如果我仅仅是一个容器，准备着容纳所有被塞进我的故事，你肯定会打发我走，你肯定会对自己说，'这不是一个女人，而只是一间言辞的房子，空空的，没有实质'。"[②] 苏珊的言论一针见血，实际上指出了菲勒斯中心的男性文学对边缘的女性的态度：女性是一个空空的容器，男性可以随意根据自己的需要来进行填充，当然这不是真实的，被填充起来的女性形象出自掌握权力者的主观虚构，而真实的女性存在则被遮蔽了。苏珊极力强调"我并不是一个故事"，渴望重获自己的主体性，这实质上是在向男性写作对女性的歪曲或中心对边缘的压迫挑战。

苏珊具有女权主义意义的抗争不仅指向女性遭受的社会压迫和男性写作对女性的歪曲，同时还指向了将女性文学传统排斥在

① J. M. Coetzee: Foe, Penguin Books, 1987, p. 133.

② Ibid., pp. 130—131.

外的男性文学传统，即文学史中的沉默。"传统的文学史是一个由一个个的'文学经典'汇成的男性文学的历史，这些经典将男性文本和男性经验作为中心，处处显露出对女性的歧视，甚至是憎恨。"① 即使会收入一些女性作家的作品，也是以男性的视角来进行阅读和阐释，即以菲勒斯的批评标准来进行价值的判定，在这种标准之下构筑的文学史，是男性的文学史，而女性的文学传统却被淹没了。苏珊将文学传统由男性书写的事实归纳为"父亲生产故事"，"缪斯是一位女性，一位女神（goddess），她在夜间造访男诗人，在他们身上引起故事，就像父亲生下子女一样（begets stories）。在男诗人们后来的描述中，她总是在他们最失望的时刻来临，用圣火触摸他们，从那儿以后，他们曾经枯涩的笔，变得流畅了"。② 在这番言说之下，西方盛行的"灵感说"中蕴含的男性意识昭然若揭。苏珊试图建立女性的文学传统，她告诉福："当我为你写我的传记时，当我看到我笔下的小岛是多么的枯燥、空洞、没有活力时，我希望有这样一位男性的缪斯，一个年轻的男神（god）在夜间造访女作家，使她们的笔流畅起来。"③ 也就是说，苏珊认为女性应该是自己故事的主人，男性只是激起灵感、点燃欲望的外界因素，由母亲生产文本（mother the story），才有可能产生可以与男性文本平等对话的女性文本。

将全知全能的作者比作上帝（男性的），是 18 世纪普遍存在的一个比喻，最突出地表现在菲尔丁的《汤姆·琼斯》的叙述模式和其前言的论述之中，后来人们又把写作与男性生育联系起

① 张岩冰：《女权主义文论》，山东教育出版社 1998 年版，第 69 页。
② J. M. Coetzee：Foe，Penguin Books，1987，p. 126.
③ Ibid.

来，即由父亲生产文本，正如爱德华·萨义德所说，这种男性的写作由某种逻辑的霸权所组成："文本的整体性，或完整性由一系列谱系的连接所保持：作者——文本，开始——中间——结尾，文本——意义，读者——阐释等等，在这些下面的是成功、父权或霸权的想象。"[1] 为了赋予文本一种有条不紊的完整性，福不顾真实，随意虚构苏珊的人生故事，阐释她的生活的意义，"这样我们一共有了五个部分：失去女儿；在布拉兹（Brazil）寻找女儿；放弃寻找和海上历险；假设女儿的寻母；母亲与女儿的相会。我们就是这样虚构一本书：丢失，然后是寻找，然后是恢复；开始，中间和结尾"。[2] 对这样的一种虚构，苏珊予以抵制，"我选择的仅仅是告诉海岛上的故事，我自己、克鲁索和星期五三人在那儿的生活"。[3] 这一个故事，就像苏珊自己认识到的，在谱系的连接上是不充分的，"它是一个有开始和结尾的叙述，有愉快的枝节话，仅仅缺少一个内容充实的和变化多端的中间"。[4] 苏珊与福的对立具有颠覆以笛福为代表的作者权威的意义。

通观整个文本，库切通过女性乘船遇难者——苏珊所建构的女权主义的话语实际上与性的关联很少，苏珊的女性身份更多显示的是"边缘反对中心、无权威性的言说反对权威性的言说的相对的文化力量"。[5] 也就是说，与关注性的政治相比，库切更多的是利用苏珊的边缘位置来发言。库切自己对于苏珊的身份是认

① Said, Edward W: Beginnings: Intention and Method, Basic Books, 1975, p. 162.

② J. M. Coetzee: Foe, Penguin Books, 1987, p. 117.

③ Ibid., p. 131.

④ Ibid., p. 121.

⑤ David Attwell: J. M. Coetzee: South Africa and the Politics of Writing, University of California Press, 1993, p. 112.

同的，在一次访谈中，当被问及福对书本贸易的反应是不是暗含着从"成功的作者"概念的重要转变时，库切有点粗鲁地回答说这个问题问倒了，因为它将自己与福联系在了一起，而他的同情在小说中很明显是和"福的敌人，那位不成功的作者，更坏一点，那位女作者——苏珊·巴顿在一起的"。[1] 可以说，苏珊的位置代表了库切的位置，也就是南非的白人移民作家的位置，她和克鲁索、福及星期五的关系象征了库切本人为代表的南非白人移民作家与宗主国中心、黑非洲人的关系。

苏珊对男性意识和男性权威的抵抗在南非的语境下具有特殊的意义，正如库切自己所说，南非是一个"父性的社会"，苏珊的抵抗因而指向了南非现实的道德基础。作为一位女性，苏珊位于社会的边缘，然而同时苏珊还是一位英国人，属于权力的中心，她的位置具有双重性和相对性，库切一直在思考的南非白人写作的困惑表现为苏珊身上的种种矛盾。苏珊抵抗权威，然而那种抵抗并不彻底：她虽然抵制具有男性霸权等级制色彩的文本的完整性，但她强行将星期五拉入自己的叙述之中，她清醒地意识到自己的叙述中间部分的缺乏是因为星期五的沉默，她试图揭示星期五的沉默，以填补这个叙述的空洞，实际上还是要恢复叙述的完整性，无意识中向文学的话语传统回归，因而难以摆脱和权威的同谋关系。然而，她试图揭示星期五和让星期五言说的努力最终都以失败而告终，这种得以保留的叙述空洞一方面使苏珊的叙述承担了见证他者遭受的压迫的角色，另一方面，这种进入殖民地他者的无力，也是南非白人作家与黑非洲人无法实现真正的建立在互为主体的平等基础上的我—你关系困境的又一次显现。

---

[1] J. M. Coetzee: "Two Interviews with J. M. Coetzee 1983 and 1987", by Tony Morphet, Triquarterly, 62 (1987), pp. 454—464.

　　总之，《福》通过采用女性乘船遇难者的叙述视角，考察了"欧洲的文本对殖民空间和后殖民空间的捕捉和抑制"①，揭示了中心对边缘的压抑和控制。通过来自边缘的对抗性视角的设置，《福》颠覆了《鲁滨逊漂流记》的整个叙述的可靠性和权威性。

三　星期五的沉默

　　在《鲁滨逊漂流记》中，星期五的存在是一个附属物的存在，他没有自己的名字，说的是鲁滨逊教给他的语言，遵循的是主人的命令和主人的观念。作为鲁滨逊的创造物，他对鲁滨逊的忠诚和感激是鲁滨逊的欧洲力量的反射。星期五似乎没有自己的历史，鲁滨逊的叙述没有给星期五言说的机会，也没有暗示任何探究的必要，星期五自己也似乎没有言说的欲望，星期五的生命似乎是在他被鲁滨逊救起的那一刻才刚刚开始，二人之间的主仆关系是天经地义、自然而然的。《福》所作的，就是要揭示出这种天经地义、自然而然背后的欧洲主导话语的控制。与《鲁滨逊漂流记》不同，在《福》中，星期五成了一个备受关注的角色，倒不是因为星期五的自我言说，而是因为星期五的沉默。库切让星期五的沉默在文本中尽情地表演，而到了最后，星期五的沉默更是成为压倒一切的叙述力量。苏珊·巴顿和福都试图破解星期五的沉默，通过他们对星期五的沉默的读解，《福》展示了权力操纵者对他者进行意义填充的过程，通过作为作者的库切对他们的读解的读解，《福》释放了被压抑的力量，为殖民地人用自己的语言言说自己打开了话语的空间。

---

①　海伦·蒂芬：《后殖民主义文学与反话语》，见罗钢、刘象愚主编《后殖民文化理论》，中国社会科学出版社 1999 年版，第 319 页。

《福》中的星期五的外形既有《鲁滨逊漂流记》中的星期五的影子，又被库切进行了改造，以适合于南非的社会现实。《鲁滨逊漂流记》中的星期五是一个面貌清秀而又健美的美洲土著，《福》中的星期五则是一个非洲的黑人："头上长着绒毛状的卷发，身上只有一条破破烂烂的内裤来蔽体。……小小的呆滞的眼睛，宽宽的鼻子，厚厚的嘴唇，皮肤干得像蒙上了一层灰尘。"①这种人种学的细致描写不外乎是为了强调星期五的非洲人的身份，以便揭示南非社会现实中存在的压迫的政治关系。更关键的不同在于，《福》中的星期五被发现之前，他就已经被割掉了舌头，无法说出自己的故事，因此他的沉默弥漫了整个文本，如同被剥夺了言说权力的南非黑人的沉默。

作为一个英国人，苏珊势必携带着来自中心的某种优越的意识形态。刚来到海岛上时，苏珊身上的种族意识还是非常明显的，她一见到星期五，马上就想到自己来到了一个吃人岛上，她自然而然地将星期五当作仆人看待，她给与星期五的关注如同她自己所说，"就像给予一条狗或其他的哑巴动物的一样少，实际上是更少"。星期五的残疾一开始在她身上引起的是嫌憎和厌弃，直到有一天她看到星期五在向一片水域中撒花瓣，就像一种纪念仪式，这才令她第一次想到在"迟钝的和让人不悦的外表下面"也会有一个灵魂，再加上苏珊在言说自己的故事时所日益深刻感受到的来自权威的压迫，她的自我叙述便越来越向星期五倾斜。苏珊明确意识到自己和星期五的沉默是不同的，在与福的争论中，她分辩道：

　　　星期五没有对言辞的掌握，因而不能抵抗日复一日地被

---

①　J. M. Coetzee：Foe, Penguin Books, 1987, pp. 5—6.

按照他人的欲望重塑。我说他是一个野人他就变成了一个野人，我说他是一个洗衣工他就变成了一个洗衣工。什么是星期五的真相？……不管对他自己来说，他是什么（他对自己来说，是什么吗？他怎样告诉我们这些？），他对世界的所是就是我制造的他所是。所以星期五的沉默是一个无助的沉默。……而我对巴黑亚（Bahia）和其他事情保持沉默是有意选择的和有目的性的：它是我自己的沉默。①

这番比较意义深远，更具有明确的现实指向。库切将对南非白人作家的历史位置的思索再次投射在苏珊身上，这种思索的理论逻辑是：南非白人移民者的后代虽然对宗主国中心来说，处于边缘，然而对于南非的主流意识形态来说，居于边缘却是一种自愿的放逐，他们并没有丧失言说的权力。而星期五，作为一名黑人土著，位于权力等级体制中纯粹的边缘地带，遭受的是一种完全的剥夺和压抑。他的残疾是殖民者的蓄意制造，让他者无法说话，这是一种典型的殖民策略，用意在于将殖民者出现以前殖民地的历史清除干净，重建殖民地的属地历史，对于历史上的这种失声，星期五们是没有选择的，更不是自愿的。

按照福柯的理解，"没有语言也就没有主观（即主体）可言。没有语言可以有人——自然的人，但不会有主体，因为'主体'本身就是人把自己从自然秩序的系列表中解放出来的结果"。②由于星期五不能说话，苏珊无法通过语言实现不同文化之间的转译，星期五在她的叙述中显现为一个空洞的存在，为了填满自己

---

① J. M. Coetzee：Foe，Penguin Books，1987，p. 132.

② 徐贲：《走向后现代与后殖民》，中国社会科学出版社 1996 年版，第 136 页。

的叙述空洞，苏珊首先试图借助于语言来打开星期五沉默的大门，希望如果自己能够"让星期五周围的空气中密布字词，星期五在克鲁索的统治下死掉了的记忆就可以再生"，[①] "通过建一座字词的桥，当有朝一日字词变得足够坚实的时候，星期五能够穿越克鲁索之前的时间，穿越他失去自己的舌头之前的时间，那时他心不在焉地沉浸在字词之流当中，就像鱼儿生活在水中一样自在，从那儿他可以尽其所能地一步一步地返回你，福，我和其他人生活的字词世界"。[②] 苏珊所做的，就是重新赋予星期五语言，为他重建主体性。然而她的这一努力是无效的，星期五的沉默依旧像谜一样悬挂在文本中。失败的原因并不在于星期五的迟钝，而在于苏珊自身。苏珊在星期五周围密布的语言，是她自己的语言——英语，英语作为殖民者的语言工具，具有强烈的意识形态色彩，赋予星期五以主人的语言，用剥夺了他者言说权力的工具去触碰他的生命实质，是一种霸权的强行侵入，所以苏珊说，"言语像一个真正的奴隶拥有者"，想得到他者的积极的对话响应，更是不可能的。

星期五虽然失掉了舌头，但并不表明他失去了语言，"语言不仅是指字词，它更本质的是人介入这世界的条件"。[③] 语言不仅显现为字词，它还显现为非字词的思想形象，这种思想形象是特定文化的产物，星期五是由与苏珊所拥有的不同的文化所决定的知觉生命，他们拥有的是不同的思想形象，苏珊在不进入他者沉浸于其中的文化基础的情况下，或者说苏珊在不将自己转变为

---

①　J. M. Coetzee：Foe, Penguin Books, 1987，p. 59.

②　Ibid. , p. 60.

③　徐贲：《走向后现代与后殖民》，中国社会科学出版社 1996 年版，第 136 页。

他者的情况下，为他者言说或言说他者，势必是徒劳的。对此苏珊有着清醒的认识："星期五舌头的故事是个不能被讲述的故事，或者说不能被我讲述的故事。也就是说，可以有许多关于星期五的舌头的故事，但是真实的故事埋藏于说不出话的星期五自身。直到通过艺术发现赋予星期五声音的一条途径，我们才能听到真实的故事。"[①] 能说出星期五的故事的只有星期五自己的舌头，而那舌头却已经被割掉。既然通过字词无法获得星期五的真相，福就建议苏珊通过书写来打开星期五的沉默，在福看来，"书写不必定是言语的影子"，书写可以自我形成。而在苏珊看来，"字母是字词的镜子，即使我们看起来是在默不作声地书写，书写依旧是我们自身内部的言说或给我们自身听的言说的表达方式"。[②] 苏珊不相信，书写可以从虚无中形成自身，"书写不会像卷心菜一样在我们中自发生长，而我们的思想却在别处"。[③] 也就是说，苏珊认为书写必定出自思想形象，携带着出自不同的知性生命的思想形象的书写无法实现对话，在这一点上苏珊是正确的，她的试验表明通过书写依然无法与星期五的主体性相遇。主体性只能出自自身，而不能被别人所建构。苏珊遭遇的交流困境正是南非社会白人移民作家和黑色非洲人关系的一个隐喻：南非的白人作家拥有言说的权力，却无法得到他者经历的真相，黑人拥有自身的真相，却被剥夺了言说的权力，南非的白人作家能否充当南非现实的代言人，是库切等白人作家在话语深度上无法摆脱的困惑。

斯皮瓦克曾经建议我们应该把苏珊作为"指向他者伦理的代

---

① J. M. Coetzee：Foe，Penguin Books，1987，p. 118.

② Ibid. ，p. 142.

③ Ibid. ，p. 147.

理人"① 来读，在她的解读下，苏珊变成了库切将边缘建构为历史主体的机构。然而由于苏珊相对的位置，这种主体性建构在遭遇殖民地的纯粹他者——星期五时，会时不时地陷入危机：通过对星期五的阐释努力，苏珊对于自己与克鲁索和福的同谋关系的认识越来越清晰，也就越来越对自我产生怀疑。她代替克鲁索当了星期五的新主人，虽然一再强调自己不是一个奴隶拥有者，却多次声称星期五是"我"的，俨然以保护人自居，"我告诉自己，我与星期五说话只是为了教育他走出黑暗和沉默，但那是事实吗？有时仁慈离开了我，在这样的时刻，我仅仅是把字词当作让他从属于我的愿望的最简洁的方式"。② 这是对自我的理性怀疑，也是对自己主人身份实质的深刻反省。从叙述角度来讲，苏珊强行将星期五纳入自己的叙述之中，也是殖民者控制欲望的显现，因为正如她自己所说，星期五只不过是她的说出自己的故事的欲望的俘虏，作为一件工具，等待着她去利用，去填满。具有主人意识的苏珊从本质上来讲也是无法与星期五进行平等互信的交流的。因为星期五的"非洲火花对于我的英国人的眼睛来说是黑暗的"③。从这个意义上来说，星期五的沉默自身就是一种反抗的力量，苏珊也识察出在星期五顽固的沉默背后隐藏着"与我交流的不屑"。由于不具备能够与他者进行我—你交流的充分的主体条件，即使与他在的主体性遭遇，也无法碰撞出交流的火花：其实，文本中并非没有星期五的主体性显现的时刻，但这些时刻并

---

① Sam Durrant: Postcolonial Narrative and the Work of Mourning: J. M. Coetzee, Wilson Harris, and Toni Morrison, State University of New York Press, 2004, p. 34.

② J. M. Coetzee: Foe, Penguin Books, 1987, p. 60.

③ Ibid., p. 146.

没有最终促成苏珊和星期五的相遇。星期五在石板上画的脚底下的无数只行走的眼睛其实已经在言说着自己的故事，但当苏珊想拿走石板给福看时，星期五迅速地将它们擦掉，这明显是对苏珊和福对自己进行阅读的拒绝。而这一有可能揭示真相的时刻引起的却是苏珊的厌恶和歇斯底里的哭喊。苏珊所处的既是中心又是边缘的相对位置和拥有的介于殖民和后殖民之间的话语注定使她无法打开星期五的沉默。

苏珊作为位于边缘的女性对权威的反抗和作为意识形态深处的殖民者的不自愿的同谋，对星期五的无力进入在文本中产生了无限的张力，这两套话语的纠缠似乎会无休止地进行下去，文本的叙述该如何结束？星期五的主体性到底是什么？他的存在的意义究竟何在？为了解决这些问题，《福》的第四部分引进了一个匿名叙述者。他（她）两次潜入福的小屋，在他（她）的叙述中，苏珊、福，和苏珊的船长同处于一边，这时他们都已经死去，与他们处于对立一方的星期五一息尚存。匿名叙述者的关注中心是星期五，他（她）穿过苏珊、福、船长等的尸体，一次次地走向了星期五：第一次"我"靠近星期五，"从他的嘴里，没有一丝呼吸，发出了海岛的声音"。[1] 第二次，"我"发现了星期五的脖子上有绳子或锁链的勒痕，"我"潜入星期五撒花瓣的水域，发现了沉船，在沉船的角落里，"我"发现了星期五，"我"与他说话，"然而这不是一个字词的地方，每个音节发出时，便被捕获，充满了水，弥散开来"，"我"明白了，"这儿是身体是它们自己的符号的地方，这儿是星期五的家"。[2] 在这部分的叙述中，星期五的沉默成为了压倒一切的力量，文本凭借外力，强

---

① J. M. Coetzee：Foe，Penguin Books，1987，p. 154.

② Ibid.，p. 157.

行结束了叙述，关闭了文本，同时也将星期五的存在的意义归结为"身体"及其所受的苦难（脖子上的勒痕是一个象征符号）。这个匿名叙述者到底是谁，是一个争议颇大的问题，有人认为是苏珊·巴顿，有人认为是作为作者的库切，我倾向于接受后一种观点，因为他（她）对星期五身体的意义的强调与库切在大卫·阿特瓦尔的访谈中谈到星期五时提到的观点是一致的，库切提出："星期五是个哑巴，但是星期五不会消失，因为星期五是身体。如果我回顾我的小说，我发现一个简单的（头脑简单的?）标准建立起来了，这个标准是身体。"① 所以说，匿名叙述者其实就是作为作者的库切。在库切看来，星期五的身体是苏珊和福的无休止的怀疑和探寻的对立面，它具有不可否认的权威性，"在南非社会里，这种苦难和身体的权威性的不可否认不是出自逻辑的原因，也不是出自道德原因……而是出自政治的和权力的原因。……不是一个人赋予遭受苦难的身体以权威，而是遭受苦难的身体本身就有这种权威：这就是它的力量。换句话说，它的力量是不可否认的"。② 遭受苦难的身体虽然还无法说出自己的历史，但它本身就是历史，或者说，这种被迫变形了的历史虽然没有被说出，但它的存在却是实质性的，因而不可抹杀。虽然最终星期五没有张开口说话，但作为作者的库切对文本的进入似乎在告诉人们：星期五们为自己言说的时代已经或即将到来，只是一种不同的声音，需要不同的耳朵来倾听。

综上所述，《福》对《鲁滨逊漂流记》的重写作为一种"经典的反话语"，具有重大的颠覆价值。它从后殖民视角重新解读

---

① J. M. Coetzee：Doubling the Point：Essays and Interviews，Harvard University Press，1992，p. 248.

② Ibid.

欧洲的经典著作，揭开了欧洲叙述表面之下的权力话语，解构了宗主国视角和移民殖民者的宗主国视角，并为他者释放出言说的潜能。在此意义上，虽然库切在《福》中并没有直接涉及南非，但这个文本却呈现出了对南非现实政治形势的直接参与和对造成这种形势的历史的追踪。所以，库切说："……《福》不是从殖民主义或权力问题的撤离，'谁写作'的问题，谁占据了权力的位置，手里拿着钢笔？"[①] 库切的意思是说，殖民书写是和殖民主义权力体系直接相关的，所以对殖民书写的揭示和颠覆就是一种后殖民的反话语策略，是解殖民事业的重要组成部分，因此，《福》这部作品在南非语境中，具有重要的现实意义。

第二节 对整个权力系统的反叛：
规训、惩罚与迈克尔·K

权力对人的压迫在各种社会形态中普遍存在，只是在前殖民地和后殖民地社会中，它的存在更具有政治意义，对它的反叛也就更具有革命的色彩。库切的反话语的文学实践延伸到了权力系统对个人的捕获上，因为个人的身份直接与社会、历史和政治密切相关，是权力机器得以运转的最显见的、最直接的对象。库切通过小说试图告诉人们：权力体现在社会的各个制度层面，随时对人进行监督和控制，其最终目的就是将每个人置于权力的控制之下，将人变成权力系统的制造品。对各种权力形式给定的身份的逃避，就意味着对整个权力系统及其存在的政治环境的挑战和

---

① J. M. Coetzee："Two Interviews with J. M. Coetzee 1983 and 1987", by Tony Morphet, Triquarterly, 62 (1987), pp. 454—464.

对抗。在这方面，明显可以感到福柯的影响。在大卫·阿特瓦尔的一次访谈中，库切坦然承认道："福柯的阴影在我的关于殖民南非的随笔中，尤其是在构成《白色写作》一部分的关于霍屯督人的人类学写作的随笔中深深地存在着。"[①] 虽然库切紧接着否认福柯的影响在他的文学作品里的存在，但是库切的作品素有批评文本化的倾向，他当然不会让作品中出现福柯存在的直接证据，但作为编织情节、聚集意义的一个理论前提，福柯在库切文本中的隐性存在还是非常突出的。其中以《规训与惩罚》对《迈克尔·K 的生活和时代》的影响最为显著。

一 权力系统对个体的释义和捕获

在福柯看来，是"权力制造知识"，"权力和知识是直接连带的，不相应地建构一种知识领域就不可能有权力关系，不同时预设和建构权力关系就不会有任何知识"。[②] 在这样的理论基点之下，福柯提出："不是认识主体的活动产生某种有助于权力或反抗权力的知识体系，相反，权力—知识，贯穿权力—知识和构成权力—知识的发展变化和矛盾斗争决定了知识的形成及其可能的领域。"[③] 虽然在任何社会里，人体作为一个"政治肉体"，都会受到极其严厉的权力的控制，诸多权力强加给它各种压力、限制或义务，强行将它归入权力秩序之中。但在福柯的权力—知识体系中，个人并不是一个被权力抓牢的预先给定的实体，而是"规

---

① J. M. Coetzee: Doubling the Point: Essays and Interviews, Harvard University Press, 1992, p. 247.

② 福柯:《规训与惩罚》，刘北成、杨远婴译，三联书店 1999 年版，第 29 页。

③ 同上书，第 30 页。

训"的特殊权力所制造的一种实体，个人的自我知识和身份特性是权力关系对身体、欲望、力量不断施展作用的产物，尤其是在现代监管型社会，权力对个人的监管"由一系列工具、手段、过程、应用层次和目标构成；它是权力的'物理学'或'解剖学'，是一种技术"。① 所以对认识主体的分析不应在命令、要求和利益这些权力形态之外进行。

1983 年发表的《迈克尔·K 的生活和时代》的故事背景是库切对 20 世纪 70 年代末、80 年代初南非严峻的种族形势忧虑的基础上勾勒出的一个想象的未来，叙述者称之为一个"营地的时代，战争的时代"。在这样的时代背景下，肤色模糊的主人公迈克尔成为一个"没有证件，身无分文；没有家庭，没有你自己是谁的意识"② 的流浪者，再加上迈克尔不善言谈，对自己在战争中的经历始终保持沉默，话语的缺席使他的存在变得更为模糊，以至于被认为是一个奇迹。然而正是他的模糊导致的难以捉摸引起了别人不安宁的感觉，一场关于迈克尔意味着什么的阐释竞争被发动起来了。

阐释的力量来自官方的各种权力形式，学校、政府、各种营地形式存在的监狱、医院、社会力量等都参与了对迈克尔的释义。迈克尔的妈妈是一个家庭女佣，迈克尔从婴儿时代开始就被妈妈带着出去工作，"看着母亲在擦亮别人家的地板，他学会了保持默不作声"③，这是主人家的无形权威和仆人的约定俗成的

---

① 夏光：《后结构主义思潮与后现代社会理论》，社会科学文献出版社 2003 年版，第 221 页。

② J. M. 库切：《迈克尔·K 的生活和时代》，邹海仑译，浙江文艺出版社 2004 年版，第 173—174 页。

③ 同上书，第 2 页。

纪律双向作用的结果，其威慑力足以塑造一个婴儿的性格；由于天生唇裂，头脑又不太好使，迈克尔被送入一家残疾儿监护学校，这所学校是由国家出钱的，在那里，"他和其他患有各种残疾的不幸孩子一起，学习基本的读书，写字，算术，扫地，擦洗地板，收拾床铺，刷碗洗盘子，编篮子篓子，做木工活和挖坑掘地"①。在这样的培训和低贱教育之下，成人后的迈克尔成为一名园丁，所以后来迈克尔说："我的母亲就是我把她的骨灰带回来的那个人……而我的父亲就是休伊斯·诺雷牛斯学校。我父亲就是宿舍门上贴着的那些规定。"② 的确，正是学校的规训奠定了迈克尔的身份基础。

当迈克尔试图带着生病的母亲离开开普敦，前往她的出生地艾尔伯特的乡间农场时，他被告知必须要有离开开普半岛警察特区的通行证，因为政府要维持权力秩序，必须要对个体实行各种各样的约束。纪律作为福柯所说的规训的一种主要形式，"首先要从对人的空间分配入手"③，通过将个人控制在给定的空间，可以避免混乱的产生。一定意义上来讲，通行证是政府制造的"第二十二条军规"，对迈克尔来说，能够成为离开开普敦的合法依据的通行证实际上是不可能得到的。

通行证迟迟不到，迈克尔只好冒险上路，其结果是被各种权力机制以不易察觉的方式从违反纪律的离轨者转变为触犯法律的违法者。迈克尔被一次又一次地投入各种各样的营地，他在投入

---

① 　J. M. 库切：《迈克尔·K 的生活和时代》，邹海仑译，浙江文艺出版社 2004 年版，第 2 页。

② 　同上书，第 129 页。

③ 　福柯：《规训与惩罚》，刘北成、杨远婴译，三联书店 1999 年版，第 160 页。

一逃离的循环中走过了战争的时代。在一个关卡，由于没有通行证，他和一群囚徒被塞入一节火车车厢，被押送到一个陌生的地方加入修铁轨的人群；迈克尔第一次离开维萨基的农场，在半山腰的山洞里穴居了一段时间，人们发现了他，他先是被关入监狱，然后又被送到一个安置难民的营地，在那里迈克尔靠自己的劳动挣得的微薄工资来养活自己。这两次被投入营地的原因都是因为他的流浪，无家可归的流浪在官方的制度中和言说之下，成为了一种犯罪，有犯罪就要进行惩罚，收入营地、强迫劳动就是规训与惩罚的方式。迈克尔的遭遇令人联想到福柯对"惩罚的温和方式"的分析，在福柯看来，立法者应该知道如何调动有助于加强权力的各种力量，如何减弱各种可能毁坏它的力量，而"直捣罪恶之源"是立法者实现这一目标的方式之一。因为这样做可以"消除维系这种犯罪观念的主要原因。弱化导致犯罪的利益和兴趣。在流浪罪背后潜藏着的是懒惰，因此必须对懒惰开战"。对于流浪者，有效的规训方式不是把他们关进监狱，而是"应该强制他们工作。'惩罚他们的最佳方式是使用他们。'恶劣的情欲只能用良好的习惯来克服"①。这种规训的效果如何呢？在库切看来，这种规训实践产生的只是破坏的效果，用营地中一个人的话来说，"当时他们开办这个新家是为了所有无家可归的人……可是他们开门不到一个月，所有的人都病了。先是痢疾，然后是麻疹，再然后是流感，一个接一个。因为人像畜生一样被关在笼子里"②。的确，尽管人们口口声声地说营地是为流浪者设置的

① 福柯：《规训与惩罚》，刘北成、杨远婴译，三联书店 1999 年版，第 119 页。

② J. M. 库切：《迈克尔·K 的生活和时代》，邹海仑译，浙江文艺出版社 2004 年版，第 108 页。

家园，但它的周围有铁丝网、门口有持枪的卫兵，流浪者被强迫进入，实际上库切笔下的营地已经具有了监狱的形式。在城中发生大火事件之后，警察上尉对营地的人发出一连串的命令："不许任何人离开营地。禁止探望，禁止外出，禁止郊游野餐"，并发誓如果在铁丝网外面看见营地的任何人，都"格杀毋论"[1]。在这禁令之下，以人道救助为宣扬目的的营地切切实实变成了一座以惩罚和规训为目的的束缚人、剥夺人的监狱。

迈克尔第三次被投入营地，带有直接的政治性质。在水坝旁边为自己挖的地洞里不为人所知地生活了一段时间之后，一群军人发现了穴居的他、他种植的南瓜和他的地洞，匪夷所思的生存方式让军方不顾迈克尔自己饿得要死的事实，为迈克尔判定了一个为暴动者"经营着一个补给站"的罪名，把他送往另一个营地进行规训。在新的营地里，按照条例，迈克尔不仅要接受以体能训练形式存在的肉体惩罚和以唱歌、宗教教育等形式存在的灵魂改造，更要接受以医务官为代表的医院方面的治疗和规训。医务官一方面要为迈克尔灌输"人不吃饭是要饿死的"、一定要长胖、把裂唇修补完整更为美观等观念，极力挽救他的肉体，另一方面又热衷于对迈克尔的存在意义的解释，在他看来，迈克尔是一个"了不起的逃跑艺术家"，一个"不属于任何营地的人"，一个"超脱于等级分类之上的人类灵魂，一个有幸没有被教条和历史触动过的灵魂"，迈克尔在水坝旁边垦拓出的小小的瓜田在医务官的言说中，成为了一个"神圣而迷人的花园"。医务官对迈克尔的释义虽然有些是正确的，但并没有得到阐释对象的回应，因

---

① J. M. 库切：《迈克尔·K 的生活和时代》，邹海仑译，浙江文艺出版社 2004 年版，第 114 页。

而仍然是一种一厢情愿的猜测。

博爱，在《迈克尔·K的生活和时代》里，也作为一种社会的力量，实施着规训的功能。正如迈克尔自己所说："我已经变成了博爱的对象……我走到的所有地方都有人等待着要在我身上实施他们自己形式的博爱。"①收留迈克尔在家里过夜的陌生人告诉迈克尔，"人们必须互相帮助"；医务官则不想看见迈克尔饿死自己；结尾时海滨的那个吉普赛人似的流浪家庭认为可怜的迈克尔最需要的是性的安慰，因此甘愿免费为迈克尔提供性的服务。无处不在的博爱形式也总是试图教育迈克尔，告诉他人应该是怎样的，人与人之间应该是怎样的，人最需要的是什么，在博爱的慈祥目光的温和注视之下，迈克尔变成了一个需要帮助和教育的人，一个可怜的人。归根究底，这些博爱的赋予者并不是为了被博爱者的利益，而是为了为自己的精神寻觅家园。正如博爱的实施者之一——医务官自己所说："迈克尔斯意味着某种事情，他所具有的意义对我来说不是秘密。如果它是，如果这种意义的本源仅仅是我自己内心中缺少一种东西，换句话说，缺少相信某种东西……如果仅仅是一种对意义的渴求驱使我走向迈克尔斯和他的故事，如果迈克尔斯本人仅仅是他表面看来的那个样子。"② 医务官的结论是自己会立刻自杀。这样，在医务官所代表的有良知的特权阶层的自身的道德和意义需要之下，迈克尔被赋予了自身之外的意义，所以，"对迈克尔来说，慈善正是另一种形式的压迫。对他来说，接受医官的帮助，就意味着不得不接受医官和他那类人有权力

---

① J. M. 库切:《迈克尔·K的生活和时代》，邹海仑译，浙江文艺出版社 2004 年版，第 217 页。

② 同上书，第 201 页。

选择帮助或不帮助的现实——这种选择中没有迈克尔的参与。在这种建构中，因为它从来不是他的选择，所以他依然是一个奴隶。结果，他唯一的选择是不参与……"① 为了做到不参与，他必须一次次地从博爱中逃离，甚至以死亡的代价来实现逃离。

福柯在《规训与惩罚》的第三部第二章中专门讨论规训的手段，他认为是检查把"层级监视的技术与规范化裁决的技术结合起来"②，在这一技术的运用中，权力关系和认识关系的强行介入异常醒目。检查把个体引入了文件领域。"检查留下了一大批按人头、按时间汇集的详细档案。检查不仅使人置于监视领域，也使人置于书写的网络中。它使人们陷入一大批文件中。……一种'书写权力'作为规训机制的一个必要部分建立起来"③。这种书写权力的结果是导致一系列的有关规训个体的符码的形成，这些符码包括病症的医学符码，行为和表现的教育、法律和军事符码等，"从而有可能通过同质化来录译由检查所确定的个人特征"④，被规训的个人在权力关系中变得形式化、符号化了。迈克尔被收入营地之后，尽管没有任何证件，也没有人知道他的故事，但在管理名单上却出现了他的情况的描述："迈克尔·维萨基——监控——四十岁——无家庭——失业"，他还被指控为"未经许可就离开原地方行政管理区，没有身份证件，违反宵禁

① Laban Carrick Hill："J. M. Coetzee"，British Writers Supplement VI，Ed. Jay Parini，Charles Scribner's Sons，2001，p. 83.

② 福柯：《规训与惩罚》，刘北成、杨远婴译，三联书店 1999 年版，第 298 页。

③ 同上书，第 212—213 页。

④ 同上书，第 213 页。

令，酗酒和妨害治安"。① 在第二次被人在穴居地发现之后，前来查案的警察上尉立刻认出了从前一个营地逃跑的迈克尔，这成为判定迈克尔为一个暴动分子的重要根据。在新的营地，根据关于迈克尔的官方纪录，人们硬要迈克尔交代有关他的组织的事情，由于迈克尔没有任何故事，这种纠缠似乎会没有休止地进行下去，直到医务官说服他的上司编造了一个故事，写成报告上交才算结束。迈克尔逃跑之后，医务官为保护迈克尔不再受官方的监视和干扰，编造了一个死亡的善意谎言，因为按照规定，一个被规训的个体直到死亡都应该在权力的监控之内。

很明显，官方对迈克尔的纪录文件和管理档案中，存在大量的错误信息，迈克尔的个人特征纯粹是一种权力制造的产品。作为权力制造手段的书写机制将个人变成了一个可描述、可分析的权力的后果和对象，其用意是为了将个人置于稳固的知识体系的监视之下，为维护权力的秩序服务。这种书写的权力表面看来，并没有采用针对肉体的暴力，但它却采用了话语的暴力：官方的纪录一旦形成，就会不顾事实，在自己的系统内运行并塑造着被规训的客体，有时这种权力的暴力蛮横到可以随便改变一个人的姓名的地步，迈克尔·K 的名字在官方的纪录和言说中，一会儿成为"迈克尔·维萨基"，一会儿成为"迈克尔斯"。

迈克尔出身卑微，弱智，身体残缺，属于权力体系边缘地带的边缘，"他并不是一个英雄也不假装是"，甚至也不是一个"绝食的英雄"，他对权力的压制并不进行一般观念中的抵抗，构不成对权力秩序的任何威胁，如果不是权力硬将他拉入自己的体系之中，他会躲在一个荒无人烟的地方悄无声息地自生自灭。像迈

---

① J. M. 库切：《迈克尔·K 的生活和时代》，邹海仑译，浙江文艺出版社 2004 年版，第 173—174 页。

克尔这样的小人物，频繁地被注视、被观察、被描述、被纪录，在福柯看来，标示了"一种新的权力运行方式的出现"，这种作为规训方法的书写机制"降低了可描述个性的标准，并从这种描述中造就了一种控制手段和一种支配方法。描述不再是供未来回忆的纪念碑，而是供不备之需的文件"。① 在新的权力运行方式中，书写作为一种手段，发挥了它的将被规训者置于适当的位置以利于监视、改造和征服的政治功能。

在《规训与惩罚》中，福柯一改过去将权力视为禁止或阻止人们作某种事情的力量的说法，而将权力看作一种网络关系，这种复杂的网络由高墙、空间、机构、规章、话语等不同因素组成，教师、医生、教育家、社会工作者的角色都相当于法官，他们拥有一整套行为是否合乎规范的标准。在无所不在的权力监视、控制之下，"就功能而言，惩罚权力实质上与治疗权力或教育权力并无二致"②。这个权力网络是没有边界的，它甚至"不愿意浪费即使是被它判定为不合格的东西"③，没有任何人能够逃脱来自权力中心瞭望塔的凝视。虽然迈克尔无足轻重，宁愿离开一切人的眼睛蜷缩在自己的洞穴里，他还是一次次地被拉回人群，对此迈克尔非常烦恼，医务官的解释是："没有一个人被人忘记。记住那些松鼠。五只松鼠卖一个法新，但是就连它们也没有被人忘记。"④ 的确，存在再微如草芥，在玩弄一整套权力技术、层层监视的社会中，也无法获得被人忘却的自由，迈克尔也

---

① 福柯：《规训与惩罚》，刘北成、杨远婴译，三联书店 1999 年版，第 87 页。

② 同上书，第 348 页。

③ 同上书，第 345 页。

④ J. M. 库切：《迈克尔·K 的生活和时代》，邹海仑译，浙江文艺出版社 2004 年版，第 165 页。

不可能实现历史之外的生存，在这一点上，医务官断言迈克尔
"听不到历史车轮的隆隆声音"是错误的。

　　总之，在学校、监狱（营地）、政府、军队、社会力量等权
力形式运用纪律、制度、法律、惩罚、书写等各种技术手段对个
体进行编码和塑造的共同作用之下，迈克尔被赋予了像无家可归
的流浪者、干低贱工作的奴仆、拒绝改造的顽固分子、需要救济
的可怜虫、酗酒者、暴动分子等意义的符号，这是权力为迈克尔
制造的特征和赋予的知识。由于被压制的迈克尔缺少言说自己的
话语，权力对迈克尔的阐释完全是在被分析者缺席的情况下任意
做出的，被释义的迈克尔就"像一块石头，一块鹅卵石，从盘古
开天辟地的时候就躺在那里默默地想着自己的事情，现在突然被
人捡起来，随意从一只手倒到另一只手"。①

　　在福柯所分析的层级监视社会中，被规训的个体永远处于被
凝视、被言说、被制造的他者地位，而权力对个体的个性特征、
身份特征的解释归根结底是为了权力的控制服务，也就是说，个
体的人完全是权力符合自己利益的一种建构，既然如此，那么，
被规训的个体特征也就完全是可以解构的，这正是福柯对人文学
科所作的一系列知识考古的革命性意义所在。同样，库切通过展
示作为系统存在的权力对个体特征的制造过程，将批判的矛头指
向了对人的自由实施了剥夺的整个权力结构。

二　阐释对象的自我释义和经历自身生产的意义

　　既然来自社会的各种力量对迈克尔的释义是不真实的，那么
真实的迈克尔的自我知识是什么？他又是如何进行自我释义的？

---

　　①　J.M.库切：《迈克尔·K的生活和时代》，邹海仑译，浙江文艺出
版社2004年版，第164页。

对于这个问题我们从文本中得到的答案大部分是模糊的，其原因除了迈克尔的沉默之外，还来自他的弱智导致的表述能力的欠缺。迈克尔也多次试图阐释自己的行动和想象的意义，但每当需要离开表层进入深层挖掘意义时，迈克尔的表述便会突然卡壳，话语之流顿时堵塞，读者对深度的期待也会随之落空：迈克尔认为每个人都是母亲的孩子，所以人类是由一系列的孩子的队伍组成的，但位于最前面的那个人，不来自任何的母亲，这个想象似乎颇具哲学意味，读者也迫切地想从中得到某种寓意，但当迈克尔想到那个最前面的孤独人影"生活于其中的那片宁静，那盘古开天辟地之前的时间的宁静时候，他的头脑逡巡不前了"。[①] 迈克尔也曾经起过一阵冲动，从自己藏身的地方站出来加入在农场临时歇脚的游击队员的队伍，但最终他却没有这样做，他这样向自己解释原因："因为已经有足够多的人走向战争，这就说明种瓜种菜培植花草的时代是在战争结束之后，因此必须有人留在后方"以维系人类和大地连接的绳索。与此同时，他又想到：

> 他从来没有向自己说透，在这个原因和事实之间，还存在着一个裂缝……
>
> 当他试图向自己解释的时候，那里永远存在着一个裂缝，一个窟窿，一片黑暗，在它面前，他的理解力被卡住了，要进入其中，滔滔不绝的言语是无用的。言语被吃掉了，裂缝依然存在。他的故事永远是一个有窟窿的故事：一个错误的故事，永远错误的故事。[②]

---

① J. M. 库切：《迈克尔·K 的生活和时代》，邹海仑译，浙江文艺出版社 2004 年版，第 144 页。

② 同上书，第 135 页。

　　裂缝另一端的意义是什么，由于迈克尔无力理解和无法表述，只能陷入"此中有真意"，欲觅却无踪的茫然之中。结尾时，迈克尔又回到了开普敦母亲曾经住过的那个房间，在回顾了自己的经历之后，他得出了关于自我的事实，"我是一个园丁"，他觉得他的故事的全部寓意是"总是有时间做每一件事情"。① 这个关于自我的事实和寓意来得非常突兀，连迈克尔本人都感到惊讶。他是如何从战争时代的流浪经历中得出这个认识的，这个答案背后的意义是什么，迈克尔均语焉不详，他的自我释义的模糊性也因而显得会无限地延续下去。迈克尔自我释义中大量裂缝的存在，表面看来，是库切进行的后现代主义的话语游戏，但在更深层的意义上，由于这种裂缝与叙述主体的智力程度相符合，满足了现实主义对真实的需要，因而从某种意义上，更具有现实主义的意味。

　　虽然迈克尔无法清晰地进行自我释义，但他的经历却会在他的意识之外生产意义。以符号"K"作为主人公的名字，对主人公进行匿名化的处理，这表明库切创作的本意是既要在文本中对抗各种权力机构对个人的捕获和对身份的确定化，又要避免叙述者自身的叙述权威对主人公意义的强加。迈克尔的身份和意义的模糊性、不确定性的最终保持，表明库切同时成功地做到了这两点。匿名，在这里是避免掉进事物的既定状态和人物的给定空间的一种手段，对此，珍尼·本奈特（Jane Bennet）指出，迈克尔·K 试图通过拒绝采纳一种明确的个人身份来颠覆支配的意识形态，"匿名的目的，起到了对支配观念的解毒药的功能，它

---

① J. M. 库切：《迈克尔·K 的生活和时代》，邹海仑译，浙江文艺出版社 2004 年版，第 218 页。

允许 K 在没有变成系统的一个术语的情况下在系统中居住下来"。① 也就是说，库切对迈克尔的匿名化的处理和迈克尔自身对匿名的追求，本身就表现出了对个人进行框定的整个权力系统的对抗和拒绝姿态。

很明显，被释义的命运是一种权力被剥夺的标志。对于这样的命运，迈克尔的态度是对抗的。他一次次地被送入各种各样的营地，又一次次地选择了逃离。为了获得自由，他将自己的生存需要降到了最低限度，似乎一个小勺、一根绳子、一把种子就足够维持生存了。虽然洞穴里的生存在损耗着他的肉体，但他却怡然自得，因为此时的他"既不是囚徒也不是流浪汉，他在水坝边的生活，并不是因为有罪而不得不服的刑期"。② "走出营地，同时走出所有的营地"③ 是迈克尔行动背后的根本信念。营地，代表着各种权力形式及其代理机构对个体的束缚和规训，其中也包括博爱的宗教信念。在南非的现实语境中，"营地"还径直指向了种族隔离政策。所以库切研究者阿特瑞治（Attridge）说："K 拒绝被收入营地——总体上可视为对殖民王国，尤其是对种族隔离王国的挑战。"④ 迈克尔在这种对抗中最终并没有取得胜利，他吃的"自由的面包"让他濒临饿死，一个弱小者与覆盖所有角落的整个权力网络的对抗在任何社会中都注定是失败的结局，这

---

① Bennet, Jane: "Kundera, Coetzee and the Politics of Anonymity." The Politics of Irony: Essays in Self-Betrayal, Ed. Daniel W. Conway and John Seery, St. Martin's, 1992, pp. 156−157.

② J. M. 库切:《迈克尔·K 的生活和时代》，邹海仑译，浙江文艺出版社 2004 年版，第 141 页。

③ 同上书，第 219 页。

④ Dominid Head: J. M. Coetzee, Cambridge University Press, 1997, p. 156.

是一个事实。但不管对抗是否有效，其姿态本身"对于这个时代"，也许对于所有的时代，都"足以构成一种成就"。这或许是作者库切通过迈克尔传达出的一个最重要的意义。

在《迈克尔·K 的生活和时代》中，库切通过一个流浪者在战争时代的经历，展示了权力运用各种技术手段不断地对个体进行释义，从而制造出边缘，反过来又对之进行规训的过程，这种展示与福柯在《规训与惩罚》中对新的权力运行方式的分析相契合，主人公迈克尔的经历也印证了福柯的在覆盖一切的权力—知识网络体系中，没有人能够逃脱被注视的命运的理论。就这一意义而言，甚至可以说《迈克尔·K 的生活和时代》是对福柯话语霸权理论的形象化阐释。但在对权力的影响上，库切与福柯是有分歧的：在福柯看来，权力不仅仅具有消极的意义，它还"能够生产。它生产现实，生产对象的领域和真理的仪式。个人即从他身上获得的知识都属于这种生产"①；类似的说法还散见于他的访谈中："权力之所以能持续地存在并为人所接受，是因为权力不单是一种否定的力量，是因为它还……导致快乐、建构知识和产生话语"。②而通过库切在文本中设置的被释义的迈克尔、自我释义的迈克尔、迈克尔的经历自身生产的意义之间的裂缝上可以看出，在库切看来，权力产生的作用只是破坏和腐蚀以及与之相伴随的压迫和反抗。分歧的根源应该还是来自库切所身处的权力控制与种族歧视和政治压迫密切相关的南非语境。

① 福柯：《规训与惩罚》，刘北成、杨远婴译，三联书店 1999 年版，第 218 页。

② 转引自夏光《后结构主义思潮与后现代社会理论》，社会科学文献出版社 2003 年版，第 225 页。

第三节　挑战普遍主义原则

一　寻找非洲的言说体系

在 19 世纪末期之前，撒哈拉沙漠以南的黑非洲地区一直是口头文学的传统，欧洲殖民主义对黑非洲地区的掠夺和渗透一方面给非洲人民带来了巨大的灾难，另一方面殖民主义作为历史的"不自觉的工具"，又促成了黑非洲的近代化进程，并导致黑非洲的书面文学"在全面移植西方文学的基础上，从无到有形成和发展起来"。[①] 这是一个不容否认的事实，黑非洲作家在接受这一事实的同时，努力建构自己的文学表达。

黑非洲创建民族文学属性的努力在 20 世纪初期就已经开始，早期的民族主义作家在对欧洲文学的借用和模仿中插入了黑非洲的背景，三四十年代的"黑人性"文学将回忆过去作为一种对抗的方法，致力于一种阿契贝所说的"仪式的回归"和"补偿"，他们的诗歌中不仅充满黑非洲的独特意象，而且伴随着黑非洲传统的达姆鼓的节奏，这种构建民族性的努力虽然很大程度上来自想象性的创造，但确实给黑非洲的文坛吹来了一股清新的民族文学的气息。萨义德曾经说过，"继一线反抗，即实际反抗外来入侵时期以后，出现了二线反抗，即意识形态反抗时期"。[②] 在这一时期，前殖民地国家的主要任务由争自由的战斗变成了文化上

---

① 王向远：《东方文学史通论》，上海文艺出版社 1997 年版，第 270 页。

② 爱德华·W. 赛义德：《赛义德自选集》，中国社会科学出版社 1999 年版，第 267 页。

的解殖民，即建立自己独立的文化属性的问题。这样，独立后的黑非洲国家的作家创建自己的文学表达方面的要求就更加迫切，努力也更为自觉，民族文学的身份认同成为这一时期的关键问题。尼日利亚作家凯迈拉·莱伊指出："我的小说，就是要显示我们文化的壮美与伟大。人们还没有意识到非洲有自己的文化。这种文化足以指示我们的历史以及文明的意义。我相信，这种观念会有力地推动非洲文学的发展。"① 斯瓦希里语作家 T. S. Y. 森戈则更加明确地指出："我们生活在非洲这个特定的环境里，因此，依照这个实际情况决定我们的文学理论……这有助于我们今后自身的解放，从肉体上、精神上的桎梏中摆脱出来，同时有助于解决诸如饥饿、疾病、贫穷和愚昧等社会问题。"② 对此，阿契贝也争论性地说道："非洲人民并不是从欧洲人那里第一次听说有'文化'这种东西的，非洲的社会并不是没有思想的，他经常具有一种深奥的、价值丰富而优美的哲学。"③ 非洲的文学应当以非洲的文化为根基，这是非洲作家形成的一个共识。但是在殖民时期，由于教育系统受到宗主国的控制，非殖民化后很长一段时间内这种影响还在发挥着作用，所以在欧洲接受教育的流散作家和在本土成长起来的非洲作家，更熟悉的是欧洲的作家，而不是本土作家，他们所掌握的修辞体系在表现黑非洲的文化和风景时，总是具有一种异国情调，为了纠正文学与黑非洲现实生活的脱节，殖民地作家采取的策略是按照自己的认识角度去看待

---

① 希努亚·阿契贝：《殖民主义批评》，见罗钢、刘象愚主编《后殖民主义文化理论》，中国社会科学出版社 1999 年版，第 309 页。

② 季羡林：《东方文学史》，吉林教育出版社 1995 年版，第 1581 页。

③ 伦纳德·S. 克莱因：《20 世纪非洲文学》，李永彩译，北京语言学院出版社 1991 年版，第 5 页。

世界，他们坚持"我们自己为世界命名的权利"，阿契贝提出"我认为教育是我作为作家的任务之一，讲非洲的天气没有什么丢脸的，棕榈树也是入诗的好题材"①，为此，新生的黑非洲文学着力表现自己的山河风光和民族精神，表现非洲的激情和人民的反抗斗争及现实生活。在这些努力下，非洲的文学渐渐摆脱了欧洲的控制，形成了自己的传统，越来越表达出非洲人的经验和命运，反映出非洲人的世界观和思维模式。

所有的准则的确立都有赖于对他者的排斥。某一个声音能够被清晰地听到有赖于对其他的声音所强加的沉默。西方向来以文化帝国自居，它将自己的文学准则视为放之四海而皆准的真理和衡量文学价值的唯一标准，否认他人的经验和命运也有存在的合理性。这一自大意识随着帝国文本的不断复制和传播而具有了普遍意义。这种普遍主义背后的文化霸权意识不言自明。非洲文学一向被视为欧洲伟大文学传统的附属，现在这个属民却不愿作奴隶了，宣称拥有自己的文学准则，这令西方的理论家们和评论家们感到一种被背叛者的愤怒和被离弃者的不安。为了掩饰这种愤怒和不安，西方对按照非洲的文学准则进行表达的非洲文学极力进行贬低，对不能接受的和对自己构成威胁的东西进行否定和将之排除在视野之外，是欧洲惯用的文化策略。

西方对非洲文学进行贬低运用的主要武器就是普遍主义。欧洲批评家们对那些符合欧洲的文学准则的非洲作品进行肯定，而对那些表达非洲经验的、描写非洲人的作品进行否定，理由往往很简单：因为这些作品所描述的经验不具有普遍性，所以是幼稚的。在这样的理论视野之下，形成了大量的殖民批评文本，这些

---

① 博埃默：《殖民与后殖民文学》，盛宁译，牛津大学出版社1998年版，第207页。

批评文本又反过来影响了欧洲人甚至是非洲人自身对非洲文学的看法。阿契贝在澳大利亚讲学期间，就有一位女大学生向他提问，"是否非洲作家永远也不会写一般人，而只会写非洲人"，①这个问题的提出让阿契贝感到非常愤怒，他意识到了问题的核心：所谓一般人，就是像欧洲人那样的人（澳大利亚人也包含其中），所谓具有普遍意义的文学，就是以欧洲的文学准则为核心的文学。在他的论文《殖民主义批评》中，阿契贝通过对大量的以普遍性为招牌的殖民主义批评文本的批判，尖锐地指出，西方人"永远不会怀疑自己的文学作品是否具有普遍性。实际上，西方作者的作品总是自动地拥有普遍性。只有他者，才需经过艰苦的努力，为自己的作品赢得这顶桂冠。……仿佛普遍性藏匿在你脚下那条大陆遥远的转弯处，只要你顺着欧洲或美国的方向走，只要远离自己的家乡，终有一天你会找到它"。② 阿契贝对欧洲自我中心的价值标准的批判可谓一针见血。的确，文学普遍性通过将某种特定文化（在现代语境下，是指欧洲的文化）的价值奉为真理，奉为文学或文本的永恒内涵，助长了强势话语的中心性，而且使"后—殖民作家被移交给了模拟和模仿的世界，因为他被迫书写与后—殖民世界经验有很大距离的物质现实"。③ 非洲作家对文学普遍性的批判显示了他们反文化霸权的努力。

南非文学界对欧洲的普遍主义原则的对抗要求在 20 世纪 90 年代——废除种族隔离体制之后，显得更为迫切。大卫·阿特瓦

---

① 希努亚·阿契贝：《殖民主义批评》，见罗钢、刘象愚主编《后殖民主义文化理论》，中国社会科学出版社 1999 年版，第 300 页。

② 同上书，第 301 页。

③ Bill Ashcroft, Gareth Griffiths and Helen Tiffin: The Empire Writes Back: Theory and Practice in Post-colonial Literatures, Routledge, 2002，p. 87.

尔和巴巴拉·哈罗（Barbara Harlow）根据自己的观察提出：1990 年以来的南非文学领域，"是过渡时期的实验的、道德的和政治的矛盾：记忆与遗忘之间的紧张。它强调了被多年的斗争弄得成为必需的沉默的打破，强调了陷于停滞和改变之间的身份、文化或表现的规则的重新制定（一种以受限的或能够形成新的理解形式的方式存在的）的迫切性"。① 废除种族隔离体制之后的南非百废待兴，摆脱束缚地位的南非文化属性的重建更是站在风口浪尖，在此文化语境之下，南非文学建立能促成长期对立的白人和黑人之间达成理解的文学准则的努力，就具有了对抗殖民霸权的政治意义。虽然到目前为止，关于南非的文学准则应该是怎样的还是众说纷纭，并没有形成一致的见解，但是，正如萨义德所说，"抵抗远不只是对帝国主义的一种反动，它是形成人类历史的另一种方式。"② 我们相信，在与欧洲普遍主义的对抗之中，南非文学终将形成自己的言说体系。

库切的作品虽然不像纳丁·戈迪默等作家的作品那样，具有明显的政治倾向性和对现实的直接干预，但是他的文本中充满对西方的叙述模式的挑战、对西方小说观念的颠覆、对小说特权的质疑和对作者权威的拆解，这实际上是一种让文本自身来说话的文本政治。他的作品往往在貌似游戏的文本编织之间，追踪了西方文学准则化的形成过程，揭示了价值只不过是权力控制下的历史的产品而已，从而暴露了普遍性背后的霸权意识，因而库切的

---

① 转引自 Disla, isidore.："Nadine Gordimer, J. M. Coetzee, and Andre Brink：guilt, expiation, and the reconciliation process in post-apartheid South Africa." Journal of Modern Literature, Winter（2001/2002），pp. 50—68.

② 爱德华·W. 萨义德：《文化与帝国主义》，李琨译，三联书店 2003 年版，第 307 页。

写作实际上是参与了南非解殖民的事业。在对库切小说中这些崭新的因素进行认真的剖析之后，阿特瑞治提出：库切的小说构造出了"一种小说模式，这种小说模式暴露准则的意识形态基础，将注意力引向它自己和现存的准则的关系，在文化接受和排斥的进程中将种族、阶级和性理论化，在从边缘的位置言说时，关注边缘性的问题"。这种新的小说模式有助于打破让他者长期沉默的权力系统，为他者的自我言说开辟一条通道，具有革命的意义，所以阿特瑞治在他的专著《J. M. 库切：阅读的伦理》第三章的结尾总结道：

> 如果我可以用一个乌托邦的思想来结束的话……那么它会是：那些使库切成为圣徒的小说和其他的……质疑准则自身的进程的文本（虚构的和其他的）一起，将会慢慢地改变准则从之获取力量的意识形态和机构，这样，新的发现一个声音的方式（这种方式现在还无法想象）和倾听这种声音的方式，就会变成一个现实。……这个工程是比它大得多的斗争——在南非表现为一种暴力的形式（现在依旧如此）——的一小部分，是为了使文化的、政治的结构和进程具备这样的特征：允许我们不仅像自由人道主义所梦想的那样听见其他人的故事，而且可以听见每一个人的沉默（这将需要一种不同的倾听的方式）。①

二　冲击西方传统叙述模式的权威

库切与西方普遍主义原则的对抗首先表现在他的小说对西方

---

① Derek Attridge：J. M. Coetzee and the Ethics of Reading：Literature in the Event，The University of Chicago Press，2004，p. 90.

一些重要的叙述模式的挑战上："雅各布·库切的叙述"对旅行叙述，"越南计划"，《等待野蛮人》对帝国的历史神话叙述，《福》对殖民探险故事和乘船遇难者故事，《男孩》、《青春》和《伊丽莎白·科斯塔洛：八堂课》对自传体叙述的对抗在前面的章节中已分别进行了论述，在这里着重论述的是《在国家的中心》、《耻辱》等作品对欧洲田园小说和浪漫传奇模式的对抗。

田园小说，是 20 世纪 20—40 年代南非文学的主导形式，是随着阿非利垦人民族主义的发展而兴起的一种文学形式。主要从事农牧业的阿非利垦人在 17 世纪末期逐渐分化为两支：一支在开普西南方的多产的峡谷地带发展起了一种以葡萄栽培、葡萄酒酿造和奴隶劳动为基础的"开普—荷兰"式农业经济。18 世纪末期，欧洲关于自由、平等和四海皆兄弟的观念的激烈争论渐渐地渗透进了开普的阿非利垦人群体，导致了所谓"开普自由主义"的形成，这种开普自由主义实质上是阿非利垦社会的父权主义者和激进政客们的观点，只不过以担负启蒙任务的受信托人的职责和慈善的口号来巧妙地加以掩饰。与此同时，那些没有留在开普附近的荷兰移民朝着一种不同的文化发展：他们的文化不以葡萄栽培术和道听途说的启蒙主义为基础，而是以游牧的田园主义和原始的加尔文主义为基础。这些阿非利垦人迅速地向内陆地区挺进，逐渐在离开普数百公里远的地方分散地建立了一些布尔人的社团，这支布尔人被称作"迁徙的布尔人"。这些阿非利垦人给人的印象是闷闷不乐的，原始的，与世隔绝的，没有文化的，他们将自己建构成了一种"非洲的白人部落"。在他们的文化观念中，黑人被视作仆人或者敌人，而边疆的动力所在是对牛羊和土地的占有、夺取和窃取。后来随着英国人的到来，布尔人，尤其是"迁徙的布尔人"，日益感到了被边缘化的痛苦，1886 年南非钻石矿（在瓦尔河和橘河两河的交界处）和金矿

（在沿金山地带）的发现更是促使南非经济迅速地从缓慢的、农村的、部落的、父权制的农牧经济转向城市工业主义。大量的黑色劳动大军被迫来到或被吸引到城镇中来，投身于工资经济。阿非利垦社会的农耕经济渐渐走向衰败，这激起了阿非利垦人的民族主义情绪，布尔战争中，阿非利垦人伤亡惨重，还丧失了大量的土地，这促使阿非利垦人的民族主义最终形成。[①]

阿非利垦人的民族主义的形成过程既体现在政治事件之中，也体现在文化事件之中。在文学创作领域，则突出地表现在大量的田园小说的出现。这些小说总是热衷于描写在不远的过去的农村生活，充满怀旧情绪。瓦安（Jochem van，1881—1957）、罗斯曼恩（M. E. Rothmann，1875—1975）、赫埃沃（C. M. van den Heever，1902—1957）等人创作的小说总是将农村生活理想化，对城市化进程的邪恶进行揭示。这种田园小说一方面宣泄了对资本主义的仇视情绪（资本主义被认为对阿非利垦人实施了剥夺和压迫），另一方面又有助于在阿非利垦人理想的社会结构中，将黑人框定在从属地位。所以南非文学史上的田园文学传统参与了南非的种族歧视观念的打造。对此，库切尖锐地指出：阿非利垦语小说"直至今天还经常被农场的观念所萦绕，这个农场坐落在每一个阿非利垦人心中并不遥远的过去的某个地方"。[②]（农场的观念也时常萦绕在童年时代库切的心头，童年时代他的最大的乐趣就是来到祖父开创的农场，他把农场视做自己的第二个母

---

① 参见 Benson, Eugene; Conolly, L. W. （Ed.）: South Africa, from Routledge Encyclopedia of Post-Colonial Literature in English, Routledge, 1994, p. 2.

② 转引自 Susan Vanzanten Gallagher, A Story of South Africa: J. M. Coetzee's Fiction in Context, Harvard University Press, 1991, p. 42.

亲）库切认为，这种主导观念隐含了一个"官方的"观点："南非是一块稳定的大陆，它的土壤属于它的农场主和所有权拥有者，它是某个人的财产。对这块大陆的基本感情……携带着土地的所有人的态度一代一代地传承下来；这种所有人的态度已经不仅在白人的法律中，而且在白人想象的生活中，使黑人成为一个临时的暂居者，一个移了位的人。"① 很明显，南非的田园主义小说模式的观念基础是存在问题的：阿非利垦人对南非大陆的所有人身份不是天生的，而是靠剥夺得来的，所以田园小说模式在南非后殖民语境中，内含着明显的霸权意识。

　　库切对田园小说的批判性态度是明显的，在《在国家的中心》这篇小说中，库切建立了对田园小说的自我反讽模式来消解田园小说中内含的权力意识。《在国家的中心》实际上是一部女性写作，故事发生的地点在"无名的地方的中央"，一个几乎与世隔绝的农场，这是无数阿非利垦人曾经拥有过的农场的一个象征。玛格达的父亲性格暴躁、阴郁、沉默寡言，具有阿非利垦人农场主的典型性格特征，他建构和极力维持的父权制的农场秩序是所有农场主们的理想。玛格达书写自己历史的愿望为先在的农场生活的叙述所束缚，父亲的死释放了玛格达的欲望，她试图跳出她父亲缔造的农场秩序，为建立人与人之间平等关系的"桥梁"而做出了种种努力。但是玛格达对田园叙述的反叛又表现出了某种暧昧性，令人疑惑：出于孤独，她想象自己拥有众多的兄弟姐妹，他们之所以在农场上消失可能是因为全都转移到了城市，玛格达怀念他们，玛格达的想象的家庭生活表现出对资本主义时代农场生活的缺憾的遗憾，流露出了怀旧情绪。而这种怀旧

---

　　① 转引自 Susan Vanzanten Gallagher，A Story of South Africa：J. M. Coetzee's Fiction in Context，Harvard University Press，1991，p. 42.

情绪在小说的结尾更是得到了集中体现：天气晴朗的日子里，玛格达和瘦得只剩下了一把骨头的父亲一起坐在门廊下，回忆多年前他们一起去海边游玩的旅程，包括汉德里克夫妇在内的当年的仆人、农场里的干旱季节、老桑树、"情人的"长凳、牧羊犬和家禽，预想最后的时刻一到，她就会自己进入墓穴。玛格达紧接着向自己提出一系列问题：

> 我有勇气像个疯狂的女王一样死在无名的地方的中央，留给考古学家一个难解的谜题吗？……或者屈服于理性的幽灵，以一种我们新教徒才知道的告解方式来进行自我解释？……是神秘地死去却保留灵魂的完整性还是不带一点秘密地死去，这是我向自己提出的生动的问题。……我不是曾经向自己充分地解释过为什么我不逃离农场而死在文明之中吗？……我不是曾经解释甚至是理解了我在法律之外的一个地方一直在做的事情吗？在那儿，反对乱伦的禁令经常被弃之不顾，在那儿我们以野蛮的冬眠的方式度过我们的岁月——我恰恰是那个成功地将自己打造成聪明的女孩的人，那个用在钢琴键上灵活的十指和充满诗歌的文集来补偿身体缺陷的人，那个应该可能是一个勤劳、节俭、自我牺牲、忠诚、甚至有时热情的好妻子的人。我在这个野蛮的边境都在做什么？我没有怀疑，因为这不是一个无关紧要的问题，所以一定有一种文学作品等着为我回答这些问题。不幸的是，我对它并不熟悉。此外，我总是觉得自己回答问题比较自在。我相信，一定有关于为了费洛·佛列克特而心痛、日落西山而忧郁的诗歌，一定有描写第一个寒冷的夜晚挤在一起的羊群、远处传来的风车的隆隆声、第一只蟋蟀发出的第一声鸣叫、荆棘树上的鸟儿们的最后的啁啾声，还保有太阳的

温暖的农场房屋的墙壁、厨房里燃烧着的煤油灯的诗歌。这
是些我自己也能写出的诗歌。在城市中几个世代以来不断传
诵着对乡间生活的怀旧之情。我被这被抛弃的世界的美丽腐
蚀到了骨子里。……①

玛格达的最后陈述明显具有田园挽歌的格调，叙述自身似乎
陷入了田园小说的惯用话语，向田园小说模式主动靠拢，这种陷
入与之前玛格达试图跳出农场的父权制社会秩序的种种叛逆行为
之间的矛盾令很多读者不解，有些学者甚至认为《在国家的中
心》实质上是对田园小说传统的继承。对此困惑，库切在阿特瓦
尔所做的访谈中的一席话颇具有启发意义：

什么是田园模式？在我看来，在这种模式的中心，存在
着当地解决的观念。田园模式限定和隔离出一块地方，在那
里，在更宽阔的世界中（尤其是在城市中）无法得到的东西
可以得到。我承认，玛格达描绘了一个田园小说的确切的，
甚至是滑稽的模仿形式，仅仅是为了拒绝它。但是这个问题
依旧是敞开着的：《在国家的中心》自身是一个田园小说吗？
玛格达是一个田园式的形象吗？这个问题不是由我来决定
的，但是我愿意指出需要赋税的文字通常不会进入田园
牧歌。②

---

① J. M. Coetzee：In the Heart of the Country, Penguin Books, 1982,
pp. 138—139.

② J. M. Coetzee：Doubling the Point：Essays and Interviews, Har-
vard University Press, 1992, p. 62.

库切虽然避免将自己的观念强加给读者，但这几句话确实帮我们解开了谜团。前面的章节中我们已经分析过，玛格达虽然要反叛父亲所代表的父权社会秩序，但是意愿的努力却抵不过几百年来的文化成见，因而跳不出父亲的语言和叙述系统，玛格达对于自己与殖民体系的同谋关系有着清醒的自我认识。但另一方面，玛格达充满了对南非的激情，她的貌似疯狂的自白实际上表达的是一种库切所说的对南非的"失败的爱"。玛格达在结尾对田园小说模式的陷入实际上是一种自我发掘，自我暴露，自我分析，揭示了玛格达建立"桥梁"的努力失败的原因。然而由于"她的激情不属于她在其中发现自身的样式"①，玛格达身上闪现着最终实现超越的希望。在这一意义上，玛格达的陷入实际上是一种自我颠覆。而叙述者运用多年与世隔绝的玛格达接到的纳税单更是直接向读者表明，他的叙述文本的背景从根本上，不是在田园生活的时代，因而这部小说不是一部田园小说。

浪漫主义是欧洲的一个重要文学传统，库切虽然没有在公开场合下谈及对浪漫主义的态度，但却在《耻》这部作品中对浪漫主义传统的力量进行了暗中的削弱。主人公卢里是一位浪漫主义的信奉者，在他开设的浪漫主义诗歌课上，他给学生们大讲华兹华斯，引起的却是学生的倦怠和沉闷，卢里的一席话揭示了问题的根源所在："华兹华斯写的是阿尔卑斯山……我国没有阿尔卑斯山，但我们有德拉肯斯堡山脉，或再小一些，台布尔山，我们可以追随诗人的脚步去爬一爬，希望也能经历华兹华斯感受过的那种给人以启示的刹那。……但这样的时刻，只有当我们的目光

---

① J. M. Coetzee：Doubling the Point：Essays and Interviews，Harvard University Press，1992，p. 62.

部分地转向我们内心伟大的想象原型时才可能出现。"① 卢里让学生们带着华兹华斯游阿尔卑斯山的眼睛去看南非的群山，实际上是试图用欧洲的风景模式和情感体验去书写南非的风景，是殖民修辞体系在文化教育系统中实施话语剥夺和控制的表现，这种殖民修辞体系渗透进了人们生活的方方面面。库切在论文《批评家和市民》中，对此评论道："今天正在进行的……源自美国文化工厂的知识殖民化进程，可以在我们生活中的最隐秘的角落——即使不是在我们自己的生活中也会在我们学生的生活中——被探测到。"② 生活中的卢里成为浪漫主义观念的实践者，出于激情和欲望，他引诱了学生梅拉尼。他之所以拒绝公开道歉，是因为他所推崇的是欧洲的浪漫主义的时代，根据那时的观念，"好色应当是可敬的，好色和感伤情怀都很可敬。可是他们要看热闹：捶胸顿足，痛悔不已，最好再来个涕泪交加。事实上，他们想看的就是一场电视表演。我可绝不买账"。③ 然而，欧洲的浪漫主义时代的观念并不适用于南非的当代现实，华兹华斯的田园诗歌对于南非经验来说是无力的，卢里的浪漫情怀在南非语境中被加以压迫的政治符号进行了解读，卢里失去了教职，损失惨重。但这并没有让他发生多少改变，在他的感觉里，他俨然是为了信念而牺牲一己利益的英雄。真正让他发生改变的是戏剧性地在他女儿身上发生的强奸事件，卢里的浪漫主义的激情观

---

　　① J. M. 库切：《耻》：张冲、郭整风译，译林出版社 2002 年版，第 25—26 页。

　　② 转引自 Derek Attridge：J. M. Coetzee and the Ethics of Reading：Literature in the Event，The University of Chicago Press，2004，p. 169，页下注 11。

　　③ J. M. 库切：《耻》：张冲、郭整风译，译林出版社 2002 年版，第 74 页。

念受到了重创，这突出地体现在他在这段时间着手创作的歌剧
《拜伦在意大利》的格调上面：主人公是拜伦生前最后的情人特
蕾沙，此时她已人到中年，身体肥胖臃肿，失去了往日的美丽，
唯留当年拜伦所唤起的激情，她一遍遍地呼唤拜伦的幽灵，试图
召回他曾经的热情，但拜伦的激情已干，他的幽灵总是有气无力
地对特蕾沙的召唤进行拒绝。从这出室内歌剧中，卢里逐渐发现
使他心动的并不是原先他所想的"剧中肉欲，也不是哀伤"，而
是带有滑稽意味的"喜剧性"①。拜伦的一段唱词最能表明卢里
本人此时的心境："从诗人的诗行中我学会了爱……可是我发
现……生活完全是另一个模样。"② 也就是说，此时的卢里认识
到浪漫主义激情不能解决南非的现实问题，浪漫主义的叙述在南
非的语境中只能产生文化上的怪胎，让人觉得滑稽可笑，于事无
补。故事结尾，虽然卢里并没能完全摆脱浪漫主义的伤感余绪，
但却逐渐地回到了现实中来，他开始能够接受老年男人的命运，
南非白人的身份巨变，女儿被强奸的现实，甚至准备迎接女儿腹
中的黑白混血的胎儿的降生。

　　总之，库切在他的小说中发动起一次次的文学行动，强有力
地冲击了西方传统叙述模式的权威，掀开了它的普遍性的虚伪面
纱，为南非文学形成表述自己的文化经验的叙述模式提供了空
间，与此同时，库切的写作本身也形成了一种南非文学的模式，
具有开拓意义。

---

　　① J. M. 库切：《耻》：张冲、郭整风译，译林出版社 2002 年版，第
205 页。

　　② 同上。

三　解构传统现实主义小说的真实观

库切对欧洲普遍主义的挑战还表现在对欧洲传统小说的观念，尤其是英国传统现实主义真实观的对抗上。英国小说是在18世纪随着中产阶级群体的扩大而兴起的，所以，从根源上讲，小说的兴起直接与中产阶级的趣味和意识相关。笛福是英国第一位重要的现实主义小说家，他开创的以真实性为主要指向的现实主义小说创作之路影响深远，他的真实观更是奠定了欧洲现实主义观念的基础，所以，库切挑战的对象首先就指向了笛福的小说观。

笛福关于小说的见解大多直接发表在他的小说的序言之中，在每一篇序言中，他都要反复强调他所叙述故事的真实性，在《鲁滨逊漂流记》第一部的序言中，他说："编者相信，这一自述是事实的忠实记载，其中绝无虚构之处。"① 在《罗克萨娜》的序言中，他说："我要说，它同他们在这个重要而基本的方面有所不同，即这部书是以真实的事件为基础的，因而它不是一则故事，而是一段历史。"② 在《鲁滨逊漂流记》第三部的序言中，他说："这个故事，或者说这个故事的绝大部分，直接暗示了一个至今还活着的，而且是颇有名气的一个人的一生。正是他的经历构成了这几部书的主要内容。"③ 笛福明确宣布真实性是他的小说的第一要旨，在他看来，小说的真实就是小说与客观现实之

---

①　丹尼尔·笛福：《〈鲁滨孙历险记〉原作序》，见《鲁滨孙历险记》，黄杲炘译，上海译文出版社 2001 年版。

②　转引自殷企萍、高奋、童燕萍《英国小说批评史》，上海外语教育出版社 2001 年版，第 17 页。

③　同上。

间的一致性，小说就是要让客观事实自己说话。在强调真实性的
基础上，笛福还重视小说的愉悦，为了有市场，他认为小说应该
给读者带来愉悦，而小说之所以能给读者带来愉悦，其中的一个
重要原因是内容的丰富多彩。在《鲁滨逊漂流记》第一部的序言
中，他写道："编者认为，在现存的所有资料中，得数这个人的
生活经历最为离奇；任何人的生活要比他的更富于变化，那几乎
是不可能的。"①

笛福所开创的追求真实性、让小说成为客观现实的再现的现
实主义叙述模式在小说史上具有重大意义，但从词源上来讲，
"fiction"本身就是虚构、杜撰，笛福等人所追求的真实性是不
可能实现的。对此，韦勒克、沃伦分析道："小说、诗歌或戏剧
中所陈述的，从字面上说都不是真实的；它们不是逻辑上的命
题。……小说中的人物不过是由作者描写他的句子和让他发表的
言辞所塑造的。他没有过去，没有将来，有时也没有生命的连续
性。"② 希利斯·米勒则指出了强调真实性的小说创作的真实意
图："小说似乎耻于把自己描述为'自己是什么'，而总爱把自己
描述为'自己不是什么'，描述为是语言的某种非虚构的形式，
小说偏偏要假托自己是某种语言，而且标榜自己同心理的或是历
史的现实有着一对一的对应关系，以此来实现自己的合法性。"③
也就是说，小说通过假托是历史和现实的"再现的形式"，来获
得叙述的权威和小说的特权。

---

① 丹尼尔·笛福：《〈鲁滨孙历险记〉原作序》，见《鲁滨孙历险记》，
黄杲炘译，上海译文出版社 2001 年版。

② 雷·韦勒克、奥·沃伦：《文学理论》，刘象愚、邢增明、陈圣生、
李哲明译，三联书店 1986 年版，第 13 页。

③ J. 希利斯·米勒：《重申解构主义》，郭英剑等译，中国社会科学
出版社 1998 年版，第 37 页。

希利斯·米勒将小说的写作形象地比成一条置换的链条，"将作者置换成虚构的叙述者的角色，再将叙述者置换进想象中的角色的生活——这些想象中的角色的思想、感情就体现在那种所谓'间接话语'古怪的口技中。然后故事（在历史事件中或是作者的生活经历中）的'本源'又置换成了叙述的虚构的事件"。① 经过这一系列的置换过程，真实逐渐失去了它的本相，发生了变形。库切在《福》中就通过展示这一置换过程来与笛福的真实观对抗，达到颠覆叙述权威的目的。

《福》中存在两个作者（或编者）：不成功的作者——苏珊和成功的作者——福。而苏珊又是自己的叙述和福的故事中的叙述者，苏珊首先将自己的海岛经历（故事的本源）置换成自己的叙述，然后将它交给福，让福经过文学的加工再置换成小说。苏珊决心要告诉自己真实的故事，她原本相信"故事（story）"这个词语意味着"记忆的储存库"②，语言创造"事物是其所是和我们头脑中关于它们的图画之间的一致"③，但在她组织词句给福写信的过程中，她开始发现这种真实的诉求是不可能实现的。因为她发现她的故事缺少奇遇，缺少"奇特的环境"，而她不愿意撒谎，不愿意写一些没有发生的事情，因而难以继续。更重要的是，她发现她的故事中有许多空洞，海岛的许多方面对她保持着神秘性，她无法解释：台地的意义是什么？星期五怎样失去了舌头？为什么星期五从属于克鲁索？为什么克鲁索和星期五都对自己没有欲望？星期五为什么在她想

---

① J. 希利斯·米勒：《重申解构主义》，郭英剑等译，中国社会科学出版社 1998 年版，第 37 页。

② J. M. Coetzee：Foe, Penguin Books, 1987, p. 59.

③ Ibid., p. 65.

象为沉船地的水域撒花瓣？……而最为关键的是，她不知如何解释星期五的残疾，所以，"讲述我的故事，对星期五的舌头保持沉默不会比提供一本空白的书来卖更好"。① 也就是说，在苏珊看来，提供不完全的历史等于没有提供历史，更谈不上真实。

苏珊对海岛经历的回忆就已经离开了真实，福对她的叙述的编写就更远离了真实：为了追求完整性，福将苏珊告诉自己的有着巨大空洞的海岛上的生活改编成有开始、中间和结尾的故事，还虚构了苏珊的女儿寻找母亲的线索，女孩多次来到苏珊面前认母，苏珊向她指出："你是父亲所生，你没有母亲。你感到的痛苦是缺乏的痛苦，而不是失去的痛苦。你希望从我身上获得的，在现实生活中你从来没有拥有过。"② 父亲所生的身份一下子就宣告了女孩（即文本），是出自作者权威的想象，远离生活的真实。苏珊最终感到在福的叙述权威之下，"我的所有生活变成了一个故事，没有任何我自己的东西留下"。③作为作者的福之所以会在创作的过程中无法保持真实，其中的一个主要原因是涉及每一个作家的书本贸易，正如将苏珊从海岛上解救回来的船长所言，"他们的贸易是书本，而不是真实"。④ 为了生存，作家就要将故事写得好看以便吸引读者的目光，经过一番添枝加叶，势必要与故事的本原拉开距离，这种揭示直接指向小说要有愉悦性的文学观。另一个原因则是作为意识形态人物的作家在创造过程中的不自觉的改造。对于这一改造，苏珊做了一个形象的

---

① J. M. Coetzee：Foe, Penguin Books, 1987, p. 67.

② Ibid., p. 91.

③ Ibid., p. 133.

④ Ibid., p. 40.

展示："一个画家致力于画一个枯燥的场景——两个在田野间掘地的男人。画家掌握着赋予他的主题以吸引力的方法。他可以给第一个男人的皮肤涂上金黄色，而给第二个男人的皮肤涂上煤灰色，以形成鲜明的对照，创造一种光明对黑暗的戏剧。通过艺术地表现他们的态度，画家可以揭示哪一个是主人，哪一个是奴隶。"[①] 作家的意识形态在他们将生活的真实转换成为艺术作品时无意识地发挥着作用，阻碍了对真实的传达，从描写真实的目的出发得到的却是作家自己对生活的主观性阐释，从而离开了真实。

作为作者的福为故事经历者和叙述者的苏珊建构起的身份文本与苏珊的真实经历之间有着很大的距离，这一距离在库切看来，是难以消除的。库切的诺贝尔文学奖受奖演讲"他和他的人"表面上看起来匪夷所思，实际上主要谈论的就是作者和叙述者的关系问题，靶子依旧是笛福和他的《鲁滨逊漂流记》，只不过库切在这篇文章中来了个角色的大颠倒："他"是指鲁滨逊，而"他的人"——"他"创造出来的形象——则是指笛福。库切在这里玩了一个智性的游戏，如果说笛福成功地让读者相信他的小说讲述的是真实的人生经历，那么这个生活在现实世界的真实的形象创造出一个作者来又有何不可？这种以子之矛攻子之盾的换位法对于笛福真实观的解构是切中要害的。在这篇文章中，不断变换身份的"他的人"为"他"从帝国各地送回写作的素材，然而两人却从未有过肉体的（真实的）接触，在文章结尾的想象中，"他"和"他的人"乘坐在两艘方向相反的船上，"他们的船交会时贴得很近，近得可以抓住对方。但大海颠簸起伏，狂风暴雨肆虐而至：风雨冲刷着双眼，

[①]　J. M. Coetzee：Foe，Penguin Books，1987，p. 88.

两手被缆索勒伤，他们擦肩而过，连挥一下手的功夫都没有"。[①] 库切用这个结尾表明：在产生这些词语的作者和生活在小说世界中的人之间有着无法跨越的距离，永远不可能相遇，作者创造的叙述者经历的真实性根本无法保障。

就这样，库切在他的《福》等作品中，从小说写作的置换链条的每个环节对真实的背离中，在故事经历者、叙述者和作者这三者之间的复杂关系中，对笛福所代表的源自18世纪的现实主义小说的真实观进行了解构。然而库切并非认为文学无法接近真实，他只是反对现实主义的那种小说与现实之间的一对一的对应关系。我们已经论述过，库切认同于苏珊，苏珊明确意识到自己的传记因无力揭示星期五的沉默而无法抵达真实，她虽然进行了进入星期五的种种尝试，但她并没有虚构，也没有强行赋予被剥夺了声音的他者一个声音，而只是任由这一叙述空洞敞开着，保持着不确定性。虽然无法进入他者的真实领域，但苏珊的叙述起码暗示了他者也是一个主体性的存在，从而为他者言说自己留下了空间，这比硬性地以全知全能的姿态对一切现实（包括自己根本无法进入的现实）进行解释要更靠近真实。

四　颠覆全知全能的叙述视角和对作家特权的放弃

全知全能的叙述视角是传统现实主义惯用的透视法则，作者的意识以统摄俯临的姿态进入叙述的各个角落，甚至是人物形象隐秘的内心世界，作者的意愿控制着叙述的走向和人物命运的发展，在阅读的过程中读者始终被作者的意识牵着鼻子走，被动地

---

① J. M. 库切：《他和他的人：诺贝尔文学奖受奖演讲》，文敏译，见 J. M. 库切《彼得堡的大师》，王永年、匡咏梅译，浙江文艺出版社 2004 年版，第 273 页。

接受作者的价值观念，因此这是一种允许叙述话语将权威强加给别人的叙述路线。20 世纪以来，随着语言学和哲学的转向，这种叙述视角越来越受到人们的质疑和冷落。南非的白色写作中的这种叙述角度更是有利用叙述权威为殖民政治服务之嫌，因为，正如阿达姆·斯马奥（Adam Small）所说："今天的（白色）阿非利垦作家……不得不忍受文化的罪恶感，他们用来写作的语言'对于种族隔离的恐怖不是无辜的'。"[①] 库切则警告作者写作的语言有时"书写"作者，比如说，当作者"以陈规的形式和样式、形象逻辑系统、叙述规则书写时，机器控制了操作者"。[②] 库切的意思是说，虽然作者主观不情愿，但是一旦按照某种既定的程序进行写作，就会掉入这种程式预定的话语陷阱，不自觉地成为某种意识的播撒者。

库切深知南非的白人与殖民体系无法摆脱的同谋关系和白人作家采用全知全能的叙述视角去表现他者生活时隐含的高高在上的权威和对他者的话语剥夺，所以在他的小说创作中极力避免这种叙述角度。与欧洲传统现实主义小说中具有上帝般功能的叙述者不同，库切小说中的叙述者总是显得缺乏权威和可信性：自传体作品《男孩》和《青春》采用第三人称叙述和现在时态讲述库切童年和青年时期的故事。第三人称的使用使得叙述者和被叙述者的意识剥离，告诉读者正在阅读的是叙述者之外的另一个人的故事。而现在时态的使用则一方面强调了叙

---

① 转引自 Susan Vanzanten Gallagher, A Story of South Africa: J. M. Coetzee's Fiction in Context,: Harvard University Press, 1991, p. 43.

② J. M. Coetzee: Doubling the Point: Essays and Interviews, Harvard University Press, 1992, p. 95.

述事件的直接性，另一方面拒绝文本进行任何回顾，不给叙述者对被描写的事件和行动任何表示后悔、进行修改的空间。这两种叙述策略的使用使叙述者失去了权威，判断的权力被直接交给了读者，意义产生于阅读过程之中。《在国家的中心》中的玛格达则最终发现自己是她极力对抗的压迫体系的一部分，就连她自我书写的语言也是属于她认为不合理的父亲的语言。《等待野蛮人》中的行政长官是一个软弱无力的形象，不仅表现在反抗暴虐和不公正行为的游移上，而且表现在他在语言表述上的无力：在送野蛮人姑娘回野蛮人部落之前，他在书桌前坐了两天也不知应该在必须完成的文件上写些什么，他意识到"一个不知道怎么对付自己床上的女人的男人，同样也不知道如何用文字表达自己"。① 在送走野蛮人姑娘之后，他的想象总是在围绕着野蛮人姑娘破损的形象打转，不断地编织着意义，但最终又失去了所有的意义。他感到"语言一从嘴里出来就慢慢变得微弱无力"②，一个用语言无法准确表述自己的人的叙述的权威性就可想而知了。《迈克尔·K的生活和时代》中的第一和第三章是匿名叙述者，第二章的叙述者是医官，两位叙述者的叙述目的都是为了对迈克尔·K进行阐释，但他们的阐释因为没有迈克尔的回应都只能停留在形象的表层，得不到印证，迈克尔的形象因而得以保持着自在性和不确定性；而对全知全能的叙述权威的颠覆本身就是像《黄昏的大地》、《福》、《彼得堡的大师》等作品的主要文本目的……总之，库切笔下的这些叙述者对自我、语言和他者的无力把握决定着他们无法

---

　　①　J. M. 库切：《等待野蛮人》，文敏译，浙江文艺出版社 2004 年版，第 79 页。

　　②　同上书，第 119 页。

告诉关于历史的真相，因而对于读者来说，他们的叙述是不可信的。这些叙述者的不可靠性与其说来自他们的认识论方面，不如说来自他们道德上的不可靠性。

这样，通过对全知全能叙述的回避和颠覆，库切有效地解构了叙述背后的作者霸权。库切从不承认作者的权威，他说过："我从来没有被完全说服，作者是人类的不被承认的立法者，权威反对作家的怒气对我来说，总是有它可笑的一面。"① 他清醒地意识到像他这样的南非白人作家与南非的种族压迫体系处在非常复杂的胶着状态之中，因而不能以精英和先进意识代表的身份充当他者的代言人，南非的白人作家在为他者言说时，面临着与后殖民主义理论家为被压迫者言说时同样的危险："为被压迫者立言时，反使得被压迫者不能自言；在解放被压迫者时，反把他们送入新的压迫关系之中"，对此困境，斯皮瓦克呼吁后殖民批评家们"抛弃自己的特权"②，库切所作的，则是对作家特权的放弃。

库切主张放弃作家的特权，但是握着笔的作家的手很难仅仅起到导管的作用，作家的观念总是悄悄地侵入文本之中，控制着文本的意义生产。库切认识到在创作中对作家特权进行彻底放弃的艰难，在创作的同时，他总是要对自己的创作进行自我检查。这种自我检查在《伊丽莎白·科斯塔洛：八堂课》这部作品中表现得最为集中。主人公伊丽莎白有着自己热诚的信仰，为了捍卫信仰，即使为所有人所不解、抨击和冷落，她也在所不惜。但在

---

① J. M. Coetzee："Voice and trajectory：an interview with J. M. Coetzee"，by Scott，Joanna，Saratoga Springs：Spring（1997），pp. 82—102.

② 徐贲：《走向后现代与后殖民》，中国社会科学出版社 1996 年版，第 176 页。

卡夫卡式的审判场景中，以"不可见的世界的书记员"自称的伊丽莎白告诉审判员："一个称职的书记员不应该拥有任何信仰。对这种职业来说，信仰是不合适的。""在我的作品中，信仰是阻力，是障碍。我力图让自己清除所有阻力。"[①] 伊丽莎白的信仰和不信仰之间并没有矛盾，前者指的是作为个人的伊丽莎白对生活的信仰，后者则是指向作为作家的伊丽莎白在创作中对个人信仰的放弃。伊丽莎白的意思是，在创作过程中，作家必须移情于形象之中，让笔跟随形象的行动，记录下他们的声音，而不是让作者的信仰强加于形象之上。然而她无法回答审判员的问题："如果那不可见的世界不把你看作它的书记员，那该怎么办？如果你的任命很久以前就中断了，而你一直没有拿到有关的公文；那该怎么办？如果你从来没有被任命过，那又该怎么办？"[②] "仅仅靠扪心自问，就能判定那些东西都是真实的？"[③] 伊丽莎白意识到自己对作家职业的忠诚中存在着一个巨大的黑洞：那就是她无法保证她所记录的声音的合法性和真实性的问题。这个黑洞意味着她将无法抵达她的文学创作所追求的目标。"在大门口"一章是伊丽莎白对自己一生的写作进行的回顾，"目的是不再自欺欺人"。

伊丽莎白的反省也是作为作家的库切对自己的写作进行的一次阶段性的自我检查。库切以创作作为挣脱锁链，通达真理的媒介，但他又认识到"所有的自传是讲述故事，所有的写作是自传"，写作的虚构和自传性质导致作家根本无法完全放弃

---

① J. M. 库切：《伊丽莎白·科斯塔洛：八堂课》，北塔译，浙江文艺出版社 2004 年版，第 242 页。

② 同上书，第 244 页。

③ 同上书，第 248 页。

作者的个人权威，从根本上依旧属于一种权力的强迫形式，一种主人的话语，所以写作最终根本无法敲开真理的大门。库切认识到写作在言说真理方面的徒劳无益，倾听和纪录时代的真实的声音的使命在他看来，既是一种自欺，也是一种欺人，就像《彼得堡的大师》中的陀思妥耶夫斯基所意识到的那样，写作就意味着背叛，背叛自己，也背叛周围所有的人，写作需要作家付出人性的代价。无法通过对作家信仰的自我审判的伊丽莎白其实就是库切的一个自我写照，在对创作的追根究底的自我审查中，库切最终否定了创作自身。然而这种否定并非是出自玩世不恭的虚无主义和游戏一切的不负责任，而是恰恰出自他对作家这个职业的极度负责的精神和对真理的执著求索。在真理的问题上，库切是严肃的、认真的、诚实的，或许有些过于较真儿，不容许有丝毫的自欺欺人的成分逃过他审视的目光，诺贝尔文学奖授奖词称他为"有道德原则的怀疑论者"是非常合适的。

行文至此，不由得想到这样一个问题：库切对创作自身的否定是否意味着他将放弃写作？我们无力对此问题做出任何预测，甚至可以设想，库切自身也无法进行预测，因为正如他自己所揭示的，自我的真相无法最终获得，总是处于自我确认、自我怀疑、自我否定的无休止的循环之中，自我意识是不断变化的，自我的思想也是变动不居的，库切对创作的认识也会不断地调整，或许哪一天来一个彻底的扭转，也不是不可能的事情。

德里达说过："解构的责任自然是尽可能地转变场域，这就是为什么解构不是一种简单的理论姿态，它是一种介入伦理及政治转型的姿态。因此也是去转变一种存在霸权的情境，自然这也等于去转移霸权。去叛逆霸权并质疑权威。从这个角度讲，解构一直都是对非正当的教条、权威与霸权的对抗。"① 正是在这一意义上，库切向欧洲文学普遍主义原则的挑战，对传统欧洲文学叙述模式、小说观念和作者权威的颠覆，实际上创造出了一种"事实上的批判文学"②，并已经以文本的形式参与了改变霸权政治的行动，他笔下那些拒绝被纳入权力和权威控制系统去的形象足以构成对南非社会赖以组织社会秩序的言说结构的威胁，这样，形象的对抗和整个文本的对抗就具有了政治事件的意义。

---

① 雅克·德里达：《书写与差异》，张宁译，三联书店 2001 年版，第15 页。

② 爱德华·W. 萨义德：《文化与帝国主义》，李琨译，三联书店2003 年版，第 72 页。

主要参考文献

一　中文文献

专著

［南非］柯慈（库切）：《铁器时代》，汪芸译，台北：天下远见出版股份有限公司，2001年。

［南非］库切：《在国家心中》，卢相如译，台北：小知堂文化事业有限公司，2004年。

［南非］库切：《耻》，张冲、郭整风译，南京：译林出版社，2002年。

［南非］库切：《青春》，王家湘译，杭州：浙江文艺出版社，2004年。

［南非］库切：《等待野蛮人》，文敏译，杭州：浙江文艺出版社，2004年。

［南非］库切：《彼德堡的大师》，王永年、匡咏梅译，杭州：浙江文艺出版社，2004年。

［南非］库切：《迈克尔·K的生活和时代》，邹海仑译，杭州：浙江文艺出版社，2004年。

［南非］库切：《伊丽莎白·科斯塔洛：八堂课》，北塔译，

杭州：浙江文艺出版社，2004 年。

　　［南非］库切：《男孩》，文敏译，杭州：浙江文艺出版社，2006 年。

　　［南非］库切：《慢人》，邹海仑译，杭州：浙江文艺出版社，2006 年。

　　［法］弗朗兹·法农：《黑皮肤，白面具》，万冰译，南京：译林出版社，2004 年。

　　［法］弗朗兹·法农：《全世界受苦的人》，万冰译，南京：译林出版社，2005 年。

　　［美］塞缪尔·亨廷顿：《文明的冲突与世界秩序的重建》，周琪、刘绯、张立平、王圆译，北京：新华出版社，2005 年。

　　［法］米歇尔·福柯：《知识考古学》，谢强、马月译，北京：三联书店，1998 年。

　　［法］米歇尔·福柯：《疯癫与文明》，刘北成、杨远婴译，北京：三联书店，1999 年。

　　［法］米歇尔·福柯：《规训与惩罚》，刘北成、杨远婴译，北京：三联书店，1999 年。

　　［法］米歇尔·福柯：《词与物：人文科学考古学》，莫伟民译，上海：三联书店，2001 年。

　　［法］福柯：《权力的眼睛》，严峰译，上海：上海人民出版社，1997 年。

　　［美］爱德华·萨义德：《文化与帝国主义》，李琨译，北京：三联书店，2003 年。

　　［美］爱德华·萨义德：《东方学》，王宇根译，北京：三联书店，1999 年。

　　［美］爱德华·萨义德：《知识分子论》，单德兴译，北京：三联书店，2002 年。

［美］爱德华·W. 赛义德：《赛义德自选集》，北京：中国社会科学出版社，1999 年。

［法］雅克·德里达：《书写与差异》，张宁译，北京：三联书店，2001 年。

［法］雅克·德里达：《文学行动》，赵兴国等译，北京：中国社会科学出版社，1998 年。

王岳川：《后殖民主义与新历史主义文论》，济南：山东教育出版社，2001 年。

王岳川：《现象学与解释学文论》，济南：山东教育出版社，1999 年。

李钧：《存在主义文论》，济南：山东教育出版社，1999 年。

王逢振主编：《詹姆逊文集 4：现代性、后现代性和全球化》，北京：中国人民大学出版社，2004 年。

蹇昌槐：《西方小说与文化帝国》，武汉：武汉大学出版社，2004 年。

［德］黑格尔：《精神现象学》，贺麟、王玖兴译，北京：商务印书馆，1983 年。

张进：《新历史主义与历史史学》，北京：中国社会科学出版社，2004 年。

［美］海登·怀特：《后现代历史叙事学》，陈永国、张万娟译，北京：中国社会科学出版社，2003 年。

张京媛主编：《新历史主义与文学批评》，北京：北京大学出版社，1993 年。

张京媛主编：《当代女性主义文学批评》，北京：北京大学出版社，1992 年。

张京媛主编：《后殖民理论与文化批评》，北京：北京大学出版社，1999 年。

林树明：《多维视野中的女性主义文学批评》，北京：中国社会科学出版社，2004年。

张岩冰：《女权主义文论》，济南：山东教育出版社，1998年。

姜飞：《跨文化传播的后殖民语境》，北京：中国人民文学出版社，2005年。

任一鸣、瞿世镜：《英语后殖民文学研究》，上海：上海译文出版社，2003年。

梅晓云：《文化无根：以V.S.奈保尔为个案的移民文化研究》，西安：陕西人民出版社，2003年。

陶家俊：《文化身份的嬗变——E.M.福斯特小说和思想研究》，北京：中国社会科学出版社，2003年。

王宁主编：《全球化与文化：西方与中国》，北京：北京大学出版社，2002年。

王宁、薛晓源主编：《全球化与后殖民批评》，北京：中央编译出版社，1998年。

［美］弗雷德里希·詹姆逊：《快感、文化与政治》，王逢振译，北京：中国社会科学出版社，1998年。

［美］詹明信：《晚期资本主义的文化逻辑》，张旭东编，陈清侨等译，北京：三联书店，1997年。

［英］安东尼·吉登斯：《现代性与自我认同：现代晚期的自我与社会》，赵旭东、方文译，北京：三联书店，1998年。

潘兴明、李忠：《南非——在黑白文化的撞击中》，成都：四川人民出版社，2000年。

罗钢、刘象愚主编：《后殖民主义文化理论》，北京：中国社会科学出版社，1999年。

［美］伦纳德·S.克莱因主编：《20世纪非洲文学》，李永彩译，北京：北京语言学院出版社，1991年。

季羡林：《东方文学史》，长春：吉林教育出版社，1995 年。

王向远：《东方文学史通论》，上海：上海文艺出版社，1997 年。

［英］汤林森：《文化帝国主义》，冯建三译，上海：上海人民出版社，1999 年。

［美］博埃默：《殖民与后殖民文学》，盛宁译，纽约：牛津大学出版社，1998 年。

［英］巴特·穆尔-吉尔伯特编撰：《后殖民批评》，杨乃乔、毛荣运、刘须明译，北京：北京大学出版社，2001 年。

徐贲：《走向后现代与后殖民》，北京：中国社会科学出版社，1996 年。

盛宁：《人文困惑与反思》，上海：三联书店，1997 年。

［美］阿里夫·德里克：《跨国资本时代的后殖民批评》，王宁等译，北京：北京大学出版社，2004 年。

［法］米兰·昆德拉：《被背叛的遗嘱》，孟湄译，上海：牛津大学出版社、上海人民出版社，1995 年。

罗素：《西方哲学史》下卷，马元德译，北京：商务印书馆，2004 年。

［德］康德：《任何一种能够作为科学出现的未来形而上学导论》，北京：商务印书馆，1978 年。

夏光：《后结构主义思潮与后现代社会理论》，北京：社会科学文献出版社，2003 年。

［德］海德格尔：《存在与时间》，陈嘉映、王庆节译，北京：三联书店，1999 年。

［德］伽达默尔：《真理与方法》上卷，上海：上海译文出版社，1992 年。

［德］马丁·布伯：《我与你》，陈维纲译，北京：三联书店，2002 年。

［法］萨特：《存在与虚无》，陈宣良等译，北京：三联书店，1987 年。

［法］让-弗朗索瓦·利奥塔：《后现代状态》，车槿山译，北京：三联书店，1997 年。

［美］J. 希利斯·米勒：《重申解构主义》，郭英剑等译，北京：中国社会科学出版社，1998 年。

［英］丹尼尔·笛福：《鲁滨孙历险记》，黄杲炘译，上海：上海译文出版社，2001 年。

殷启萍、高奋、童燕萍：《英国小说批评史》，上海：上海外语教育出版社，2001 年。

［美］雷·韦勒克、奥·沃伦：《文学理论》，刘象愚、邢增明、陈圣生、李哲明译，北京：三联书店，1986 年。

［美］G. 帕斯卡尔·扎卡里：《我是"全球人"：无国界生存者宣言》，林振熙、刘鸿基、衷爽译，北京：新华出版社，2002 年。

徐宝强、罗永生选编：《解殖与民族主义》，北京：中央编译出版社，2004 年。

徐讯：《民族主义》，北京：中国社会科学出版社，2005 年。

［英］埃里·凯杜里：《民族主义》，张明明译，北京：中央编译出版社，2002 年。

［美］佛克马等：《文学研究与文化参与》，俞国强译，北京：北京大学出版社，1996 年。

论文

阿里夫·德里克：《后殖民氛围：全球资本主义时代的第三世界批评》，美国《批评探索》杂志 1994 年冬季号，中译文见汪晖、陈燕谷主编《文化与公共性》，北京：三联书店，1998 年。

童明：《家园的跨民族译本：论"后"时代的飞散视角》，

《中国比较文学》2005 年第 3 期。

萨尔曼·拉什迪：《论群特·格拉斯》，黄灿然译，《世界文学》1998 年第 2 期。

尹锡南·拉什迪：《印裔移民作家的后殖民诗学观解读——"殖民与后殖民文学中的印度书写"研究系列之四》，《南亚研究季刊》2004 年第 4 期。

生安锋：《后殖民主义的"流亡诗学"》，《外语教学》2004 年第 5 期。

邹海仑：《他"引导非洲的长篇小说进入后现代时期……"——记〈饥饿的道路〉和它的作者》，《世界文学》1994 年第 3 期。

何光沪：《"我与你"和"我与它"——读布伯〈我与你〉》，见《我与你》，马丁·布伯著，陈维纲译，北京：三联书店，2002 年。

黄芝：《飞跃本土和种族主义的流亡者——解读 V. S. 奈保尔的"普适文明"》，《江苏外语教学研究》2004 年第 2 期。

唐岫敏：《历史的余音——石黑一雄小说的民族关注》，《外国文学》2000 年第 3 期。

王宁：《流散写作与中华文化的全球性特征》，《中国比较文学》2004 年第 4 期。

张荣建：《黑非洲文学创作中的英语变体》，《重庆师范学院学报》1995 年第 3 期。

张再林：《关于现代西方哲学的主体间性转向》，《人文杂志》2000 年第 4 期。

郑元景：《启蒙精神与现代性的内在关联》，《福建农林大学学报》2006 年第 9 期。

赵修艺：《解读汤林森的〈文化帝国主义〉》，见汤林森《文化帝国主义》，冯建三译，上海：上海人民出版社，1999 年。

罗良清：《西方寓言理论的发展轨迹》，《齐鲁学刊》2006 年第 4 期。

罗钢：《关于殖民话语和后殖民理论的若干问题》，《文艺研究》1997 年第 3 期。

王家传：《赛义德和后殖民理论对福柯和德里达的借鉴》，《厦门大学学报》2001 年第 1 期。

姚申：《换语之人：后殖民时代的跨国创作运动》，《中国比较文学》1997 年第 2 期。

生安峰：《霍米·巴巴的流亡诗学》，《文艺研究》2004 年第 5 期。

王宁：《流散写作与中华文化的全球性特征》，《中国比较文学》2004 年第 4 期。

王腊宝：《流亡、思乡与当代移民文学》，《外国文学评论》2005 年第 1 期。

王腊宝：《走向后殖民英语文学研究》，《解放军外国语学院学报》2002 年第 3 期。

陈太胜：《文学经典与文化研究的身份政治》，《文艺研究》2005 年第 10 期。

臧运峰：《经典：知识分子的游戏家园》，《聊城大学学报》2006 年第 2 期。

孙士聪：《经典的焦虑与文艺学的边界》，《天津师范大学学报》2005 年第 3 期。

李静：《域外文学与流亡话语》，《青海师范大学学报》1998 年第 4 期。

李果正：《刍议流散写作中的文化身份》，《南昌大学学报》2004 年第 3 期。

张德明：《流浪的缪斯——20 世纪流亡文学初探》，《外国文学评论》2002 年第 2 期。

王宁:《全球化理论与文学研究》,《外国文学》2003 年第 3 期。

王宁:《叙述、文化定位和身份认同——霍米·巴巴的后殖民批评理论》,《外国文学》2002 年第 6 期。

李凤亮:《遗忘·回忆·认同——从"昆德拉现象"看移民作家文化身份的变迁》,《天津社会科学》2003 年第 2 期。

张彭松:《西方主体性哲学从传统向现代的转变及其困境》,《烟台大学学报》2003 年第 2 期。

张冲:《越界的代价——解读库切的布克奖小说〈耻〉》,《外国文学》2001 年第 5 期。

二 外文文献
专著

Anders Breidlid：Resisitance and Consciousness in Kenya and South Africa，Frankfurt am Main，Berlin，Bern，Bruxelles，New York，Oxword，Wien：Peterlang，2002.

Andre Smith and Willam Hughes（ed）：Emipire and the Gothic，Houndmills，Basingstoke，Hampshire：Palgrave Macmillan，2003.

Bill Ashcroft，Gareth Griffiths and Helen Tiffin：The Empire Writes Back：Theory and Practice in Post-colonial Literatures，London and New York：Routledge，2002.

Coetzee, J. M.：Dusklands，London：Vintage，1998.

—— In the Heart of the Country，Harmondsworth：Penguin Books，1982.

——Waiting for the Barbarians，Harmondsworth：Penguin

Books，1982.

——Life and Times of Michael K，New York：Penguin Books，1985.

——Foe，Harmondsworth：Penguin Books，1987.

——Age of Iron，New York：Random House，1990.

——The Master of Petersburg，New York：Viking，1994.

——Doubling the Point：Essays and Interviews，Cambridge，Massachusetts，London：Harvard University Press，1992.

——Giving Offence：Essays on Censorship，Chicago and London：The University of Chicago Press，1996.

——Boyhood：Scenes from Provincial Life，Harmondsworth：Penguin Books，1997.

——Disgrace，London：Vintage，2000.

——The Lifes of Animals，Princeton，New Jersey：Princeton University Press，1999.

——Stranger Shores，Harmondsworth：Penguin Books，2001.

——Youth：Scenes from Provincial Life. London：Secker and Warburg，2002.

——Elizabeth Costello：Eight Lessons，London：Secker and Warburg，2003.

——Slow Man，London：Vintage，2006.

David Attwell：J. M. Coetzee：South Africa and the Politics of Writing，Berkeley，Los Angeles，Oxford：University of California Press，1993.

Derek Attridge：J. M. Coetzee and the Ethics of Reading：Literature in the Event，Chicago and London：The University of Chicago Press，2004.

Dominid Head: J. M. Coetzee, New York: Cambridge University Press, 1997.

H. K. Bhabha: The Location of Culture, London and New York: Routledge, 1994.

Jay Parini (ed): British Writers Supplement VI, New York, Detroit, San Franciso, London, Boston, Woodbridge: Charles Scribner's Sons, 2001.

Michela Canepari-Labib: Old Myths-Modern Empires: Power, Language and Identity in J. M. Coetzee's Work, Bern: Peter Lang, 2005.

Nico Israel: Outlandish: Writing Between Exile and Diaspora, Stanford: Stanford University Press, 2000.

Penner, Dick: Countries of the Mind: The Fiction of J. M. Coetzee, Wesport: Greenwood Press, 1989.

Salman Rushdie: Imaginary Homelands: Essays and Criticism 1981—1991, London: Granta Books, 1991.

Sam Durrant: Postcolonial Narrative and the Work of Mourning: J. M. Coetzee, Wilson Harris, and Toni Morrison, New York: State University of New York Press, 2004.

Susan Vanzanten Gallagher: A History of South Africa: J. M. Coetzee's Fiction in Context, Cambridge, Massachusetts, London, England: Harvard University Press, 1991.

论文

Adelman, Gary: "Stalking Stavrogin: J. M. Coetzee's The Master of Petersburg and the writing of The Possessed", Journal of Modern Literature, Winter (1999/2000), pp. 351—357.

Anon: "The Politics of Shame and Redemption in J. M. Coetzee's

Disgrace. ", Research in African Literatures, Summer (2003),p. 155.

Barney, Richard A. : "Between Swift and Kafka: animals and the politics of Coetzee's elusive fiction", World Literature Today, Jan-Apr (2004), pp. 17−23.

Cantor, Paul A: " Happy Days in the Veldt: Beckett and Coetzee's In the Heart of the Country", South Atlantic Quarterly, 1994.

J. M. Coetzee: "Against the South African Grain. ", New York Review of Books 23 Sept (1999), pp. 51−53.

—— "An Interview With J. M. Coetzee", by Jean Sevry, Commonwealth Essays and Studies, 9 (1986), 1, pp. 1−7.

—— "An Interview with J. M. Coetzee", by Richard Began, Contemporary Literature, 3 (1992), pp. 419−431.

—— "Satyagraha in Durban. " Rev. of A Revolutionary Woman, by Sheila fugard, The New York Review of Books 24 oct, (1985) .

—— "Speaking: J. M. Coetzee. " interview with Stephon Waston, Speak, May/June (1978), p. 23.

—— "Tales of of Afrikaners. ", New York Times Magazine, 9 Mar (1986), p. 21.

—— "The Novel Today. " Upstream 6 (Summer 1988), pp. 2−5.

—— "Two Interviews with J. M. Coetzee 1983 and 1987", by Tony Morphet, Triquarterly, 62 (1987), pp. 454−464.

—— "Voice and trajectory: an interview with J. M. Coetzee", by Scott, Joanna Salmagundi . Saratoga Springs: Spring (1997), pp. 82−102.

Cornwell, Gareth. : "Realism, rape, and J. M. Coetzee's Disgrace. ", Critique: studies in contemporary fiction, Summer (2002), pp. 307—322.

Diala, Isidore: "Nadine Goedimer, J. M. Coetzee, and Andre Brink: guilt, Expiation, and the Reconciliation Process in Post-apartheid South Africa", Journal of Modern Literature, Bloomington: Winter (2001/2002), pp. 50—68.

Donovan, Josephine. : " 'Miracles of creation': animals in J. M. Coetzee's work. ", Michigan Quarterly Review, Winter (2004), pp. 78—93.

Dragunoiu, Dana. : "Existential doubt and political responsibility in J. M. Coetzee's Foe. ", Critique: studies in contemporary fiction, Spring (2001), pp. 309—326.

Eckstein, Barbara. : "Iconicity, immersion and otherness: the Hegelian 'dive' of J. M. Coetzee and Adrienne Rich. ", A Journal for the Interdisciplinary Study of Literature, Mar (1996), pp. 57—77.

Janes, Regina. : " 'Writing without authority': J. M. Coetzee and his fictions. ", Salmagundi, Spring (1997), pp. 103—121.

Head, Dominic: "Critical Perspectives on J. M. Coetzee", Research in African Literatures, Winter (1996), pp. 205—207.

—— "Pen and Power: A Post-Colonial Reading of J. M. Coetzee and Andre Brink/A Morbid Fascination: White Prose and Politics in Apartheid South Africa", Research in African Literatures, Spring (2000), pp. 223—227.

Kaplan, Amy: "Violent Belongings and the question of Empire Today Presidential Address to the American Studies Association", American Quarterly, Mar (2004), pp. 1—18.

Kossew, Sue: "The politics of shame and redemption in J. M. Coetzee's Disgrace. ", Research in African Literatures, Summer (2003), pp. 155—162.

Glenn, Ian: "Nadine Gordimer, J. M Coetzee, and the Politics of Interpretation", South Atlantic Quarterly, Winter (1994), pp. 11—32.

Leusmann, Harald: "J. M. Coetzee's cultural critique", World Literature Today, Norman: Sep-Dec (2004), pp. 60—63.

Probyn, Fiona: "J. M. Coetzee: Writing With/out Authority", Jouvert, 2002.

Scanlan, Margaret. : "Incriminating documents: Nechaev and Dostoevsky in J. M. Coetzee's The Master of St Petersburg. ", Philological Quarterly, Fall (1997), pp. 463—477.

Wohlpart, James. : "A (sub) version of the language of power: narrative and narrative technique in J. M. Coetzee's In the Heart of the Country. ", Critique: studies in contemporary fiction, Summer (1994), pp. 219—228.

后　记

　　本书是在我的博士论文的基础上修改完成的，其中凝聚着我这几年的学术思考。多少个不眠之夜，我在写作的迷宫中左冲右撞，不免伤痕累累。结出的这枚果实虽然不免有些青涩，但毕竟是心血浇灌所得。

　　当初之所以选择"后殖民文化语境中的库切"作为一个选题，原因有三：第一，是对库切这位当代罕有的有深度和厚度的南非作家的兴趣，这种兴趣早在库切得诺贝尔文学奖之前就已经存在；第二，虽然国外对库切的研究已经形成规模，但在国内读书界和学术界，库切还鲜为人知，有必要对他进行一番系统研究；第三，这些年后殖民文化理论成为中国学界的一个热点话题，但总体上来说，中国学者对后殖民文化理论的认知以介绍和评述为主，在运用理论进行具体的文本分析方面，做得不够，因而有空谈理论之嫌，有必要多做一些文本批评的实践尝试，使理论获得生机。

　　阅读库切，是一种智力的考验。库切丰厚的学养使得他的创作充满理论自觉意识，任何模式化的理论都无法直接捕获库切的创作，阅读者的理论阐释受到极大的挑战。在写作过程中，逐渐发现我为自己选择了一个颇有难度的研究课题，思想经常短路，不断出现的问题更是时时困扰着自己，但却从来没有后悔过。库切的创作不仅引领着我深入文学的殿堂，而且促使我不断陷入对当代文化现象的思考；为了能够尽可能地贴近库切，我强迫自己去阅读大量深奥的文学理论、哲学和文化方面的书籍，并作了大量的外文资料的翻译工作，在这个强迫的过程中，虽然一路跌跌跄跄，但实在也是受益颇多。

感谢我的导师孟昭毅先生。毕业论文从选题到成稿的整个过程，都离不开先生的悉心指导。先生不仅帮我搭建了一个新的知识平台，而且他的言传身教使我在为人上也大有长进。他身上那种不断进取的拼搏精神对我来说，永远是一种激励的力量。感谢王晓平先生，先生高屋建瓴的几句话往往能为我开启一片崭新的知识视野。感谢曾艳兵先生和曾思艺先生，两位先生的授课使我积聚起了完成本论文所需要的理论基础，启发了我的研究视角。感谢黎跃进老师，他的无私帮助和悉心指导帮我度过了很多难关。感谢史锦秀老师和甘丽娟老师，迷惘时有她们的关怀和帮助，三年的求学生涯增添了很多温馨。感谢师妹齐园、熊毅，她们在百忙之中为我复印、收集资料。感谢师弟宋德发，他为我提供了搜集材料的重要渠道。感谢中国社会科学出版社罗莉女士的支持和为本书所做的认真细致的工作。感谢所有关心、帮助过我的老师、同学和朋友。

虽然尽心竭力，但是由于学力有限，不足和遗憾之处在所难免，敬请批评指正。